J・R・R・トールキン

新版

指輪物語9

第三部

王の帰還

下

瀬田貞二・田中明子 訳

評論社

THE RETURN OF THE KING *(Book Six)*

Being the Third Part of THE LORD OF THE RINGS

by

J. R. R. Tolkien

Originally published by HarperCollins Publishers Ltd

This edition published by arrangement
with HarperCollins Publishers Ltd., London
through Tuttle-Mori Agency, Inc., Tokyo

指輪物語

三つの指輪は、空の下なるエルフの王に、
　七つの指輪は、岩の館《やかた》のドワーフの君に、
九つは、死すべき運命《さだめ》の人の子に、
　一つは、暗き御座《みくら》の冥王のため、
影横たわるモルドールの国に。
　一つの指輪は、すべてを統べ、
　一つの指輪は、すべてを見つけ、
　一つの指輪は、すべてを捕えて、
　　くらやみのなかにつなぎとめる。
影横たわるモルドールの国に。

目　次

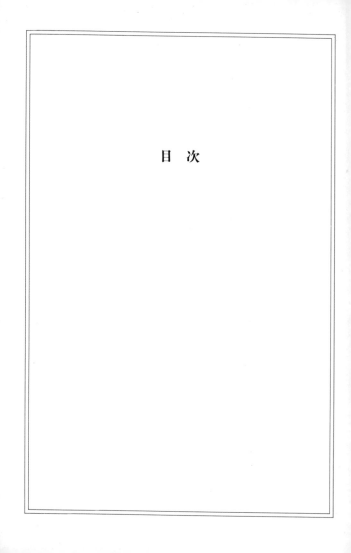

王の帰還 (下)

さし絵　寺島龍一

王の帰還

下

一　キリス・ウンゴルの塔

サムは、やっとの思いで地面から体を起こしました。しばらくの間、かれには自分がどこにいるのかわかりませんでしたが、やがて苦痛と絶望がことごとく戻ってきました。かれはオークの要塞《ようさい》の地下門の外の真っ暗闇の中にいたのです。地下門の真鍮《しんちゆう》の扉は閉まっていました。この扉にぶつかっていった時、気を失って倒れたにちがいありません。しかしどのくらいそうやって倒れていたのか、かれにはわかりませんでした。あの時は、絶望と激しい怒りから、かっかと興奮していたのですが、今はぞくぞくと寒気がします。かれは扉のところに忍び寄って、耳を押しつけました。

ずっと奥の方で、オークたちがやかましく騒ぎ立てる声がかすかに聞こえました。しかしまもなくそれらの声も止むか、聞こえなくなるかして、すっかり静まりかえりました。かれは頭が痛み、目には闇の中に幻の明かりがちらちら見えました。しかし、必死になって自分を落ち着かせ、考えようと努めました。いずれにしろ、この門を通ってオークの要塞にはいって行く望みがまったくないことは明らかでした。この門が開くまでには、ここで何日も待つことになるかもしれません。そしてかれは待ってはいられないのです。時間がひどく貴重なのですから。サムはもはや自分の義務については疑いを持ちませんでした。どうあっても主人を救い出さねばならないのです。さもなければその志の半ばで身を滅ぼすほかはありません。

「身を滅ぼすほうになりそうだぞ。それにどっちみちそのほうがずっとらくだろうて。」かれは自嘲《じちょう》的にそう独り言をいうと、つらぬき丸を鞘《さや》に納め、真鍮《しんちゅう》の扉に背を向けました。かれはトンネルの暗闇の中を手探りしながらゆっくり戻って行きました。エルフの光を使う勇気はありませんでした。道々かれは、フロドと自分が十字路を立ち去ってからの出来事をつなぎ合わせようとしました。時間はいったい何時なんだろう、さっぱり見当がつかないが。しかしかれは時間はおろか日を数えることさえできなくなっていたのです。かれが今いるのは、昼夜の別あるこの世の時間が忘れられてしまったように見える暗黒の地でした。この地に足を踏み入れた者もまたすべて忘れられてしまうのです。

「みんなはおらたちのことを少しでも考えてくれてるんだろうか。それにあっちの方じゃみんなにどんなことが起こってるんだろう。」かれはあっちを示すように自分の前の方に漠然《ばくぜん》と手を振ったのですが、実のところ、シェロブのトンネルに戻って来たかれは、西ではなく今は南を向いているのでした。

外の世界のずっと西の方では、ホビット庄式に数えて今は三月十四日の正午に近い頃でした。そしてちょうど今アラゴルンはペラルギアから黒の艦隊を率い、メリーはロヒアリムと石車谷《せきしゃだに》を下《くだ》っていました。一方ミナス・ティリスでは火の手が上がって、ピピンはデネソールの目に狂気がいや増していくのを見守っていました。しかし友人たちの思いはそのありとある心配事と恐れのさなかにあって、絶えずフロドとサムに向けられていたのです。二人は忘れられてはいませんでした。といっても二人は援助の手のはるかに及ばぬところにいるわけですし、どのような思いも今はまだハムファストの息子サムワイズにいかなる助けをもたらすことはできないのでした。かれはまったく孤立無援だったのです。

かれはようやくオークの通路の石戸《いわど》まで戻って来ました。そしてやっぱり戸をとめてある掛け金も閂《かんぬき》も見つけることができませんでしたので、かれは前と同じように石戸をよじ登って越え、軽やかに向こう側の地面に落ちました。それから忍び足でシェロブのトンネルの出口に進んで行きました。そこには相変わらず、ずたずたにちぎれたシェロブの大きな蜘蛛《くも》の巣が冷たい微風にゆらゆらと揺れていました。いやな匂《にお》いのこもる暗闇を後《あと》にしてくると、この微風もサムには冷たく思われました。しかしこの微《かす》かなそよぎがかれを生き返らせました。かれは用心深くそっと外に出て行きました。

外は無気味なほど静まりかえっていました。外光は暗い一日の終わりに訪れる薄闇より明るくはありません。モルドールに起こって西に流れていく膨大な水蒸気が頭上を低く通り過ぎていくのですが、そのうねうねもくもくと続く雲と煙の巨大な塊《かたま》りが今はふたたび陰気な赤い光に下から照らされていました。

サムはオークの塔の方を見上げました。すると突然その狭い窓から小さな赤い目のような明かりが外を睨《ね》めつけるように照らしました。サムはこれをなにかの合図だろうかと考えました。怒りと絶望に駆られしばらく忘れていたオークへの恐怖心が今また戻ってきました。わかる限りでは辿《たど》れる進路はただ一つしかありません。このまま道を続けて、あの身の毛のよだつ恐怖の塔にはいる玄関を見つけなければならないのです。でも膝《ひざ》から力がぬけ、体ががくがくと震えていました。かれは前方の塔と岩壁の割れ目の両端にある角岩《つのいわ》を見上げていた目を引き戻すと、進まぬ足をむりやり自分の意志に従わせようとして、体じゅうを耳にし、道沿いの岩々の濃い闇をうかがいながら、もと来た道をゆっくりと引き返して、フロドが倒れた場所を通り過ぎました。そこにはシェロブの悪臭が今も消えやらずに残っていました。それからなおも登り続けて、とうとうふたたび、指輪をはめてシャグラトの一隊が通り過ぎて行くのを見ていたあの岩壁の裂け目のところに立ちました。

ここでかれは立ち止まり、腰を下ろしました。今のところこれ以上強行できません。ひとたびこの峠を越して、モルドールの地に紛れもない一歩を踏み出せば、その一歩が取り返しのつかないものになると感じたのです。もうけっして戻っては来られないでしょう。これというはっきりした目的もなく、かれはふたたび指輪を引っぱり出して指にはめました。たちまち指輪の重さが非常な重荷に感じられました。そしてモルドールのかの目の敵意をこと新しく感じ取りました。

しかも今までよりももっと強くもっと切実に、その目は自らの守りのために作り上げた暗闇を見通そうと探っていました。しかし暗闇はかえって、不安と疑念に落ち着かぬかの目の視界を妨げているのでした。

前と同じように、サムは聴力が鋭くなり、代わりに目に映る事物が薄くぼんやりと見えることに気がつきました。道の両側の岩壁は靄《もや》でも通して見るようにおぼろですが、そのくせ、少し離れたところで、シェロブが苦痛のあまりブクブクと泡を吹き出している音は聞こえるのでした。それから荒々しくしかもはっきりと、叫び声や金属の打ち合う音が聞こえました。それはすぐ近くから聞こえるように思えました。かれはぱっと立ち上がると、体を道脇の岩壁に押しつけました。かれは指輪をはめていることを喜びました。なぜならまた別のオークの一隊が行進して来たからです。ともかく最初かれはそう思いました。それから不意にそうでないことに気づきました。聴力がかれを欺いていたのです。オークたちの叫び声は塔から聞こえてきたのでした。塔の一番高いところにある角《つの》の部分は裂け目の左手で、ちょうどかれの頭上にありました。

サムは身震いして、むりにも自分の足を進ませようとしました。何か非道なことが行なわれていることは明らかでした。ひょっとしたら一切の命令にもかかわらず、オークたちは持ち前の残虐さに支配され、フロドをさいなんでいるのかもしれません。それとも残忍きわまりないやり方でかれを切り刻んでいるかもしれないのです。サムは耳をすましました。そうしているうちにかすかな望みの光が射《さ》してきました。もうほとんど疑いの余地がありません。塔の中で打ち合いが起こっているのです。オークたちはお互いに戦っているにちがいありません。シャグラトとゴルバグが喧嘩《けんか》を始めたのです。この推測から生まれた望みはかすかなものでしたが、かれを奮《ふる》い立たすには充分でした。ひょっとしたら万に一つの機会があるかもしれません。フロドへの愛が他のあらゆる慮《おもんぱか》りを超《こ》えるほど強まって、かれはわが身の危険をも忘れ、大声で叫びました。「今行きますだよ、フロドの旦那あー！」

かれは登り坂の頂に向かって走り出し、それを越えました。道はすぐに左に折れ、急な下りになっていました。サムはモルドールの国境《くにざかい》を越えたのです。

かれは指輪をはずしました。危険を告げる何か強い前知らせに動かされたのかもしれません。もっともかれ自身はもっとはっきり見たいと心に思ったにすぎないのですが。「いくら悪くても見といたほうがましだ。」と、かれは呟《つぶや》きました。「霧の中をほっつき歩いてろくなことねえだ！」

視野に現われた土地は荒々しく無情で仮借《かしやく》のないものでした。かれの足許《もと》で、エフェル・ドゥアスの一番高い尾根は大きな断崖《だんがい》を幾重《いくえ》にも連ねて険しく落ちこみ、その下は暗い谷間になっていました。その向こう側はふたたび高くなって別の尾根を作っていましたが、それはこちらよりもずっと低く、牙《きば》なす岩が突兀《とっこつ》と連なって山際はぎざぎざのいりくみを見せ、背後から照らされる赤い光に黒々ときわだっていました。これはこの国をとり囲む内側の防壁である、近寄りがたいモルガイの尾根でした。この尾根のずっと向こう、しかしほとんど真っ直前方に当たって、小さな火の点在する広大な湖のような暗闇のさきに、真っ赤に燃えるものがありました。そしてそこから渦巻く煙が途方もなく太い条《すじ》となって幾条も立ち昇って、煙のもとの方は黒ずんだ赤色で、上の方は黒く、この呪《のろ》われた地一帯をおおう波立つ天蓋《てんがい》に吸い込まれていました。

サムが眺めたのは、オロドルイン、すなわち火の山でした。この円錐《えんすい》灰岩のずっと下方の火炉は時折熱くなって、巨大なうねりとなり、ドッドッと脈打って、その山腹にいくつもある深い裂け目から、溶岩の川を溢《あふ》れ出さすのでした。その川の幾筋かは大きな溝を下って、赤々と燃えながらバラド＝ドゥアに向けて流れていきました。そしてまた別の幾筋かは曲がりくねりながら石のごろごろする平原に流れ込み、そのまま冷えて、さいなまれた大地の吐き出す竜ののたうつ形のように固まっていました。このような苦難の折に、サムは滅びの山とそれの放つ光を目にしたのです。高い衝立《ついたて》のように聳《そび》えるエフェル・ドゥアスにさえぎられて、西からの道を登って来た者の視界からは隠されていたのが、今荒涼たる岩の面は山の火にぎらぎらと映《は》え、まるで血にぬれたように見えるのでした。

この身の毛のよだつような光の中で、サムは茫然《ぼうぜん》自失して立っていました。なぜならその時左手を見やって、キリス・ウンゴルの塔の強大な全容を見ることができたからでした。反対側からかれが見た角《つの》形は、一番高い小塔にすぎなかったのです。塔の東面は、山脈の岩壁のはるか下方にある岩棚から巨大な三重の層をなして聳え立っていました。塔の裏面は背後の大懸崖《けんがい》にのぞんでいて、崖《がけ》からとがった稜堡《りょうほ》が層々と重なって突き出ていますが、上にいくにつれ小さくなり、北東と南東は、巧みな石工事で垂直に切り立っていました。塔の最下層は、サムが今立っているところから二百フィート下にあって、その周りには、迫間《はざま》つきの城壁が狭い外庭を取り囲んでいました。城壁の門は手近の南東の側にあって、広い道路に面していました。この道路についている外部胸壁は崖の縁に沿って走っていますが、道は南の方に折れ、くねくね曲がりながら暗闇の中に下ってモルグル峠を越えてくる道路と接続していました。その道はそのあとさらに続き、鋸《のこぎり》の歯のようなモルガイの裂け目を抜けてゴルゴロスの谷間にはいり、それから遠くバラド＝ドゥアに達しています。サムが立っている上の方の狭い道は、一足跳びの下り坂となり、階段と急な細い小道がついていて、塔の門に近い険しい城壁の下で本道と出会っています。

この塔を見つめているうちに、サムはこの砦《とりで》が建てられたのはモルドールに敵が侵入するのを防ぐためではなく、かれらを中から外に出さないためであることに思い当たって、ほとんど衝撃的な驚きを感じました。これはもともと遠い昔ゴンドールが築き上げた建造物の一つで、イシリアンの防禦《ぼうぎょ》のために設けられた東の前哨《ぜんしょう》地点であり、最後の同盟のあと、西方の人間たちが、サウロンのいまわしい地を見張っていた時に造られたものでした。当時この地にはサウロンの手下たちがまだひそんでいたからでした。しかしナルホストとカルホストと呼ばれる二つの歯の塔の場合と同様、ここでも不断の警戒がうすれ、裏切り行為がこの塔を指輪の幽鬼《ゆうき》たちの首領に明け渡してしまったのです。それからもうずっと長い間、これは悪《あ》しき者たちによって所有されていました。サウロンがモルドールに戻って来てから、かれはこの塔が役に立つことを発見しました。つまり、かれには召使が少ない代わりに恐れおののく奴隷たちが大勢いて、依然としてこの塔の主要な目的は昔同様モルドールからの逃亡を防ぐことにあったからでした。といっても、この地にひそかにはいりこもうとするような無謀な敵があれば、その時は、この塔がやっぱり最後の眠らざる番人として、モルグルとシェロブの不断の警戒をもやり過ごしてくるかもしれぬ者を何人《なんぴと》なりと見逃すまいと見張っているのでした。

このたくさんの目のある城壁の下を足を忍ばせて降りて行き、油断なく見張っている門の前を通って行くことがどんなに望みのないことかがサムにはこのうえなくはっきりと見てとれました。そしてたとえそこまでは成功しても、その先の監視されている道を遠くまで行くことはできないでしょう。かの赤々と照り映える光もとどかぬところに色濃く横たわっている黒々とした闇でさえ、夜目《よめ》の利《き》くオークたちから長くはかくまってはくれないでしょう。しかしその道がどんなに絶望的であるにせよ、かれの任務の方が今でははるかに望みのないものでした。あの門を避けて逃げるのではなく、あの門にはいって行くのですから。たった一人で。

かれの思いは指輪に向かいました。しかしそこには何の慰めもなく、あるのは危惧《きぐ》と危険だけでした。はるか遠くに燃えている滅びの山が見えるところにやって来るや否や、かれは自分の重荷に変化を認めました。遠い遠い昔、この指輪が形づくられ、鍛えられたあの大火炉に近づくにつれて、指輪の力はますます増大し、いっそう猛威を揮《ふる》うようになり、非常に強力な意志の持ち主による以外は、抑えのきかないものになってしまったのです。そこに立っている時も、サムは、指輪が指にはまっているわけではなく、鎖で頸《くび》にかかっているだけなのに、あたかも自分自身の巨大なゆがめられた影に身を包んでいるように自分がばかに大きくなった感じで、モルドールの城壁に止まっている途方もなく大きくて不気味な脅威ある存在のように思えたのです。かれはこれから先自分にはただ二つの選択しかないことを感じました。たとえ指輪がかれを苦しめさいなもうと、がまんしてこれを使わないでおくか、でなければ、これの所有権を主張し、暗闇に包まれた谷間の向こうの暗黒の砦《とりで》に座しているかの大いなる力に挑戦するかです。指輪はすでにかれを誘惑し、かれの意志と理性を苦しめてやまないのです。かれの心には途方も無い幻想が湧《わ》き起こってきました。すなわち、今紀最大の英雄・強者サムワイズが燃える剣を手に暗く黒ずんだ地をのっしのっしと歩いて行く姿、バラド＝ドゥアを打倒すべくかれが進んで行くあいだに、かれの召し出しに応じて処々方々《しょしょほうぼう》から大軍が群がり集まって来るありさま、するとそのうち雲という雲がことごとくうねり去って、白い太陽が輝き、号令一下《いっか》、ゴルゴロスの谷間は花と樹木に埋もれた庭と化し、果実を生じるにいたる情景が。かれはただ指輪をはめ、これを自分のだと宣言すればいいのです。そうすればこういうことがすべて可能となり得るのです。

この試練の時にあって、かれの心を揺るがぬようしっかり支えてくれた力は、主人への愛でした。しかしまた、かれの心の奥深くにある質実なホビット的分別というものがいまだ克服されることなく生きていたのです。こんな幻影が自分をだますための単なるまやかしでないにしても、かれは心のすみに、自分がこのような荷を負うに足るほど偉大ではないことを知っていました。かれが必要とし、また相応しているのは、自前《じまえ》の庭師の小さな庭が一つだけで、王国の規模にまでふくれあがった庭ではないのです。使うのに自分の手があればよく、命令してやらせる他人の手は必要ないのです。

「それにどっちみち、さっきの絵空事《えそらごと》はみんな気の迷いにすぎねえちゅうことよ。」かれはそう独りごちました。「おらが声張り上げてどなることさえしねえうちに、あいつはおらを見つけて、おどしつけるこったろう。もしおらが今このモルドールで指輪をはめれば、あいつはおらを見つけちまうだろう、たちまちのうちにな。やれやれ、おらにいえることは、何もかも春の霜みたいに望みがなさそうに見えるちゅうだけよ。姿が見えないのがほんに役に立つ時だって、指輪をはめることはできねえだぞ！　それにたとえ少しでも先に進むにしたとこで、その一歩一歩が足をひきずりひきずり重荷をかついで行くことにしかなんねえ。それじゃ、どうしたらよかろう？」

かれは本当は少しも迷ってなぞいませんでした。もうこれ以上ぐずぐずせず、門の方に降りて行かなければならないことがわかっていたのです。幻影を振りすて妄想《もうそう》を追い払うかのように、肩をひょいとすくめると、かれはのろのろと降りて行き始めました。一歩踏み出すごとに、かれは小さくなるように見えました。あまり遠くまで行かぬうちに、かれはふたたび縮まってもとのとても小さな怯《おび》えきったホビットに戻ってしまいました。今かれは塔の城壁の下を通っているところでした。指輪で補聴されていない耳にも、叫び声や打ち合いの物音が聞こえてきました。今はこの騒ぎは外壁の後ろの外庭から聞こえてくるようでした。

サムが小道を半分ほど降りた時、暗い門の口からオークが二人赤い光の中に走り出て来ました。二人はかれの方に曲がっては来ませんでした。かれらは本道の方に向かっていました。しかし走っているうちに二人ともよろめいて地面に倒れ、そのまま動かなくなりました。サムには矢は見えませんでしたが、このオークたちは胸壁や門の暗闇にひそんでいる他《ほか》のオークたちに射殺されたのだろうと推量されました。かれは左手の城壁に身を寄せてそのまま先に進みました。一度上を見上げただけで、この城壁をよじ登る望みはまったくないことがわかりました。石造りのこの城壁は三十フィートの高さに聳《そび》え立ち、そこには一筋のひび割れも出っ張りもなく、その上は段々をさかさにしたような横並びの石の層が幾段にも張り出していました。取るべき道は、門しかありませんでした。

かれは足を忍ばせて進みました。そしてその間もいったいこの塔にはシャグラトの配下のオークたちが何人住んでいるのだろうか、ゴルバグは何人連れているのだろうか、そして今起こっているのが喧嘩《けんか》だとすれば、いったい何を争っているのだろうか、などと考えていました。シャグラトの仲間は四十人ばかり、ゴルバグの方はその二倍以上いたようです。しかし、もちろんシャグラトが巡回に連れていた者たちは、かれの守備隊の一部にすぎません。かれらがフロドのこと、分捕《ぶんど》り品のことで喧嘩をしていることはほとんどまちがいありません。一瞬サムは足を止めました。というのは、不意に事情がはっきりしたように思えたからです、自分の目で見たといってもいいくらいに。ミスリルの鎖かたびらです！　もちろん、フロドはそれを着ていました。やつらがそれを見つけるでしょう。そしてサムの耳にしたことから察すると、ゴルバグがそれを横取りしたがるでしょう。しかしさしあたっては暗黒の塔の命令だけがフロドの身を守るただ一つのものです。もしこの命令が無視されたとすれば、フロドはいつなんどきあっさりと殺されるかしれません。

「さあ行け、この情けないぐずめが！」サムは自分にどなりました。「さあ、今だ！」かれはつらぬき丸を抜いて、開いた門に向かって走って行きました。しかし門の大きなアーチの下をくぐり抜けようとしたちょうどその時、かれはなにかにぶつかったような衝撃を感じました。まるでシェロブの織った蜘蛛《くも》の巣にでも突っ込んだかのようで、それが見えないだけでした。何の障害物も見えないのですが、かれの意志がそれに打ち勝つにはあまりにも強い何かが道を阻《はば》んでいたのです。かれは見回しました。すると門の陰の暗がりに、二人の番人が認められました。

かれらは玉座に腰掛けた大きな座像に似ていました。いずれも三つの体が合わさっており、三つの頭は門の外側と内側と門の通路に面していました。頭部は禿鷹《はげたか》の顔で、巨大な膝《ひざ》の上に鉤爪《かぎづめ》状の手が置かれていました。かれらは大きな石の塊《かたま》りを刻んで作られたらしく、動かないものなのですが、それでいて、気づいているのです。邪悪な警戒心を持った何か恐ろしい魔性《ましょう》の霊がこれらの中に宿っているのです。かれらには敵がわかるのでした。形が見えようと見えまいと、何者も気づかれないで通り過ぎることはできませんでした。かれらは敵の侵入も脱出も許さないでしょう。

サムは決意を固めて、もう一度突き進みましたが、急にがくんと立ち止まり、まるで胸と頭をなぐられでもしたかのようによろめきました。それから大胆不敵にも、かれは突然心に浮かんだ考えに応じて、ガラドリエルの玻璃瓶《はりびょう》をゆっくりと引き出すと、手に掲げました。というのもかれにはどうしたらいいのかほかに何も思いつかなかったからです。玻璃瓶の白い光は急速に輝きを強め、暗いアーチの下の闇は逃げ去りました。異形《いぎょう》の番人たちはその見るもおぞましい全容をあらわにして、冷たく不動のままそこに坐っていました。一瞬サムはかれらの目の黒い石にきらっと光るものをとらえました。その目の敵意そのものがかれをたじろがせました。しかし徐々にかれは像たちの意志がゆらぎ、砕け、恐れに変わるのを感じました。

かれは身を躍《おど》らせてその前を通り過ぎました。しかし玻璃瓶を懐《ふところ》に押し戻しながら、そうやって走り抜けたちょうどその時、かれはまるで鋼鉄の閂《かんぬき》が背後でパチッと閉まったようにはっきりと、像たちの警戒がよみがえったのに気づきました。そしてこの像たちのいまわしい頭部から高いけたたましい叫び声が起こり、かれの前に聳《そび》え立つ城壁にこだましました。ずっと高い所で、それに答える合図のように、一打ち、荒々しい鐘の音が打ち鳴らされました。

「やっちまったぞう！」と、サムはいいました。「さあ、おら玄関のベルを鳴らしちまったあ！　えい、ままよ、だれでも来い！」と、かれは叫びました。「シャグラト隊長に伝えろ、でっかいエルフの戦士がおいでになったとな、エルフの剣もご持参だとな！」

答はありません。サムはのっしのっしと進んで行きました。つらぬき丸はかれの手に握られたまま青く光っています。中庭は濃い暗闇の中に横たわっていましたが、敷石の上に死体が散乱しているのが認められました。かれのすぐ足許《もと》にはオークの弓組が二人、背中に短剣を突き刺されていました。その先にもまだまだたくさんそれらしいものが転がっていました。一人ずつ斬《き》り倒されたり射殺されたりして転がっているのもあれば、取っ組み合ったまま、二人ずつ組になって倒れているのもいました。お互いに刺したり、首を絞めたり、噛《か》みついたりしている真っ最中に死んだのです。敷石は黒っぽい血で滑りやすくなっていました。

サムは二《ふた》とおりの制服に気がつきました。一方には赤い目の印があり、もう一方には青ざめた死人の顔をかたどって醜《みにく》くした月の印がついていました。しかしかれは立ち止まってもっと近々と見ようとはしませんでした。外庭をつっきった先の塔の下の方に、大きな扉が半分開いたままになっていて、そこから赤い光が射していました。敷居際《しきいぎわ》に大きなオークが一人死んで倒れていました。サムはその体を跳び越えて中へはいって行きました。それから途方に暮れて、あたりを見回しました。

響きのいい広い通路が、入口から、サムが降りて来た山の山腹に向かって続いていました。通路は壁から突き出た炬火《たいまつ》受けの中でゆらゆらと燃えている炬火でぼんやり照らされていましたが、遠い隅《すみ》は暗がりに没して見えませんでした。通路は両側のここかしこにたくさんのドアやほかの通路への口が見られましたが、ぶざまに床に倒れている死体がさらに二つか三つあったほかは、人影が見えません。オークの隊長たちの話で耳にしたことから、生きているにせよ死んでいるにせよ、フロドがずっと上の小塔にある高い部屋で見つかる可能性が一番ありそうなことをサムは知っていました。しかし、そこへ行く道を見つけるまでに一日探しまわることになるかもしれません。

「おらの見当じゃ、奥に近い方だと思うね。」サムは口の中で呟《つぶや》きました。「この塔全体が、後ろの方へ、後ろの方へと登ってるだ。それにどっちみちこの明かりについてったほうがよかろうて。」

かれは通路を進んで行きましたが、今はのろのろと、一歩進むごとにますます足が重くなりました。ふたたび恐怖がかれをとらえ始めました。自分の軽い足音のほかには何の物音もしません。しかしその足音も反響して、まるで大きな手が平手で石をピシャピシャ叩《たた》くような大きい音に聞こえるように思えました。転がっている死体、がらんとした人気《ひとけ》のなさ、炬火の明かりで見る血ぬられたように見える、じめじめした黒い壁、出入口や暗がりにひそんでいる突然な死への恐怖、そしてかれの心の奥には、さっきの門で待ちかまえている油断怠りない敵意のことがありました。これはかれが心を奮い立たせて立ち向かえる限度をこえていました。かれは、何かをはらんでいるこのおそろしい空漠《くうばく》さよりはむしろ闘いを歓迎したことでしょう——一度に渡り合う敵がそんなに多くなければです。かれは強引にフロドのことを考えました。この恐ろしい場所のどこかで、縛られるか、苦しんでいるか、あるいはもう死んで横たわっているでしょう。かれは道を続けました。

炬火の明かりのとどく所を行き過ぎ、ほとんどこの通路のしまいにある大きなアーチ形の扉、すなわち、かれが正しく推量したとおり、あの地下門の内側にあたる扉の所まで来た時です。高い所から、絞め殺されるような恐ろしい悲鳴が聞こえてきました。かれははっと足を止めました。それから足音が聞こえました。すぐ頭の上の音の響く階段をだれかが大急ぎで駆け降りて来ます。

かれの意志は自分の手の動きを抑えるにはあまりにも弱くおそすぎました。手は鎖を引っ張り、指輪を摑《つか》みました。しかしサムはそれを指にはめはしませんでした。なぜならかれがそれを胸許《むなもと》で握りしめたちょうどその時、一人のオークがやかましい音を立てて降りて来たからです。それは右手の暗い通路から跳び出して来ると、かれの方に向かって走って来ました。六歩もない所まで来て、それは頭を上げて、かれを見ました。それが驚きのあまり息をつまらせるのが聞こえ、血走ったその目でひたと見つめるのが見えました。それは肝《きも》をつぶしてはたと立ち止まりました。というのは、それが見たのは、動かぬ剣を握りしめようとしている小さな怯《おび》えたホビットではなく、灰色の影に身を包んだ、物言わぬ大きな者がゆらめく光を背にぬうっと立ちはだかっている姿だったからです。片手には剣を握っていますが、その剣の光だけでも激しい苦痛ですのに、もう一方の手は胸許でしっかと握られ、何か名状しがたい力と運命の脅威を秘めていました。

一瞬オークはうずくまりましたが、次の瞬間には恐ろしい恐怖の叫び声をあげ、くるっと背を向けて、元来《もと》た方へ逃げて行きました。いかなる犬にせよ、敵が尻尾《しっぽ》を巻いて逃げたからといって、この思いもよらぬ敵の逃走を目にしたサム以上に勇気づけられはしなかったでしょう。喚声をあげてかれはその後を追って行きました。

「そうとも！　エルフの戦士がお通りだぞ！」と、かれは叫びました。「今行くからな。上へ行く道を案内しろ、さもないと生皮ひんむいてくれるぞ！」

しかしオークの方は勝手知ったる自分の棲処《すみか》ですし、すばしこく栄養もいいときています。それに反しサムはよそから来て、食べるものも食べておらず、へとへとに疲れています。階段は高く急な螺旋《らせん》階段です。サムはまもなく息を切らせ始めました。オークの姿はすぐに見えなくなり、今はただどんどん登って行くピシャピシャいう足音が微《かす》かに聞こえるだけでした。時折それは大きな悲鳴をあげ、そのこだまが壁に反響して伝わってきます。しかし徐々にそれの立てる音はすっかり聞こえなくなってしまいました。

サムは重い足を引きずって登り続けました。自分が正しい道を進んでいることが感じられ、元気がもりもり出てきたのです。かれは指輪をしまい込むと、ベルトをしめ直しました。「さてさて！」と、かれはいいました。「やつらみんなおらとつらぬき丸をあんなふうに嫌《きら》ってさえくれれば、思ってたよりいい結果になるかもしれねえぞ。それにどっちみちまるでシャグラトとゴルバグとその仲間たちでおらの仕事をほとんど片づけちまってくれたようだ。あの怯《おび》えたちびねずみのほかは、ここにはだれ一人生き残っちゃいねえと思うだが！」

こういうと同時に、かれはまるで石の壁に頭でもぶつけたように、がくんと足を止めて立ち止まりました。自分が今口にしたことの意味がまるで強い一撃のようにかれを打ったのです。だれ一人生き残っちゃいねえ！　さっきの恐ろしい断末魔《だんまつま》の叫び声はだれの声だったのか？「フロド様、フロド様あ！　旦那あ！」かれは半ばむせび泣きながら叫びました。「もしやつらが旦那を殺しちまったら、おらはどうしたらいいんですう？　でもおらどうしても行くだ。ずっとてっぺんまで行って、見なきゃなんないものを見るだ。」

上へ上へとかれは登って行きました。曲がり目や塔のもっと高いところに通じている通路のそばに揺らめいている炬火《たいまつ》がところどころにあるほかは真っ暗でした。サムは階段の数を数えようとしましたが、二百段からあとは数えられなくなってしまいました。かれは今は音を立てないように動いていました。しゃべり声めいた音が聞こえたと思ったからです。といってもまだかなり上のようでした。どうやら生き残っているねずみは一匹ではないようです。

かれがもうこれ以上息が押し出せない、むりでも膝《ひざ》が上げられないと思った時、突然階段が終わりました。かれはじっと立っていました。話し声は今は大きくそして近くなりました。サムは目を凝らしてあたりを見回しました。塔の最上層、第三層の陸屋根のところまで登って来ていたのです。その屋上は奥行きが二十ヤードほどの何もない場所で、ただ低い手すりがついていました。階段は屋上の中央にある丸屋根《ドーム》のついた小さな部屋の中に出ていました。その部屋には東と西に低い出入口がついていています。東の方にはモルドールの平原が眼下に茫々《ぼうぼう》と暗く広がっているのが見渡され、遥か向こうには燃える山が見えました。その深い噴出孔の中では新たな激しい動きが高まり、幾筋もの火の川がいともすさまじく燃えていたために、何十マイルも離れたこんな遠くでも、それらの火の川の照り映《は》える光が、赤くぎらぎらと塔の頂を照らしていました。西方の眺めは、この屋上平面の奥の方に、角《つの》のようなその先端を周りにひしめく山々の頂より高く聳《そび》え立たせている大きな小塔の基部にさえぎられていました。小塔の狭い窓の一つから、ちらちら明かりがもれていました。小塔のドアはサムが立っているところから十ヤードもありません。ドアは開いていますが、中は暗く、例の声はちょうどこの暗がりの中から聞こえてくるのでした。

最初のうちサムは聞いていませんでした。かれは東の出入口から一歩足を踏み出し、あたりを見回しました。すぐにかれはオークたちの斬《き》り合いがここで一番激烈だったことに気づきました。屋上は死んだオークたちと、切断されて散乱した頭部や四肢《しし》で埋まっていました。この場所は死臭を放っていました。その時罵《のの》り声がしたと思うと、その後に平手打ちと叫び声が続きましたので、かれはぱっと退いて身を隠しました。一人のオークが怒って声を荒らげました。サムは今度もこれがだれの声なのかすぐにわかりました。耳障《ざわ》りな荒々しい冷酷な声です。塔の隊長、シャグラトが話しているのでした。

「二度と行かねえだと？　ちきしょう、スナガ、この蛆虫《うじむし》めが！　お前《めえ》、もしおれがひでえ手負《てお》いで、ばかにしても大丈夫だと思ってるならよ、そいつは、違ってるぜ。ここへ来い、そうすりゃ、たった今おれがラドブグにしてやったようによ、お前の目の玉絞り出してやるぜ。そして新しい子分どもが来たら、お前の始末はつけてやらあ。シェロブ送りによ。」

「やつらは来ねえ、ともかくお前さんの生きてる間は来ねえよ。」スナガが横柄《おうへい》に答えました。「お前さんにはもう二度も話してるぜ、ゴルバグの豚どものほうが先に門を出たとね、そしておれたちのほうはだれも出ちゃおらんとね。ラグドゥフとムズガッシュの野郎が駆け抜けたが、二人とも矢で射《う》たれた。おれは窓から見てたのさ。そして最後まで残ってたのはあの二人だからな。」

「それなら、お前が行かなきゃだめだ。ともかくおれはここに残ってなきゃならんからな。だがおれは負傷してる。けがらわしい謀反人《むほんにん》のゴルバグめ、やつは黒坑《くろあな》行きよ！」シャグラトの声はしだいに低くなって、しまいにはぶつぶつと一連のおぞましい名前や罵《ののし》り言葉を呟《つぶや》いていました。「おれはやつにこっちが受けた以上のものを見舞ってやった。だが、こっちがあいつの首を絞めてやる前に、くそっ、やつはナイフでおれを刺しやがった。どうあってもお前が行くんだ、でねえと取って喰《く》うぞ。どうしてもルグブルズに知らせなきゃなんねえ、さもないとおれたちは二人とも黒坑行きになるぜ。そうとも、お前もだ。ここに隠れても逃げられやしねえぜ。」

「おれは二度とあの階段は降りねえぞ。」スナガが怒った声を出しました。「お前さんが隊長だろうとなかろうと。おいおい！　そのナイフから手を放せ、さもねえとお前さんのはらわたに矢をぶっこむぞ。この騒ぎの顚末《てんまつ》が向こうに聞こえたらな、お前さんだってそういつまでも隊長じゃいられねえぜ。おれは塔の守備隊のために、あの鼻もちならねえモルグルのねずみ野郎どもを相手に戦ってきたのよ。ところがお前さんらおえらい隊長どんが二人して何もかもだいなしにしちまったのよ、分捕り品の取り合いをしてな。」

「ごたくを並べるのはもうやめろ。」シャグラトが怒ってどなりました。「おれは命令を受けていたんだ。ゴルバグのやつが始めやがったのよ。あのきれいな鎖かたびらを盗もうとしやがったのよ。」

「なるほど、だがお前さんが高びしゃでえらぶったもんだから、やつを怒らせたのよ。それにともかくやつのほうがお前さんより分別があったぜ。やつは一度ならずいっとっただろ、あの間者《かんじゃ》の中の一番危険なやつがまだ自由にうろついてるとな。だがお前さんは聞こうとはしなかった。そして今も聞こうとしねえのよ。いいかね、ゴルバグのいったとおりだ。このあたりにえらい大きな戦士がうろうろしてるぜ、あの血を追いまくるエルフどもの一人か、それともいまいましいタルク（訳註　ゴンドールの人間の意）の一人だよ。いいか、やつはここにやって来るぜ。お前さん、鐘が鳴るのを聞いたろ。やつは番人の前を通り抜けやがった。これはタルクのしわざよ。やつは階段にいやがった。おれはやつがあそこからいなくなるまでは降りねえぞ。たとえお前さんがナズグルだろうと、行かねえぜ。」

「ははあー、そういうことかよ？」シャグラトが喚《わめ》きました。「これはする、あれはやらん、というのだな？　そしてもしそいつがほんとに来たら、お前《めえ》はおれをほったらかして逃げ失《う》せるんだろう？　いや、そうはさせねえ！　それより先にお前の腹に赤い蛆虫穴を明けてやるぞ。」

小塔の戸口から小柄なオークが飛び出して来ました。そのあとからシャグラトが出て来ました。背をかがめて走ると地面にとどくほど長い腕を持った大柄のオークです。しかし片方の腕はだらっと垂れ下がり、血が出ているようでした。もう片方の腕は大きな黒い包みをかかえこんでいます。階段部屋の戸の陰に身を縮めていたサムは、赤いぎらぎらする光の中を通り過ぎるシャグラトの凶悪な顔をちらりと目にしました。その顔はまるで鉤爪《かぎづめ》でひっかかれたように切り傷だらけで血まみれでした。突き出た牙《きば》の間からは涎《よだれ》が垂れ、口はけもののように歯をむいて唸《うな》っていました。

サムに見える限りでは、シャグラトは屋上をぐるぐるスナガを追っかけ回していましたが、小さいオークのほうは頭をひょいと屈《かが》めたり、うまく身をかわしたりして逃れ、キイキイ叫びながら、脱兎《だっと》のごとく元いた小塔に飛び込んで、姿を消してしまいました。そこでシャグラトは立ち止まりました。かれが手すりのそばにいるのが、東の戸口からサムには見えました。ハーハーと息を切らせながら、左手を弱々しく握りしめたりほどいたりしていました。かれは包みを床に置くと、右手で長い赤いナイフを抜き、それに唾《つば》をひっかけました。かれは手すりのところにいって身を乗り出すと、ずっと下の外庭を見おろしました。二度かれはどなりましたが、何の応答も聞こえてきません。

シャグラトが背中を屋上に向け胸壁越しに身を屈めていた時、ぶざまに横たわっていた死骸《がい》の一つがうごめいているのをサムは突然目にして、びっくりしました。それは四つん這いになってそろそろ動いていました。そして片手を伸ばすと包みをひっつかみました。それからよろめきながら立ち上がりました。もう一方の手には折れた短い柄のついた穂先の広い槍《やり》を持っていました。槍はぐさりと一突きできるようにかまえられました。ところがちょうどその時、痛みの喘《あえ》ぎか、憎しみの吐息か、それの歯の間からシーという音がもれました。蛇のようにすばやくシャグラトは身を脇にすべらせると、くるっと身をひねって、持っていたナイフを敵の喉首に打ち込みました。

「仕とめたぞ、ゴルバグめ!」と、かれは叫びました。「まだくたばってなかったか、え?よし、今度こそ止《とど》めを刺してやるぞ。」かれは倒れた体の上に跳び乗り、猛《たけ》り狂って踏みつけ、踏みにじり、その合間《あいま》合間に身を屈めては持っているナイフで死体をめったやたらに突き刺し、切りつけました。こうしてやっと気が済むと、かれは頭をのけぞらせ、喉を鳴らすような恐ろしい勝鬨《かちどき》をあげました。それからかれはナイフをぺろっと舐《な》めて、歯の間にはさみ、包みをむんずと摑《つか》み上げると、階段部屋の近くの戸口に向かって、ひょいひょいと歩いて来ました。

サムには考えている暇はありませんでした。もう一つの戸口から忍び出ることができたかもしれませんが、見られずに出るのはむりでした。それにこの見るも恐ろしいオークといつまでも隠れんぼをすることはとてもできなかったでしょう。かれは、できることとしてはおそらく最善と思われることをしました。シャグラトに立ち向かうべく雄叫《おたけ》びをあげながら跳び出していったのです。かれはもはや指輪を手に摑《つか》んではいませんでしたが、それは秘められた力、モルドールの奴隷たちをおびやかす脅威として、そこに存在していました。また手にはつらぬき丸がありました。その光はまるで恐るべきエルフの国々の残酷な星々のきらめきのようにこのオークの目を射ました。シャグラトに限らずすべてのオークにとって、エルフの国々は夢に見ることさえ背筋の冷えるような恐怖だったのです。それにシャグラトは宝物をかかえながら戦うことはできません。かれは立ち止まると牙《きば》をむき出して唸りました。それからまたもやオーク流に、ひょいと跳びのき、サムが跳びかかっていくと、重い包みを盾《たて》と武器代わりに、かれの顔にぶつかるほど近くぐいと突き出しました。サムがよろめいて、体勢を立て直した時には、シャグラトはもう脱兎《だっと》のごとく通り過ぎて階段を降りていました。

サムは罵《ののし》りながらそのあとを追いましたが、深追いはしませんでした。フロドのことがすぐ頭に戻ってきたからです。それにかれはもう一人のオークが小塔の中に戻って行ったことを忘れてはいませんでした。またもやここで恐ろしい選択の前に立たされたものの、とつおいつ考えている暇はありません。もしシャグラトが逃げれば、すぐに助けを得て戻って来るでしょう。といってもしサムがかれの後を追いかければ、もう一人のオークがあそこの上で何か恐ろしいことをするかもしれません。それにいずれにしてもサムはシャグラトを取り逃がすかもしれませんし、もしかしたら反対に殺されるかもしれません。かれはいそいで踵《くびす》を返すと階段を駆け戻りました。「今度もまちがっているかもしんねえ、」かれは溜息《ためいき》をつきました。「だがあとで何か起ころうと、まず一番上まで行ってみるのがおらの仕事だ。」

シャグラトのほうはというと、ぴょんぴょんと階段を駆け降り、外に出て前庭をつっきり、門を出て、大切な荷物をかかえながら遠ざかって行きました。もしサムにこれが見え、かれの逃亡がもたらすであろう災いを知ることができたら、かれは怯《おじ》けづいたかもしれません。しかし今はかれの心は自分がとりかかった捜索の最終段階に向けられていました。かれは用心しながら小塔の入口まで来て、中に足を踏み入れました。戸口は暗闇の中に開かれていました。しかしじっと凝視するかれの目はまもなく右手におぼろな明るさを認めました。このおぼろな光は別の階段に通じる通路から来ていました。その階段は暗くて狭く、小塔の円形の外壁の内側の壁に沿ってぐるぐると曲がりながら小塔の上に登っていくように見えました。一本の炬火《たいまつ》がどこか上の方でちらちらと燃えているのです。

サムはそっと登り始めました。サムは蠟《ろう》の流れている炬火のところに来ました。炬火は、西側を見晴らす細い窓に面した、かれから見て左手の戸口の上に据《す》えつけられていました。これがつまりかれとフロドの二人が下のトンネルの口際《ぎわ》から見た赤い目の一つだったのです。サムは足を速めてこのドアの前を通り過ぎ、上の階へ急ぎました。いつ何時《なんどき》襲われて、首を絞める指が背後から喉を摑《つか》むのを感じるはめになるかもしれないと思ったからです。次にかれは東を見晴らす窓ともう一つの炬火のあるところに来ました。その炬火は小塔の真ん中を通っている廊下に通じる戸口の上にありました。ドアは開いていましたが、廊下は炬火のかすかな光と細い窓からはいってくる外からの赤い光に照らされるほかは真っ暗でした。しかし階段はここでおしまいになっていて、これ以上は登れません。サムはそっと廊下に忍び込みました。廊下の両側に低い戸口が一つずつありましたが、どちらも閉まっていて鍵《かぎ》がかかっています。何の物音もありません。

「行き止まりだ。」と、サムは呟《つぶや》きました。「こんなところまで登ってきたというのに！ ここが塔のてっぺんちゅうはずがないがなあ。だが、今おらに何ができよう？」

かれは下の階まで駆け戻ると、ドアが開くかどうか試してみました。扉は動こうとしません。かれはふたたび駆け登りました。汗がたらたらと顔をしたたり落ちてきます。寸刻も惜しい気がするのに、時は一刻一刻と逃げていって、何一つできないのです。こうなればもうシャグラトもスナガも、そのほかどんな輩《やから》のオークたちが出てこようと、気にかかりませんでした。かれはただ自分の主人を慕っていました。主人の顔が一目《ひとめ》見たい、その手に一度でもふれたいと思うばかりでした。

最後にかれはへとへとに疲れ果ててもうだめだと感じて、廊下より低い段々に腰を下ろし、頭を垂れて両手でかかえました。静かです。恐ろしいくらい静かです。ここに来た時すでに勢いを失って燃えていた炬火がパチパチと音を立てて消えました。そしてかれは暗闇が潮《うしお》のように身を包むのを感じました。するとその時、サムは自分でも驚いたことに、長い旅と苦しみのこの空しい終着点にあって、自分にもわからぬ心中のいかなる思いに誘《さそ》われてか、低い声で歌を歌い始めたのです。

かれの声は冷えびえとした暗い塔の中にかぼそく震えながら響きました。途方にくれて疲れはてたホビットの声でした。たとえ聞き耳をたてているオークがいたとしても、とてもエルフの貴人の澄んだ歌声とまちがえっこありません。かれはホビット庄の古い子供の歌やビルボ旦那の歌の断片を口ずさみました。それらはちらと束《つか》の間垣間《まかいま》見るふるさとの事物のようにかれの心に浮かんでくるのでした。するとその時突然新たな力が湧《わ》き起こってきて、声が朗々と鳴り響き、この単純な節回《ふしまわ》しに合わすように、かれ自身の言葉が自然と口をついて出てくるのでした。

お月さまの照る西の国に
　春には花々がほころびるだろう。
木々は芽ぶき、水はほとばしるだろう。
　陽気なひわたちが歌を歌うだろう。
また夜はくまなく晴れて、
　ゆれ動く橅《ぶな》たちが
白い宝石のようなエルフの星を
　生い茂る若枝の間に抱くだろう。

たとえこの身はここ旅路の果てに倒れて
　暗闇の底に埋もれようとも、
強固で高い塔の群をぬき、
　けわしい山脈をぬきんでて、
あらゆる陰の上空に、お日さまは上る。
　星々も永久に空にかかる。
いうまいぞ、日が果てた、と。
　告げまいぞ、星々に別れを。

「強固で高い塔の群をぬき……」と、もう一度繰り返し始めたかれは、ここではたと歌いやめました。かすかな声がかれの歌声に答えるのを聞いたように思ったのです。しかし今はもう何も聞こえません。いや、何か聞こえますが声ではありません。足音が近づいてきました。今度は上の通路にあるドアの一つがそっと開けられました。蝶番《ちょうつがい》がきしみました。サムは屈《かが》みこんで聞き耳を立てました。扉がバタンという鈍い音を立てて閉まりました。ついでオークの罵《のの》り声が響き渡りました。
「ほ、ほう！　お前はそこの上か、けちなねずみ野郎めが！　キイキイほざくのはやめろ、さもねえと、おれがいって片づけてやるぞ。聞こえるか？」

答はありませんでした。

「よーし、」スナガが不満そうな声をあげました。「だが、お前をちょっくら見に行くぜ。何をたくらんでるのか見てやるからな。」

蝶番《ちょうつがい》が再びきしみました。通路の敷居のすみからじっとうかがっていたサムは、開いた戸口にちらちらと明かりが揺らめき、オークのおぼろな姿が現われるのを見ました。かれは梯子《はしご》をかついでいるようでした。サムには突然答えが判明しました。一番上にある部屋というのは、通路の天井にある落とし戸からはいるのです。スナガは梯子をぐいと上に突き上げると、揺れないように安定させ、それからよじ登って見えなくなりました。閂《かんぬき》の引かれる音が聞こえ、ついでぞっとするようないまわしい声のしゃべるのが聞こえました。

「静かにしやがれ、さもねえとひどい罰を喰《く》らわすぞ！　お前はどうせそういつまでも安穏《あんのん》に生きられるわけじゃねえが、今すぐお楽しみを始めてもらいたくねえなら、その口にふたをしとけ、いいか？　お前の体に覚えさせてやるわい！」ピシリと打ち鳴らされる鋭い鞭《むち》のような音が聞こえました。

これを聞くとサムの心の中に激しい怒りがむらむらと火のような烈《はげ》しさで燃え上がりました。かれはぱっと立ち上がって駆け出し、猫《ねこ》のように梯子《はしご》を登って行きました。かれの頭が出たところは、広い円形の部屋の床の真ん中でした。赤いランプが一つ天井から下がり、西側に高くて暗い狭い窓がありました。窓の下の壁際の床に何かが転がっていました。その上に立ちはだかるオークの黒い姿がまたもや鞭《むち》を振り上げましたが、二度と振り下ろされはしませんでした。

サムは一声《ひとこえ》叫び声を放つと、つらぬき丸を手に床をすっとんで行きました。オークはくるっと向き直りましたが、行動に移るまもなく、鞭を持つ手を手首からサムに切り落とされてしまいました。痛さと恐怖に唸《うな》り声を発しながら、それでも死に物狂いにかれをめがけてまっしぐらに突き進んで来ました。サムの次の一撃は狙《ねら》いをはずれ、そのために体の平均を失って後ろざまに倒れましたが、そのかれにつまずいてよろめくオークを捕えようと、もがきながら体を起こすまもなく、叫び声と、ドシンと重い物の落ちる音が聞こえました。オークはめちゃめちゃに気をはやらせて、梯子の先につまずき、開いたままの落とし戸から落っこちたのです。サムはもうこのオークのことは顧慮しませんでした。かれは床に体を縮めている姿に走り寄りました。それは、フロドでした。

かれは裸のまま、きたないぼろの山の上にまるで気を失ったように横たわっていました。頭をかばうように片腕を振り上げたまま、横っ腹にはみみずばれになった醜い鞭の痕《あと》が走っていました。

「フロドさまあ！　フロドの旦那あ、旦那さまあ！」サムは叫びました。涙で目が見えないほどでした。「サムですだ。ここにいますだ！」かれは主人の体をかかえ上げるとひしと胸に抱きしめました。フロドは目を開きました。

「わたしはまだ夢を見ているのだろうか？」と、かれは呟《つぶや》きました。「だがさっきまでの夢は恐ろしかった。」

「全然夢じゃねえですだ、旦那。現《うつつ》ですだ。おらです。おらがここに来たんです。」

「信じられないくらいだ。」フロドはそういって、ぎゅっとサムを摑《つか》みました。「鞭《むち》を持ったオークがいたと思ったら、それがサムに変わった！　それじゃさっき下で歌声が聞こえて、わたしは答えようとしたんだけど、あれはやっぱり夢じゃなかったんだね？　お前だったのかい？」

「いかにもそうですだ、フロドの旦那。おら、もうちょっとで望みを捨てちまうところでしただ。旦那が見つからねえもんで。」

「さあ、これで見つかったね、サム、サムや。」フロドはそういって、サムのやさしい腕の中に再び身を横たえ目を閉じました。ちょうど子供がさまざまな夜の恐怖を愛する声や手によって追いやってもらい、ほっと安心した時のようでした。

サムはこうしていつまでも尽きることのない幸せの中に坐っていられるような気がしましたが、それは許されることではありません。主人を見つけるだけですむことではないのです。これからまだかれを助け出さなければなりません。かれはフロドの額《ひたい》にキスしました。「さあ！　目え覚ましてください、フロドの旦那！」かれは夏の朝、袋小路屋敷でカーテンを開けていうようにことさら明るく聞こえる口調を張って、そういいました。

フロドは溜息《ためいき》をついて体を起こしました。「ここはどこだね？　どうやってわたしはここに来たんだろう？」と、かれはたずねました。

「どこかよそへ行くまでは、話をしている時間はねえですが、フロドの旦那、」と、サムはいいました。「ここは旦那がオークどもに捕まる前に、旦那とおらが向こうの下のトンネルのそばで見たあの塔のてっぺんですだ。あれはどのくらい前のことになるのかおらにはわからねえのですが。もうまる一日以上たってると思いますだ。」

「たったそのくらいかね？」と、フロドはいいました。「もう何週間もたったような気がするが。機会があれば、ぜひこのことをすっかりわたしに話しておくれ。何かがわたしを襲ったんじゃなかったかね？　そしてわたしは暗闇といまわしい夢の中に落ちていった。それから目が覚めて、現《うつつ》はもっとひどいことを知った。オークどもがわたしをすっかり取り巻いていた。やつらは何か恐ろしい燃えるような飲物をわたしの喉《のど》に流しこんだところだったんだね。わたしの頭はだんだんはっきりしてきた。しかし体は痛むし、それにへとへとに疲れていた。やつらはわたしから何もかもはぎ取った。それから体の大きな残忍なやつが二人来て、わたしを訊問《じんもん》した。わたしにかぶさるように立ちはだかって、小気味《こきみ》よげにほくそえみ、短剣をいじくりながら、こっちが気が狂うのじゃないかと思うまで訊問を続けるんだ。やつらの鉤爪《かぎづめ》のような手も目もわたしは決して忘れないよ。」

「やつらのことなら、忘れられないでしょうよ、フロドの旦那、」と、サムはいいました。「でも二度とやつらには会いたくないと思われるのなら、早くここを立ちのくにこしたことはねえですだ。旦那、お歩きになれますか？」

「ああ、歩けるよ。」フロドはそういって、のろのろと立ち上がりました。「傷はないんだよ、サム。ただひどく疲れてて、それに、ここが痛むんだ。」かれは左肩の上の頸《くび》の後ろに手をやりました。かれが立ち上がると、サムには炎に包まれているように思えました。かれの裸の皮膚は頭上のランプの光に照らされて真っ赤でした。かれは床の上を二度ゆっくりと横断しました。

「大分ましになったぞ！」かれは少し元気が出てきました。「一人で放《ほう》って置かれた時でも、思い切って動けなかった。でないと見張りの一人がやって来るんでね。どなり合いや斬《き》り合いが始まるまでのことだけど。二人の大きな残忍なやつら、これが仲違《たが》いをしたんだろうね、わたしやわたしの持ち物のことで。わたしは恐ろしさのあまりここに横になってた。それから何もかも死んだように静かになってしまった。これはなおたまらなかった。」

「そうです、やつら喧嘩《けんか》をしやがったんです、見ましたところ。」と、サムがいいました。「この場所にはあのいやらしいやつらが二百人ばかりいたにちがいねえです。サム・ギャムジーにとっちゃ、ちいっと手に負《お》えねえわけでしただ。しかしやつらは自分たちですっかり自分たちの始末をつけてくれちまってました。運がよかったたってこってすが、ここから出ないことには歌にするには長すぎますだ。さて、どうしましょう？　皮膚の外に何も着ずに黒の国の中を歩かれるわけにはいかねえですだよ、フロドの旦那。」

「やつらは何もかも取ってしまったんだよ、サム、」と、フロドはいいました。「わたしが持っていたものを何もかもだ、わかるかね？　何もかもだ！」かれは頭を垂れて再び床に身をすくめてうずくまってしまいました。かれ自身が口にした言葉がこの破滅的な出来事の全容を今さらながらはっきりとかれに自覚させ、かれを絶望で打ちのめしてしまったのです。「探索行は失敗に終わったよ、サム。たとえここから出られたとしたって、逃げられやしない。エルフだけが逃げられるのだ。中つ国《なかつくに》を離れて遠くへ、遠くへ、大海を渡ってずっと遠くへね。その海にしたって大いなるかの影を寄せつけないでおけるだけ広ければだが。」

「いや、何もかもではねえです、フロドの旦那。失敗に終わっちゃいません、まだまだ。おらが取っといたんです、フロドの旦那、ごめんくだせえまし。それからずっとおらがちゃんと持ってますだ。今はおらの頸《くび》にかかってます。おそろしく重い荷物ですだ。」サムは指輪と鎖を取ろうと手探りしました。「でもこれはまた旦那が持っていらっしゃらなきゃいけねえでしょう。」ところがいざ返すとなると、サムは指輪を手放し、ふたたび主人に負わすのが何となくいやな気がしました。

「お前が持ってるって？」フロドは息が止まるくらいびっくりしました。「ここに持ってるって？　サム、お前は実にすばらしいやつだ！」ところがここでかれの口調は急にそして異様《いよう》に変化しました。「わたしにおくれ！」かれは叫びながら立ち上がり、震える手を差し出しました。「今すぐおくれ！　お前が持ってちゃいけないんだ！」

「わかりましたよ、フロドの旦那、」サムは少なからず仰天《ぎょうてん》していいました。「さあ、これです！」かれはのろのろと指輪を引っ張り出し、鎖を頭からはずしました。「けど、旦那は今モルドールの国においでです。ここから出てごらんになると、火の山やなんかが見えますだ。ここでは指輪がとても危険で、それに持ってるだけでもとてもたいへんだってことが、旦那にもおわかりになりますだ。もしあんまり大変なようなら、おらも時々代わって差し上げますだが？」

「だめだ、だめだ！」フロドはそう叫ぶと、サムの手から指輪のついた鎖をひったくりました。「だめだ、いけない、この盗っ人め！」かれは息を切らしながら、恐怖と敵意に大きく見開かれた目でサムを睨《にら》みつけました。そして次の瞬間にはたちまち、片手にしっかと指輪を握りしめたまま、茫然《ぼうぜん》として立っているのでした。目から霞《かすみ》が晴れるように思われ、かれは痛む額を手でなでました。いまわしい幻はあまりにも真実らしく見えましたので、それから受けた苦しみと恐怖に今もまだ半ばぼんやりしているのでした。サムが自分の目の前でふたたびオークに変わってしまい、横目を使って自分の宝物にちょっかいを出していたのです。欲深《よくぶか》な目をして、口から涎《よだれ》をたらしているいやらしい小さな生きものでした。しかしはや幻は消え去りました。いるのは自分の前に跪《ひざまず》いているサムでした。その顔はまるで心臓でも刺されたように苦痛に歪《ゆが》んでいました。目から涙が溢《あふ》れ出ていました。

「ああ、サム！」フロドは叫びました。「わたしは何をいったんだろう？　何をしたんだろう？　許しておくれ！　お前がこれほど尽くしてくれたというのに。指輪の恐ろしい魔力だ。これが絶対に二度と見つからなきゃよかったのに。だけど、わたしのことは心配しないでいいよ、サム。わたしはこの荷物を終わりまで持っていかなきゃならないんだ。これは変更するわけにはいかない。お前はわたしとこの運命との間にはいってくることはできないんだよ。」

「承知しました、フロドの旦那。」サムはそういって、袖《そで》で目をこすりました。「わかりましただ。でもやっぱりそれでもお手伝いはできますだね？　おら、旦那をここからお出ししなきゃなんねえです。それもすぐにですだ、いいですか？　けど、旦那にはまず何か着る物と武具とそれから食べ物がおいりです。着る物のことは一番簡単です。ここはモルドールですから、モルドールふうの恰好をするのがいっとういいです。それにどっちみちそうするほかねえですだ。それでフロドの旦那、旦那に着ていただくのはオークの代物《しろもの》ということになるんじゃないかと思います。おらもそうです。旦那と一緒に行くなら、つり合ったほうがいいです。さあ、これをひっかけてください！」

サムは自分の灰色のマントの留め金をはずし、フロドの肩にそれをかけてやりました。それから、荷物を肩から下ろして、床に置きました。かれはつらぬき丸を鞘《さや》から抜いてみました。刃にはちらと揺れる光もほとんど見えないくらいでした。「おら、これのこと忘れてましただ、フロドの旦那。」と、かれはいいました。「いいや、やつらは何もかも取ってはいませんだよ！　旦那はおらにつらぬき丸を貸してくださいました。憶《おぼ》えておいででしょうか、それから奥方の玻璃《はり》の瓶《びん》も。両方ともまだここに持ってます。けど、両方とももうしばらくお貸しください、フロドの旦那。何が見つかるか見に行かなくちゃなんねえです。旦那はここにおいでください。少し歩いて足を慣らしてくだせえまし。長くはかかりません。遠くまで行くことはねえでしょうから。」

「気をつけるんだよ、サム！」と、フロドはいいました。「それから急ぐんだよ！　まだ生きてるオークがいて待ち伏せしてるかもしれないからね。」

「一《いち》か八《ばち》かやってみなくちゃなんねえです。」と、サムはいいました。かれは落とし戸まで歩を進め、そっと梯子《はしご》を降りて行きました。一分もするとかれはふたたび頭をのぞかせ、長いナイフを床に放り投げました。

「何か役に立つかもしれねえです。」と、かれはいいました。「やつは死んでます。旦那を鞭《むち》で打ったやつですだ。首根っこ折っちまったようで。あんまり気がせいたからですよ。ところでフロドの旦那、もしできれば、梯子を上げといてください。そしておらが合言葉をいいますから、それが聞こえるまでは下ろさねえでくだせえまし。エルベレスといいますからね。エルフたちのいう言葉ですだ。オークなら一人もこんな言葉いいっこねえですから。」

フロドはしばらく坐ったまま震えていました。恐ろしい不安が次々と心をよぎっていきました。やがてかれは立ち上がり、灰色のエルフのマントを身にまとって、気持ちをそらすために、あちこち歩き始め、自分の置かれた牢獄《ろうごく》のありとあらゆる場所を調べてまわったり、覗《のぞ》きこんだりしました。

それからあまりたたないうちに、といっても心配のあまり少なくとも一時間はたったような気持ちがしたのですが、サムの声が下からそっと「エルベレス、エルベレス」と呼ぶのが聞こえました。フロドが軽い梯子を下ろしました。フウフウいいながらサムが大きな束ねたものを頭の上にのせて上がって来ました。かれはそれをどさっと床に落としました。

「さ、急いでください、フロドの旦那！」と、かれはいいました。「おらたちみてえな者に合うような小さいものが何か見つかるかと思って少しばかり探してましただ。あるもんでまにあわせなきゃなりませんだよ。でも急がなくちゃなんねえです。おら生きてる者にはだれ一人出会いませんでしたし、何にも見ませんでした。それでも不安です。この場所は見張られているような気がしますだ。うまく説明はできねえですが、そう、なんちゅうか、あのいまわしい空飛ぶ乗手たちの一人がこのあたりにいるような、自分の姿の見えないどこか高い暗いところにいるような、そんな気がしますだ。」

かれは束ねた包みを開きました。フロドは胸のむかつきそうな顔で、その中身に目をやりました。しかしほかにどうしようもありません。かれはここにある物を着るか、でなければ裸で行くしかありません。何か汚ならしい獣皮でできた深い長いズボンがあり、それから汚れた革のシャツがありました。かれはこの二つを身につけました。シャツの上から頑丈《がんじょう》な鎖かたびらを着ましたが、これは一人前のオークには短すぎるものとはいえ、フロドには長すぎましたし、重すぎました。この鎖かたびらの周りにかれはベルトをしめました。そしてそこに短い鞘《さや》にはいった広刃の刺し刀を下げました。サムはオークの冑《かぶと》をいくつか持って来ました。そのうち一つがフロドにちょうどよく合いました。鉄のへりと鉄の輪のついた黒い帽子で、革がかぶせてあり、その革にはくちばしのような形の鼻当ての上あたりに赤で災《わざわ》いの目が描かれていました。

「モルグルの品物、ちゅうことはゴルバグの着てたもんのほうが体にも合うし、出来もいいですが、」と、サムはいいました。「やつの着てたもんや持ちもんをモルドールに持ち込むのはうまくねえと思いますだ。ここでこんなことがあったあとですからね。さあ、これでよしと、フロドの旦那。申し分のないちっちゃいオークですだ、おらに遠慮なくいわせていただければですが――顔をマスクで隠し、腕をもっと長くして、脚もがにまたにすれば、旦那はともかくそう見えるだろうってこってすよ。ちぐはぐなところはこれが隠してくれますだ。」かれは大きな黒いマントをフロドの肩に着せかけました。「さあ、お支度がすみました！　盾《たて》は途中で拾えますだ。」

「お前はどうするんだね、サム？」と、フロドはいいました。「つりあうようにするんじゃないのかね？」

「ええと、フロドの旦那、おら考えてたですだが、」と、サムはいいました。「おら、自分の着てるものを何にも残さねえほうがいいちゅうことです。そうかといって始末することもできませんだ。またそうかといって今着てるものの上からオークの鎧《よろい》を着ることもできねえこってしょう？　だからおらちょっくら上から隠しちまえばいいです。」

かれは跪《ひざまず》いて、エルフのマントを丁寧に畳みました。それは驚くほど小さく巻かれました。

これをかれは床に置いてあった荷物の中にしまいました。そして立ち上がると、この荷物を背に負い、頭にオークの冑《かぶと》をのせ、肩にフロドと同じ黒いマントをひっかけました。「そら！　これでお互いにどうやらつりあいますだ。さ、これでもう行かなくちゃなりません！」

「わたしはここからずっと一《ひと》っ走《ぱし》りで駆けて行くってわけにはいかないよ、サム。」フロドは苦笑していいました。「お前、道中の旅籠屋《はたごや》のことは調べといてくれただろうね？　それとも食べものや飲みもののことは失念したのかな？」

「南無三《なむさん》、すっかり忘れてましただ！」と、サムはいいました。かれはうろたえてヒューと口をならしました。「しまったなあ、でも旦那がおっしゃったおかげで、おらもとたんに腹がぺこぺこ、喉がからからになりましただ。おらはいったいいつ水の一滴、食べものの一切れが最後にこの口を通ったか憶《おぼ》えてねえですだよ。旦那を見つけようとして、そんなこと忘れてましただ。さあーてね、この前調べた時には、あのエルフの行糧《こうりょう》と、ファラミア大将がくだされたもんがまず充分なくらいありましただ。いざとなりゃおらが二週間くらいは倒れないで立ってられるくらいの分量ですだ。だが水筒の中にはあったとしても一滴ぐらいしかねえです。二人分なんてとても。オークは食べたり飲んだりしねえもんですかね？　それともやつらはきたない空気と毒だけで生きてるだかね？」

「いや、やつらだって食べたり飲んだりするさ、サム。やつらを生み出したかの影にできることは真似《まね》て嘲《あざけ》ることだけで、作ることはできないのだ。それ自身のものといえる新しい本物は、ね。

かの影がオークどもに生命を与えたとはわたしには思えない。あれはただかれらを荒廃させ、ねじ曲げただけだ。だから生きている以上は、かれらにしてもほかの生きものと同じように暮らさなきゃならないわけだよ。汚れた水を飲み汚れた肉を食べるのさ、ほかに手にはいらなければね。だが毒は食べない。やつらはわたしに食べものをくれた。だからわたしはお前よりましなわけだ。ここだってどこかに食べるものと水があるにちがいないよ。」

「でも探してる時間がねえですだ。」と、サムがいいました。

「ところで、事情はお前が考えているよりちょっとはましだよ。」と、フロドはいいました。「お前がいない間にわたしはちょっとした幸運を手に入れたんだよ。やつらは何もかも持って行きはしなかった。たしかにそのとおりさ。床の上にあったぼろの中にわたしの食べもの袋があったんだよ。無論やつらにひっかき回されてはいたさ。だがわたしの推量じゃ、やつらはレンバスの外観や匂《にお》いにさえひどく嫌悪《けんお》を感じたんじゃないだろうか。ゴクリ以上にね。そこらじゅうにばらまかれていたし、中には踏んづけられたり割られたりしてるのもあった。だけどわたしはそれをまた集めておいたよ。お前が持ってるのよりひどく少ないということはないだろう。しかしファラミアの食べものは持って行かれてしまったし、水筒は割られてしまったよ。」

「それじゃ、もうこれ以上話すことはねえですだ。」と、サムはいいました。「出発するに充分なものはあるわけです。だけど、水は困ったことになるでしょうて。それはそうとして、さあ、フロドの旦那！　出かけるとしましょう。でねえと、湖いっぱいの水があったって、役に立たねえことになるこってしょう！」

「サム、お前が一口食べるまでは出かけないよ。」と、フロドがいいました。「わたしは動かないからね。さあ、このエルフの薄焼き菓子をおあがり。そしてお前の水筒にある最後の一滴を飲むがいい！　だいたい初めっからまるで望みがないことなんだから、明日のことを思いわずらってもむだというもんだ。明日という日は来ないかもしれないんだから。」

ようやくかれらは出発しました。二人は梯子《はしご》を降り、それからサムが梯子をはずして廊下に倒れている例のオークの体を丸めた死体のそばにそれを置きました。階段は真っ暗でしたが、屋上にはまだ火の山のぎらぎらした照り返しが見られました。もっともそれも今はしだいに弱まって、陰気な赤い色になっていました。二人は盾《たて》を二つ拾い上げて変装の仕上げをし、それからまた進んで行きました。

大きな階段を二人はとぼとぼと降りて行きました。今になってみると、二人があとにしてきたかれらの再会の場所である小塔の中の高い部屋はほとんどわが家のようにさえ思われました。かれらは今ふたたび身を隠すもののない広い場所に出て来ていて、恐怖が壁という壁を伝わっていきました。キリス・ウンゴルの塔の中ではすべての者が死んでしまったかもしれませんが、それでもこの塔には恐怖と薄気味悪い静寂が色濃く立ちこめているのでした。

とうとう二人は外庭に面した入口まで来て、立ち止まりました。二人が立っているところからでさえ、あの番人たちの敵意がじりじりと迫ってくるのが感じられました。門の両側にあるもの言わぬ黒々としたその姿の間から、モルドールのぎらぎらした光がぼんやりと見えています。見るもおぞましいオークたちの死体の間を縫うようにして進むうちに、足の運びは歩一歩としだいに困難を伴うようになりました。アーチに辿《たど》り着くまでに、二人は立ち止まらざるを得なくなりました。一インチ進むのが意志にも四肢《しし》にも苦痛と疲労をもたらしましたから。

フロドにはこの苦闘にたえる体力がありませんでした。かれはへなへなと地面に坐りこんでしまいました。「わたしはもう進めないよ、サム、」と、かれは呟《つぶや》きました。「気が遠くなりそうだ。わたしの身に何が起こったのかわからないのだがね。」

「おらにはわかります。フロドの旦那。さ、止まらないで行きましょう！　門のせいですだ。あそこには何か悪魔の仕掛けがありますだ。けど、おらは通り抜けました。そして今度も出るつもりですだ。前の時より危険なはずはねえです。さあ、行きますだよ！」

サムはふたたびガラドリエルのエルフの玻璃瓶《はりびょう》を取り出しました。あたかもかれの大胆さに敬意を表し、かかる行為をなしとげたかれの茶色く日に焼けた誠実なるホビットの手を輝かしい光で飾ろうとするかのように、玻璃瓶は突如としてぱっと燃え上がるように輝き始めました。そのために今まで暗闇の中に沈んでいた外庭はまるで稲妻のようなまばゆい光に照らされました。ただ稲妻とちがって、この光はいつまでも消えることなく照らし続けていました。

「ギルソニエル、ア　エルベレス！」サムは思わず叫びました。というのは、自分でもなぜかはわからず、かれの思いは突如としてホビット庄で出会ったエルフたちのもとに、そしてまた林の中の黒の乗手を追っ払ってしまったあの歌に一足跳びに立ち戻っていったからです。

「アイヤ　エレニオン　アンカリマ！」かれの後ろでフロドが今一度叫びました。

番人たちの意志は紐《ひも》がぷつりと切れるように突然断ち切られました。フロドとサムはもつれる足で進み出ました。それから二人は走り出しました。門を通り、目をぎらぎら光らせている巨大な座像の前を走り抜けました。ピシッとひび割れる音がしました。アーチの頂上の要石《かなめ》が二人のすぐ後ろにすさまじい音を立てて崩れ落ちたと思うとその上の壁が粉微塵《こなみじん》に砕けて倒壊しました。二人は間一髪のところで逃れ得たのです。鐘が鳴りました。そして番人たちのところから高い恐ろしい号泣の叫びがあがりました。はるか上空の暗闇でそれへの応答がありました。黒々とした空から翼を持った者が、身の毛のよだつような叫び声で雲を引き裂き、電光のように落下してきました。

二　影の国

サムにはまだ持っていた玻璃瓶《はりびよう》を急いで懐《ふところ》に押し戻すだけの機転は残っていました。「走ってくだせえ、フロドの旦那！」と、かれは叫びました。「いや、そっちじゃねえです！　壁の向こうは断崖《だんがい》ですだ。ついて来てくだせえ！」

　二人は門からの道をどんどん駆け降りて行きました。五十歩も行かないうちに、道は突き出た崖《がけ》の稜堡《りようほ》をめぐって急に曲がっていましたので、二人は塔から見られないですむ場所に身を置くことができました。今のところは逃げおおせたのです。二人は身をすくめて道路のきわにひっこみ、岩にもたれて、ほっと息をつきましたが、次の瞬間、心臓がしめつけられるような思いがしました。倒壊した門の傍《かたわ》らの城壁に止まったナズグルが聞くも恐ろしい叫び声を発したのです。全面の崖が反響しました。

　二人は恐怖に駆られ、よろよろと足を運びました。やがて道路は急角度でふたたび東に折れ、二人は恐るべき一刻の間、塔の方にその姿をあらわにさらすことになりました。身をひるがえして飛ぶように道を横切りながら、ちらと後ろを見やった二人は大きな黒々とした姿の者を胸壁の上に認めました。次いで二人は高い岩壁に囲まれた切り通しを飛ぶように降りて行きました。そこは急な下り坂になっていて、モルグル道路に接続していました。二人は道の出会うところに来ました。オークのいそうな気配は依然としてなく、またナズグルの叫び声への応答も聞かれませんでした。しかしこの沈黙がいつまでも続かないことは二人にもわかっていました。いつなんどき捜索が始まるかわかりません。

「これはだめだよ、サム。」と、フロドがいいました。「もしわたしたちが本当のオークなら、急遽《きゅうきょ》塔に戻るべきであって、そこから逃げて行っちゃいけないわけだ。最初に出会う敵に見破られてしまうだろうよ。ともかくこの道から離れなきゃいけない。」

「でも、そりゃむりですだ。」と、サムがいいました。「翼があれば別ですが。」

エフェル・ドゥアスの東側は断崖絶壁となって急角度で山腹が落ち込み、その下は、この山脈と内側のもう一つの尾根との間に横たわる黒々とした谷間になっていました。切り通しとモルグル道路が出会っていた地点から、もう一つ急坂を下って、短い距離のところに、峡谷にかけられた石の架橋があり、道はそこを通って、モルガイの重畳《ちょうじょう》たる山腹と谷間の中にはいっています。フロドとサムは今や死に物狂いの力を出して駆けに駆け、この橋を突き進んで行きました。しかし、橋の向こう側に着くか着かないかのうちに、二人は追っ手の叫び声を耳にしました。二人のずっと背後の、ここから見れば山腹の高みに、キリス・ウンゴルの塔が、その石の壁を鈍く照り映えさせて、浮かび上がっていました。突然例のけたたましい鐘がふたたび聞こえたと思うと、そのうち急に耳も聾《ろう》するばかりの音となって鳴り響きました。角笛《つのぶえ》が聞こえました。そして橋の向こうの行く手から応答の叫び声が聞こえてきました。オロドルインの薄れかけていく光からさえぎられたこの暗い谷間にあって、フロドとサムは前方を見ることはできませんでしたが、鉄の靴を穿《は》いた重い足音を耳にしました。そして路上に早駆けの蹄《ひづめ》の音が響いてきました。

「急げ、サム！　越えるんだ！」と、フロドは叫びました。二人は橋の低い欄干によじ登りました。運のいいことに、谷間はもう今までのように恐ろしいほど落ち込んではいません。というのは、もうほとんど道路と同じくらいの高さにモルガイの山腹の斜面が高まってきていたからです。しかしあまり暗くて二人には下までどのくらい深さがあるのか見当がつきませんでした。

「さあ、行きますよ、フロドの旦那、」と、サムがいいました。「はい、さようなら！」

かれは摑《つか》んでいた手を離しました。フロドもそれに続きました。そして二人が下に落ちたちょうどその時、橋の上をすさまじい勢いで駆けて行く騎馬の者たちがどっと走り去る音と、その後をやかましい音をたてて走って行くオークたちの足音が聞こえました。ところがサムはもし笑えたら笑ったところです。見えない岩にでも墜落して骨でも折るのではないかと半ば恐れていたホビットたちが、十二フィート足らずのところを落っこちて、ドサッ、メリッメリッと着陸したのは、二人とも、およそ予想もしていなかった場所、絡《から》まり合う茨の茂みだったのです。サムはそこにじっと横たわったまま、ひっかき傷のついた手をそっとなめていました。

蹄《ひづめ》の音と足音が通り過ぎていくと、かれは恐る恐る囁《ささや》き声でいいました。「おどろきもものき茨のき、フロドの旦那、モルドールにも何か生えているとは、知らなかったですだ。だけど、もし知ってたら、さぞかしおらはこの上に落っこちたいと願ったこってしょうよ。このとげときたら、さわった感じじゃ一フィートくらい長さがあるにちがいねえですだ。おらの着てるものにすっかり突き刺さっちまいました。鎖かたびらを着てたらよかったなあ！」

「オークの鎖かたびらじゃ、このとげは防げないよ。」と、フロドはいいました。「革の上着だって全然役に立ちやしない。」


二人は悪戦苦闘の末やっとやぶから脱け出しました。棘《とげ》も茨も針金のように強靭《きょうじん》で、鉤爪《かぎづめ》のように喰《く》い込んでくるのです。やっとそこから脱出する頃には、二人のマントはずたずたに切れてしまいました。

「さあ、降りよう、サム、」と、フロドが囁《ささや》きました。「急いで谷に降りて行こう。そしてそれからできるだけ早く北に向かうことにしよう。」

外の世界にはふたたび朝が訪れようとしていました。薄闇におおわれたモルドールの遥かかなたでは、太陽が中つ国の東の涯《はて》を登ってくるところでした。しかしここではすべてがまだ夜のように暗いのです。火の山は煙って火が消えていました。断崖《だんがい》を照らしていたぎらぎらした光も薄れ去りました。ホビットたちがイシリアンを出た時から吹き続けていた東からの風はもうすっかりやんでしまったようです。ゆっくりと骨を折りながら、二人は這うように下に降りて行きました。見通しのきかない闇の中を手探りしたり、つまずいたりしながら、岩や茨や枯木の間を這い降りて、とうとう、もうこれ以上下へは行けないというところまで降りて来ました。

やっと二人は立ち止まって、大きい丸石を背に隣り合って坐りました。二人とも汗をかいています。「水を一杯くれるというなら、相手がほかでもないシャグラトだとしても、握手するこってしょう。」と、サムがいいました。

「そんなことはいわないでくれ！」と、フロドがいいました。「喉《のど》の乾きをいっそうひどくするだけだよ。」それからかれはめまいと疲労から、体を伸ばして横たわり、しばらくの間口を利《き》きませんでした。やっとの思いでようやく体を起こしてみると、なんと驚いたことに、サムは眠っているではありませんか。「目を覚ませ、サム！」と、かれはいいました。「さあ、また奮励努力する時間だよ。」

サムはよろよろと立ち上がりました。「そんなはずねえだが！」と、かれはいいました。「うとうとしちまったにちがいねえ。フロドの旦那、おらもうずいぶん長いことちゃんと眠ったことなんかねえもんですから、瞼《まぶた》がひとりでに合わさっちまいましただ。」

今度はフロドが先に立ちました。大きな峡谷の谷底の込み合った岩や丸石の間を、できる限り北の方向に近く見当を定めて進みましたが、やがてかれはふたたび足を止めました。

「これはだめだよ、サム、」と、かれはいいました。「わたしには使いこなせない。この鎖かたびらのことだよ。今のわたしの状態じゃだめだ。あのミスリルの鎖かたびらだって疲れた時には重く思われたもの。これはずっと重いんだから。それにいったいこれが何の役に立つ？　闘って切り抜けられるわけじゃないもの。」

「だけど少しは闘うこともあるかもしれねえです。」と、サムはいいました。「それに短剣やら流れ矢に刺されたり当たったりちゅうこともありますだ。第一、あのゴクリのやつだって死んじゃいません。闇夜にぐさりと一刺《ひとさ》しやられても、旦那には革一枚のほかなんにもそれを防ぐものがねえと思うと、おらおちおちしてられねえです。」

「まあ、お聞き、サムや。」と、フロドはいいました。「わたしは疲れてへとへとだ。一つの望みも残っていない。しかし動ける限りは、道を続けて火の山に辿《たど》り着くべく努力しなければならないのだ。指輪だけでたくさんだ。この余分の重さはわたしを殺してしまうよ。これはぬがなきゃ。だけどわたしのことを恩知らずだとは思わないでくれ。これを見つけてくれるために、さぞかしお前がいやな思いをして死体の間を探してくれたろうと思うと本当にすまないと思うよ。」

「そのことはおっしゃらないでくだせえまし、フロドの旦那。お気の毒に！　おらにできることなら、この背中におぶってさしあげるんですがね。じゃ、おぬぎなせえまし！」

フロドはマントをわきへ取りのけると、オークの鎖かたびらをぬぎ、それを投げ捨てました。かれは少し震えました。「わたしに本当に必要なのは、何か暖かいものだよ。」と、かれはいいました。「寒くなったね。それとも寒気がするのかな。」

「おらのマントをお貸ししますだ。」と、サムはいいました。かれは荷物を肩からおろして、エルフのマントを取り出しました。「こうされたらどうですか、フロドの旦那？」と、かれはいいました。「そのオークの服できっちり体を包み、その外にベルトをはめなさるのです。それから、これを上から羽織られるといいですだ。すっかりオーク式に見えるというわけにはいきませんが、そのほうがあったかです。それに多分ほかのどんな道具より危難よけになると思いますだよ。奥方がお手ずから作られたのですから。」

フロドはマントを受け取って、ブローチを留めました。「これで具合よくなった！　ずっと身軽になったよ。また旅が続けられるよ。しかし一寸先の見えないこの暗闇がまるでわたしの心の中にもはいり込んできたような気がする。わたしはね、サム、とらわれて横になっている時、ブランディワイン川とか末つ森とか、ホビット村の水車小屋を通って流れている村の川とかを思い浮かべようとしたんだよ。しかし今はそれが目に浮かんでこないんだ。」

「ほら、ほら、フロドの旦那、今度は旦那ですだよ、水のこと話してられるのは！」と、サムがいいました。「もし奥方におらたちのことがごらんになれさえすれば、それともお聞きになれさえすれば、おらはこう申しあげますだ。『奥方様、欲しいものはただ光と水でごぜえます。きれいな水とただの日の光、それだけが、失礼ながらどんな宝石よりも欲しいのでごぜえます。』だけどロリアンまでは遠いです。」サムは溜息《ためいき》をついて、手をエフェル・ドゥアスの峰々の方に振りました。その峰々も今は黒々とした空にいっそう色濃くその黒さを際立たせて、僅《わず》かにそれと推測されるだけでした。

かれらはふたたび歩き出しました。遠くまで行かないうちにフロドが立ち止まりました。「わたしたちの上空に黒の乗手がいるよ。」と、かれはいいました。「わたしにはそれが感じられるのだ。しばらくじっとしているほうがいい。」

大きな丸石の下にうずくまり、二人はあとにしてきた西の方を向いて、しばらく物もいわずに坐っていました。やがてフロドが安堵《あんど》の吐息をもらしました。「行ってしまった。」と、かれはいいました。二人は立ち上がり、それから思わず目を瞠《みは》って驚きました。かれらの遠く左手、白みかけてきた南の空に、峨々《がが》たる峰々や高い尾根が、目にも著《しる》く暗く黒々と現われ出てきたからです。山々の背後には明るさが増してきていました。その明るさはしだいに北の方にも忍び寄ってきました。高い高い空のはるか上空で戦いが行なわれているのです。大波のようにうねるモルドールの雲は押し戻されようとしていて、生あるものの世界から風が吹き寄せ、水蒸気や煙をその発生の地である暗黒の国に向けて運んでいくにつれ、雲の端はしだいにちぎれ始めました。うっとうしい天蓋《てんがい》のあがりかけた縁飾りの下から、かすかな光がまるで牢獄《ろうごく》の煤《すす》けた窓越しに白みかけた朝日の射し込むように、モルドールの国に洩《も》れて落ちてきました。

「見てくだせえ、フロドの旦那！」と、サムはいいました。「見てくだせえ！　風が変わりましただ。何か起こってますだ。あいつだって何もかも思いどおりにはいかねえです。あいつの暗闇はあっちの外の世界じゃ散ってなくなりかけてますだ。何が起こってるのか見られたらなあ！」

時は折しも三月十五日の朝で、アンドゥインの谷の上空には東の影の上に今や太陽が上ろうとし、南西の風が吹いていました。セオデンはペレンノール野に横たわって臨終を迎えようとしていました。

フロドとサムが目を凝らして立っていると、明るんできた光の縁はエフェル・ドゥアスの山並みに沿って広がり、そのうち二人は非常な速さで西から進んで来る何かの姿を認めました。最初のうちは、山々の頂の上に細長くかすかに明るんできた空に浮かぶ黒い点としか見えなかったのですが、しだいに大きくなり、遂には稲妻のように暗い天蓋の中に飛び込むと、かれらのはるか頭上を通過して行きました。それは通り過ぎながら、長い甲高《かんだか》い叫びを発しました。ナズグルの声でした。しかしこの叫び声はもはや二人にとっていかなる恐怖も意味しませんでした。これは悲しみと落胆の叫びであり、暗黒の塔に凶報をもたらすものでした。指輪の幽鬼《ゆうき》たちの首領が滅んだのです。

「おらがいいましただろ？　何かが起こってるとね！」と、サムが叫びました。「『戦争はうまくいってるぜ。』シャグラトのやつはそういってましたが、ゴルバグのほうはそれほど自信がねえようでした。このこともゴルバグのほうが当たってました。情勢がいいほうに変わってきましただよ、フロドの旦那。こうなったら旦那もいくらか望みをお持ちじゃねえですか？」

「いやあ、だめだねえ、たいして持てないねえ。」フロドは溜息《ためいき》をつきました。「あの山々のずっと向こうのことだもの。わたしたちは西に行くんじゃなくて、東に行くんだよ。それにわたしはとても疲れてしまった。指輪がとても重いんだよ、サム。それに心の中にいつも指輪が見え始めたんだ。ぐるぐる回る大きな火の車のようにね。」

反応の早いサムの気分はまたたちまち沈み込んでしまいました。かれは気遣わしげに主人を見やり、その手を取りました。「さあ、フロドの旦那!」と、かれはいいました。「おらの欲しいと思ってたものが、一つ手にはいりましただ。ちいっとばかしの光です。おらたちの役に立つぐらいの明るさはありますだ。それでもお陰で危険になったとも思いますだ。もうちいっと先まで行ってみて、それから隠れて休むとしましょう。けれど今はまず一口《ひとくち》食べてください、エルフの食べものをちいっとばかし。元気が出るかもしれませんから。」

レンバスの薄焼き菓子一枚を二人で分け合い、からからに乾いた口では食べにくいのをやっとのことでもぐもぐとのみ込みながら、フロドとサムはとぼとぼ歩き続けました。明るいといっても、灰色の薄明かりにすぎないのですが、今自分たちのいるのが、山脈と山脈の間の谷間の奥の方であることが見てとれるくらいの明るさはありました。谷間は北に向かってゆるやかな上りになっており、また谷底にはもう水の涸《か》れた川床が通っていました。石のごろごろしたこの川筋の向こうに、西側の崖《がけ》の麓《ふもと》を縫って進んでいる小道が見えました。二人が知ってさえいれば、もっと早くこの道に来られたでしょう。なぜといえば、これは、さっきの橋の西側の袂《たもと》でモルグルの本道から分かれ、岩を刻んだ長い階段で谷底まで降りてきたもので、この道は、キリス・ウンゴルとアイゼン口《くち》の狭いはざま、すなわちカラヒ・アングレンの鉄の顎《あぎと》との間にある北の砦《とりで》や比較的小さな駐屯《ちゅうとん》地に急ぐ巡邏《じゅんら》兵や使者たちに利用されていました。

　こんな道をホビットたちが使うのは危険でしたが、かれらには速さが必要でした。それにフロドはごろごろした石の間やモルガイの小道一つない渓谷を這うように進んで行く難行にはとても立ち向かえそうにないと感じたのです。そしてかれは追っ手たちとしてはよもやかれらが北に向かうとはおそらく予期しないのではないかと判断したのです。東の高原に出る本道、あるいは西に戻る山道、これらをまず徹底的に捜査するでしょう。それでかれは塔からかなり北の方に来てからはじめて方向を転じ、東への道、すなわちこの旅の絶望的な最終行程へとかれを導く道を探すつもりでいたのです。こうして二人は石のごろごろした川底を渡り、オークの通り道にはいって、しばらくその道を進んで行きました。左手にある断崖《だんがい》が頭上に張り出していましたので、二人は上から見られることはありませんでした。しかしこの小道はくねくねと幾重にも折れ曲がっていたために、曲がり目に来るたびに二人は剣の柄《つか》を握りしめ用心深く進んで行きました。

　明るさはもうそれ以上は強まりませんでした。というのも、オロドルインが今なお盛んに噴煙を噴き出していて、その煙は逆風に吹き上げられてしだいに高く高く上昇し、しまいには風も吹かない上層にまで達して、広大な屋根となって広がっていたからです。この屋根の中心となるべき柱はかれらの視界の届かぬ暗闇の中からそそり立っていました。足をひきずりながらとぼとぼと一時間余りも歩いた頃、二人は思わず足をはたと止まらせるような音を聞きました。信じられないことですが、まちがえようがありません。水の滴《したた》りです。黒の断崖をとてつもなく大きな斧で断ち割ったかのように非常に鋭く切り立った狭い小峡谷が左手にあって、そこから水が滴り落ちていたのです。これは多分、陽光に照らされた海から集められた心地よい雨が降った後の余り雨で、運悪く、とうとう黒の国の長城である山々に落ち、何ものも潤すことなく土くれの中にさ迷い流れていくはめになったものなのでしょう。水はここで小さな細い滝となって、岩から流れ落ちていました。そして二人の歩いている小道を横切り、そこから南に方向を転じて流れ去り、たちまち水の涸《か》れた石ころの間に没してしまっていました。

サムはそっちの方に跳んで行きました。「奥方様にもしもう一度お目にかかることがあれば、奥方様に申しあげますだ！」と、かれは叫びました。「光に、今度は水ですだ！」それからかれは立ち止まりました。「最初おらに飲ませてください、フロドの旦那。」と、かれはいいました。

「いいよ。だけど二人飲めるだけの場所は充分あるけどね。」

「そういうつもりでいったのと違いますだ。」と、サムはいいました。「おらのつもりとしちゃ、もしこの水が毒か何かで、すぐにその害が出てくるようでしたら、あのう、旦那よりおらのほうがいいと思いましただ、わかっていただけるだか。」

「わかるとも。だが、サムよ、わたしは運を当てにするなら、それとも神の加護といってもいいが、お前と一緒にそうしようと思うんだよ。それでもやっぱり用心してくれ、もしとても冷たければね！」

水は冷たいことは冷たくても、氷のように冷たくはありませんでした。そしていやな味がしました。にがくて、油っぽい味がします。ともかくホビット庄だったら、そうけなす味です。でもここならいくら賞《ほ》めても賞めきれぬ、心配も用心もする余地のない水に思えました。二人は思う存分飲んで、サムは水筒をいっぱいに満たしました。そのあとフロドはずっと楽になって、二人は数マイル歩き続けました。そのうち道幅がしだいに広くなり、道の端に沿って荒削りな防壁の始まりが見られましたので、二人は今自分たちがまた別のオークの砦《とりで》に近づいていることを知りました。

「ここらで道をそれるとしよう、サム、」と、フロドはいいました。「そして東に向かわなければいけない。」かれは谷間の向こうの陰気な尾根を眺めながら溜息《ためいき》をつきました。「わたしはあそこで何か隠れる穴を見つけるだけの力しか残っていないよ。それからどうしてもちょっと休まなくちゃ。」

川床はここでは小道よりもいくらか下になっていました。二人はそこまで這い降りて、川床を渡り始めました。驚いたことに、二人は黒ずんだ水たまりに行き遇《あ》いました。この谷間のどこか高いところにある源から滴《したた》り落ちてきた細い糸のような水流が流れ込んでできた池でした。西側の山脈の下に横たわるモルドールの外縁部は死に瀕している土地でしたが、まだ死んではいませんでした。そしてここではまだものが育っていて、粗く、ねじ曲がって、苦しげに、必死に生き延びようとしているのでした。この谷間の反対側にあるモルガイの小峡谷には、低いいじけた木々が隠れひそむようにしがみついて生えていました。まばらに茂った灰色の草むらが石に抗《あら》って伸びようとし、その石にはしなびた苔《こけ》がまつわっていました。そしていたるところに大きな茨の茂みがねじれもつれながらはびこっていました。突き刺すような長い棘《とげ》のついたのもあれば、短剣のように引き裂く曲がった逆棘《さかとげ》のついたのもありました。過ぐる年の陰気にしなびた葉っぱが、枝にぶらさがったまま悲しげな風に擦れ合ってカサカサと鳴っていましたが、虫のついた若芽は今ちょうど開きかけのところでした。灰褐《はいかつ》色の蠅《はえ》、灰色の蠅、黒蠅もいて、みなオーク同様赤い目の形をした斑点《はんてん》のしるしをつけ、ブンブンと羽音を立てながら刺しました。また茨の茂みの上には腹を空かせた蚋《ぶよ》たちが雲霞《うんか》のように群がってぐるぐると踊り回っていました。

「オークの装具は何の役にも立ちやしねえ。」サムは両腕を振り回しながらいいました。「おらオークの皮を持ってりゃよかったなあ！」

とうとうフロドはもうこれ以上進めなくなりました。二人は勾配《こうばい》の緩《ゆる》い狭い峡谷を登って来たのですが、まだまだ長い道程《みちのり》を歩かないと、けわしい最後の峰の見えるところまでも行き着けないのです。「サム、わたしはここで休まなくちゃならないよ。そして眠れたら眠らなくてはね。」と、フロドがいいました。かれは周りを見回しました。しかしこの荒涼とした国には一匹の動物

が這い込む場所さえどこにもないようでした。とうとう二人はへとへとに疲れ切って、低い岩壁に筵《むしろ》のように垂れ下がっている茨のカーテンの下に忍び込みました。

二人はそこに腰を下ろし、あるものだけで食事をしました。貴重なレンバスは今後の災い多い日々のために取りのけておき、二人はサムの袋の中に残っていたファラミアの糧食を半分食べました。乾《ほ》し果物少々に細長く切った乾し肉の小片が一枚でした。それから水を少しちびちびとすりました。谷間にあった水たまりからものんだのですが、またとても喉《のど》が乾いてきたのです。モルドールの空気には口を乾かせる何かきついピリピリするような味がありました。サムは水のことを考えると、持ち前の楽天的な気分さえしぼんでしまうのでした。モルガイを越えると、今度は恐るべきゴルゴロスの高原を渡らねばなりません。

「さあ、先にお休みになってください、フロドの旦那、」と、かれはいいました。「また暗くなってきました。今日ももうすぐ終わりだと思いますだ。」

フロドはほっと吐息をつくと、サムの言葉が終わるか終わらないかのうちに眠ってしまいました。サムは自分自身の疲労と戦いながら、フロドの手を取り、とっぷりと夜が暮れるまで、黙々とそこに坐っていました。それからやっと、かれは目を覚ましておくために、隠れ場所から這い出て、外を眺め渡しました。あたりは軋《きし》む音やひび割れる音、そしてひそかな物音に満ち満ちているように思われましたが、声や足音は聞こえませんでした。西の方《かた》エフェル・ドゥアスの遥か上空の夜空はまだ真っ暗ではなくほのかな明るさが残っていました。この山並みの中に一つ黒々と高く聳《そび》え立つ尖《とが》った岩山の真上に、サムは白い星が一つ雲の割れ目からのぞいて、しばらくの間きらきらと瞬《まばた》いているのを認めました。その美しさは、この見捨てられた地から空を見上げているかれの心を打ち、望みが立ち戻ってきました。結局はかの大いなる影も束《つか》の間《ま》の些々《ささ》たる一事象にすぎないのではないかという考えがまるですき通った冷たい一条《すじ》の光のようにかれを貫いたからです。かの影の達し得ぬところに光と高貴な美が永遠に存在しているのです。オークの塔でかれが歌った歌は望みというより挑戦でした。なぜならかれは自分自身のことを考えていたからです。ところが今は、僅かの間ながら、かれ自身の運命はもとより主人の運命すらも心を煩《わずら》わすことをやめました。かれは茨の中に這い戻り、フロドの隣りに身を横たえました。そして恐れをすっかり退けて、深い静かな眠りに身を投じました。

二人は手をつないだまま一緒に目を覚ましました。サムはほとんど疲れもとれ、今日もまた旅を続ける備えはできましたが、フロドは吐息をつくばかりでした。かれの眠りは落ち着かず、火の夢ばかり見て、目覚めも何の慰めももたらしてはくれませんでした。とはいえ、眠りがなんら癒《いや》しの効果を伴わなかったというわけではありません。少しは元気も出て、さらに一丁場《ひとちょうば》、重荷を運んで行く力も前にくらべれば出てきました。二人には時間もわからず、どのくらい眠ったかもわかりませんでしたが、ともかく食べものを一口食べ、水を一口すすったあと、ふたたび峡谷を登って行きました。やがてこの峡谷は踏むとたちまち崩れて滑り落ちていく石ころだらけの急な斜面になって終わっていました。ここで最後の生あるものも生存の戦いを断念しています。モルガイの山々の頂はどれも草一つ生えていない、ぎざぎざに切り立った裸山で、スレートのように不毛の地でした。

あちこちさ迷ってさんざん探したあげく、二人はやっと登れそうな個所を見つけ、最後の百フィートを手探りでよじ登って、やっと登りきりました。黒々とした二つのけわしい岩山の間の裂け目に出た二人は、そこを通り抜け、自分たちがモルドールの最後の防壁である山々のきわにいることを見いだしました。千五百フィートばかり下った眼下の麓《ふもと》には山脈の内部の平原がのび広がっていて、遠くの方は形も定かでない薄闇の中に見えなくなってしまいました。風は今は西から吹いていて、大きな雲もその風に高く持ち上げられ、東の方へ流れ去っていきます。しかし荒涼としたゴルゴロスの高地にはまだ僅かに灰色の光が訪れたにすぎません。そこでは煙が地を匍《は》って窪地にひそみ、地表の割れ目からはガスがもれていました。

まだずっと遠く、少なくとも四十マイルは前方に、二人は滅びの山を認めました。その脚は荒れ地に根ざし、巨大な円錐《えんすい》形の胴体は堂々たる高さにそそり立ち、蒸気を噴き出す頭は雲に包まれていました。火口から噴き出す火は今はかすかとなり、滅びの山はくすぶりながらまどろんでいるのですが、その脅威的なこと、危険なことは眠れる獣と変わりませんでした。その背後には雷雲のように気味の悪い巨大な暗雲が垂れこめています。これは北から南へ突き出ている灰の山脈の長い突出部に遠く聳《そび》え立っているバラド＝ドゥアをおおうヴェールでした。暗黒の力は深く思いに沈み、かの目は己の中に向けられ、疑いと危険の徴候を判断しようとつおいつ考え込んでいました。輝く剣といかめしい王者の顔をかの目は見て、それからしばらくの間、ほかのことにはほとんど思いを及ぼしませんでした。そして門に門を重ね、塔に塔を重ねた、バラド＝ドゥアの巨大なる砦《とりで》は立ちこめる暗闇にとっぷりと包まれているのでした。

　フロドとサムは嫌悪《けんお》と驚異の念のこもごもまざり合った思いで、この忌むべき地をつくづく眺め渡しました。二人のいるところと煙をあげている山との間、またその山の南北にわたるあたり、すべてが荒廃して死んでいるように見え、焼かれて息の根の止まった砂漠になっていました。いったいどうやってこの王国の主は奴隷たちやあまたの軍隊を維持し養っているのだろうかと二人はいぶかりました。しかし現にかれは軍隊を持っているのです。二人の目のとどく限り、モルガイの山並みの麓からずっと南の方にかけて、野営地が続いていました。テントのもあれば、小さな町のように家並みが並んだのもあります。その中でも最大な規模を持ったものの一つが、二人のすぐ目の下にありました。山麓《さんろく》から平原に一マイル出たか出ないかのところに、その野営地は掘っ立て小屋と長くて低いくすんだ灰色の建物の真っ直ぐ並んだ侘《わ》びしい通りがさながら巨大な昆虫《こんちゅう》の巣のように寄り集まってできていました。その周囲の地面は往き来する者たちでいっぱいでした。ここから広い道路が東南に走っていて、モルグル道に接続していました。そしてその道を小さな黒い姿の行列がいくつも急ぐのが見られました。

「この様子はとんと好かねえです。」と、サムはいいました。「ほとんど望みがねえといったらいいか――ただこれだけ大勢の者がいるところには、食べものはもちろん、井戸か水があるにちげえねえとは思いますが。それにあれはオークじゃなく人間ですだ。でなきゃおらの目がどうかしてますだ。」

かれにしてもフロドにしても、この広大な王国のずっと南の方、すなわち火の山の噴煙のかなた、ヌアネン湖の暗い侘びしい水のほとりに営まれる奴隷労働の大規模な農地のことについては何も知りませんでした。また、東や南の貢献国へ通じている立派な道路のことも知りませんでした。それらの国々からはいろいろな物資や略奪品や新しい奴隷たちを満載した長い荷馬車の列が、暗黒の塔の兵士たちによってもたらされるのです。ここ北部の地域には鉱山や鍛冶《かじ》場があり、久しく計画してきた戦争のための召集が行なわれていました。盤上の駒《こま》のようにその軍隊を動かす暗黒の力はこの地に兵力を集結させていたのです。その駒の先手《せんて》の陣、力だめしの初攻撃は西部戦線において、南でも北でも阻止されてしまいました。暗黒の力は一時的にそれらの軍隊を引き揚げさせ、さらに新たな兵力を育てて、報復の一撃を加えるべく、キリス・ゴルゴルの周りに集結させていました。それゆえ、あらゆる侵入の見こみに備えて火の山を守備することもまたその目的であったとしても、ほとんどこれ以上の打つ手がないと思われるくらいでした。

「やれやれ！」サムが言葉を続けました。「あいつらが何を喰《く》ったり飲んだりしようと、おらたちの手にはいりっこねえこってす。ここから降りて行く道はどこにも見当たらねえし。第一下に降りたとこで、敵のやつらがうようよしてて、隠れ場所もねえ開けたとこを横切って行くことはできねえ相談ですだ。」

「それでもやってみなくちゃならないだろう。」と、フロドはいいました。「これよりましだと思ってたわけでないのだから。あそこを突っ切って行けるとは初めっから思っていなかったもの。今だってその望みがあるわけじゃないんだが。それでもやっぱりわたしは最善を尽くさなければならないのだ。さしあたってはできるだけ長い間つかまらないようにすることだ。だからわたしたちはこれからもまだ北の方へ進んで、この開けた高原がもっと狭くなっているところがどんな様子か見てみる必要があると思うね。」

「どんな様子か見当がつきますだ。」と、サムがいいました。「もっと狭くなってるところは、それだけオークと人間がぎゅうぎゅうつめ込まれてるこってしょう。今にわかりますだ、フロドの旦那。」

「多分わかるだろうね、そこまで行けたらばの話だが。」フロドはそういうと向きを転じて歩み去りました。


二人はまもなくこのままモルガイの尾根筋を、でなくともかなり高いところを伝わって進んで行くことが不可能であることに気づきました。伝って行ける小道もなく、おまけに深い峡谷がいたるところに穿《うが》たれていたからです。結局かれらはせっかく登って来た峡谷をふたたび下って、さっきの谷間ぞいに進む道を探さなければなりませんでした。これはなかなかの難行《なんぎょう》でした。

というのは二人とも西側の例の小道の方に渡って行く勇気はなかったからです。一マイルかそこら進むと、すぐ近くにあると見当をつけていたオークの砦《とりで》が、断崖《だんがい》の麓《ふもと》の窪地に重なり合って建っているのを見いだしました。洞窟の暗い入口の周りに、防壁をめぐらして石造りの小屋が群れていました。そこには何の動きも見られませんでしたが、ホビットたちはこのあたりになると昔の川の流れの両側に密生している茨の茂みからできるだけ離れないようにして、用心深くそっと通り過ぎました。

さらに二、三マイル進むと、あとにしてきたオークの砦も隠れて見えなくなりました。しかしようやくまた少しは楽に息ができるようになったとたんに、二人の耳には荒々しく声高《こわだか》なオークの声が聞こえてきました。大急ぎで二人は茶色くいじけた茂みの陰に逃げ込んで身をかくしました。声はだんだん近づいてきます。やがてオークが二人見えてきました。一人は茶色のぼろをまとい、角製の弓で武装していました。このオークは小柄なほうの種族で、皮膚が黒く、匂《にお》いを嗅《か》ぐのに適した大きな鼻孔の持ち主でした。明らかにかれはある種の追跡者でした。もう一人のほうはシャグラトの部隊の連中と同じような体の大きい戦闘用のオークで、かの目の印をつけていました。かれもまた背中に弓を負っていて、先の広くなった短い槍《やり》も持っていました。例のごとく、オークたちは喧嘩《けんか》をしていました。そして種族が違うため、共通語を用いていましたが、オーク流に訛《なま》ったものでした。

ホビットたちがひそんでいるところから、二十歩あるかないかのところまで来ると、小さいほうのオークが立ち止まりました。「けっ！」それは怒った声でどなりました。「おれは帰るぜ。」それは谷の向こうのオーク砦《とりで》を指していいました。「もうこれ以上石ばっかし嗅いでおれの鼻を疲れさせてもしようがねえ。痕《あと》は一つも残ってねえぜ。お前《めえ》のいう通りにしたから匂いの跡がわかんなくなったのよ。あれは、いいか、山の中にはいってったんで、谷に沿ってたんじゃねえ。」「お前はたいして役に立たねえじゃねえかよ、このちびの嗅ぎ鼻め、」と、大きいオークがいいました。「水っぱなたらしたお前の鼻なんかより、目のほうがよっぽどましよ。」「それじゃ、お前、その目で何を見たのかよ？」片方がどなり返しました。「げっ！　お前、自分が探してるもののことを知ってもいねえくせに。」「それはだれのせいかよ？」兵隊がいいました。「おれのせいじゃねえぞ。お偉方《えらがた》のほうからいってきたのよ。はじめはこういってきた。光る鎧《よろい》を着けた大きなエルフだと。次は小せえドワーフのようなやつだと。それから次は謀反を起こしたウルク＝ハイの一味にちげえねえとな。それともこういうのを全部一緒くたにしたもんかもしれねえ。」「きっ！」と、嗅ぎ手がいいました。「お偉方はあわてたのよ。そんなところさ。それでボスたちの中には自分の皮膚をはがれちまうやつが出るだろうぜ、おれの聞いたことが本当ならよ。守りの塔が襲われたりなんかして、お前らの仲間が何百と殺されて、捕虜《ほりよ》は逃げちまったのよ。もしこれがお前ら戦闘部隊の手際なら、戦場からよくねえ知らせが来たって、不思議じゃねえってことよ。」

「よくねえ知らせが来たって、だれがいった！」兵隊のほうがどなりました。

「きっ！　よくねえ知らせなんかねえとだれがいった？」

「そいつはいまいましい謀反人の言葉だぞ。いいか、もしお前《めえ》がその口を閉じないと、刺し殺すぞ、わかったか？」

「わかったよ、わかったよ！」と、嗅ぎ手がいいました。「おれはもう何もいわねえで考えることにするぜ。だが、あの黒いこそこそ野郎とそのこととどういう関係があるんだよ？　ぴたぴたした手のあのがつがつ野郎のことよ。」

「おれは知らん。何もねえだろう、多分。だが、請け合ってもいいが、やつはろくなことはたくらんでねえ、嗅ぎ回ってるのよ、くそ！　知らん間に逃げ出しやがったすぐあとになって、やつを生かしたままよこせ、それもすぐによこせという命令が来たのよ。」

「じゃ、おれはやつがつかまって、とっくりとお調べを受けるように願うぜ。」嗅ぎ手が唸るような声でいいました。「やつはさっきのとこで、匂いの痕をめちゃめちゃにしやがった。脱ぎ捨ててあった鎖かたびらを見つけて、それを自分でねこばばしてよ、おれがそこに行き着くまでに、そこらへんをすっかりひっかきまわしやがったんだ。」

「その鎖かたびらでともかくやつは命拾いしたのよ。」と、兵隊はいいました。「なあに、やつをよこすようにいわれる前に、おれはやつを矢で射ったのよ、これ以上うまくやれねえくらいにぴしりとな。五十歩離れた真後ろからよ。だがやつは走り続けた。」

「げっ！　射そこなったのよ。」と、嗅ぎ手はいいました。「第一にお前は当てずっぽうに矢を射った。次にお前は走り方がのろすぎた。それからお前は下手な跡追い屋どもを呼びにやった。もうお前にはうんざりだ。」かれはぴょんぴょん逃げて行きました。

「戻って来い。」兵隊はどなりました。「さもねえと、お前のことを報告するぞ！」

「だれにだよ！　お前の大切なシャグラトにとどけるわけにはいかねえぜ。やつはもう隊長じゃねえだろうからな。」

「お前の名前と番号をナズグル様へとどけるぞ。」と兵隊は声を落とし、低い怒った声でいいました。「ナズグル様の中で今塔の管理をされてる方によ。」

もう一人のほうは立ち止まり、恐怖と烈《はげ》しい怒りに満ちた声で喚《わめ》きました。「このろくでなしの告げ口やのこそどろめ！　お前は一丁前の仕事はおろか、仲間にくっついていることさえできねえや。お前のけちなギャーギャー声の親方のとこに行け、そしたらお前の寒気だった生皮《なまがわ》をひっぱがしてくれるだろうぜ！　敵さんが先に親方連をやっちまってなければよ。敵は一番の親玉をやっつけたっていうぜ。おれはそれが本当ならいいと思ってるよ！」

大きいほうのオークは槍《やり》を片手に身を躍らせて後を追いました。しかし嗅ぎ手のほうは岩陰に跳び込んで、追って来る相手の目に矢を射込みました。相手はどうと倒れました。残ったほうは谷間の向こうへ走り去って、姿を消しました。

しばらくの間、ホビットたちは黙々と坐っていました。よくやくサムが体を崩していいました。「さて、これ以上うまくやれねえくらいうまくいきましただ。この結構な仲のよさがモルドールじゅうに広がってくれると、こちとらの苦労も半分ですむんだがなあ。」

「静かに、サム、」フロドが声をひそめていいました。「ほかのやつらがうろついているかもしれない。明らかに危機一髪のところを助かったんだ。わたしたちを探す山狩りは思ってたよりずっと近くに迫っていたのだ。だが、今のようなのがモルドールの気風であることはたしかだよ、サム。この気風がこの国のすみずみにまで行きわたっているのだよ。オークたちは気任せにさせておけば、いつでもああいうふうに振る舞うものなのさ。ともかくいろんないい伝えによるとそういうことだ。だからといってそのことにたいして期待をつなぐことはできないね。やつらはわたしたちのほうをもっとずっと憎んでいる、何もかも、そしていつだって。もし今の二人がわたしたちを見たとしたら、自分たちの喧嘩《けんか》はこっちが死ぬまでお預けにしたろうね。」

また長い沈黙がありました。またもやサムがそれを破りましたが、今度は声をひそめていいました。「やつらが『あのがつがつ野郎』といったのを聞かれましたか、フロドの旦那？　ゴクリのやつはまだ死んでないって、旦那にお話ししましたね？」

「ああ、憶《おぼ》えてるよ。それでわたしは、どうやってお前が知ったんだろうと思ったんだよ。」と、フロドはいいました。「さあ、話しとくれ！　すっかり暗くなるまで、ここから外へ出ないほうがいいと思うのだ。だから、どうやってお前が知ったのか、わたしに話しておくれ。それから起こったことをすっかり聞かせておくれ。もし静かに話せるならだよ。」

「やってみますだ。」と、サムはいいました。「けど、あのくさいののことを考えると、おらかっかとしてどなっちまうかもしれねえくらいですだ。」

そこでホビットたちは、モルドールの陰気な光が徐々に薄れて、しだいに星一つない濃い夜の闇に移っていく間、茨の茂みの隠れ場所に坐っていました。そしてサムは、ゴクリが裏切って襲って来たこと、身の毛のよだつようなシェロブの恐ろしさのこと、そしてオークを相手にしたかれ自身の冒険のことを、言葉の見つかる限り、フロドの耳に話して聞かせました。かれがすっかり話し終えると、フロドは何もいわず、ただサムの手を取って、かたく握りしめました。ようやくかれは身動きしていいました。

「さあ、そろそろまた行かなきゃならないだろうね。本当に捕まって、今までのすべての苦労や潜行が水の泡となるまでに、あとまだどのくらいあるだろう？」かれは立ち上がりました。「暗いし、奥方の玻璃瓶《はりびょう》は使うわけにはいかない。わたしに代わって大事にしまっておいとくれ、サム。わたしには今それをしまっておけそうな場所がないから。手には持てるけど、こんな真っ暗闇の中では両手が必要になるだろうからね。だけどつらぬき丸はお前に上げるよ。わたしにはオークの剣があるけど、ふたたびそれを揮《ふる》って打ちかかることはもうわたしのすることではないように思うのだよ。」

夜の闇の中を道なき道を進んで行くことは難儀の多い危険なことでした。しかしゆっくりと、幾度もつまずきながら、二人のホビットは一時間また一時間と、岩がちの谷間の東側のふちに沿って、少しずつ北の方に骨を折りながら進んで行きました。西の山々の上に灰色の光がいつとはなく立ち戻ってきた頃、といってもその山々の向こうの国々ではとっくに夜が明け放たれていたのですが、二人はふたたび身を隠して、代わる代わるしばしの仮眠をとりました。サムは自分が目を覚ましていなければいけない時間には、しきりに食べもののことを考えていました。やっとフロドが眠りを振り切って目を覚まし、何か食べて、もう一《ひと》ふんばりする支度をしようといった時、サムはもっとも自分を悩ませていた問題を質問しました。

「失礼ですが、フロドの旦那、」と、かれはいいました。「あとまだどのくらい行かなきゃならないか、旦那にはおわかりなんでしょうか？」

「いいや、はっきりしたことは何もわからないんだよ、サム、」と、フロドは答えました。「裂《さ》け谷《だに》にいた時、出発する前に、わたしは敵がここに戻って来る以前に作られたモルドールの地図を見せてもらった。でもそれはただぼんやり憶《おぼ》えているだけなんだ。一番はっきりしているのは、北の方に、西側と北側の山脈がほとんど相接するばかりの突出部を作っている場所があるということなんだよ。そこはオークの塔の近くのあの橋から少なくとも二十リーグはあるにちがいない。高原を横切って行くにはそこがいい場所かもしれない。だがたとえそこまで辿《たど》り着けたとしても、もちろん、火の山までは今までよりもっと遠くなることになる。まあ六十マイルってとこだろうな。あの橋からはもう十二リーグほど北に来たんじゃないだろうか。たとえすべてがうまく運んだとしても、一週間かかってやっと火の山に着けるというところだね。サムよ、わたしはこの荷物がますます重くなって、山に近づくにつれていっそう進み方がおそくなるんじゃないかと心配なんだ。」

サムは溜息《ためいき》をつきました。「心配してたとおりですだ。」と、かれはいいました。「ええと、水のことはいうまでもないとして、フロドの旦那、もう少し食べるのを少なくしなきゃなりませんだ。でなきゃ、もうちいっと速く歩くか、ともかくまだこの谷間にいる間はそうしなきゃだめです。もう一口食べれば、エルフの行糧を除いて、食べものはみんなおしまいですだ。」

「もう少し速く進めるようやってみるよ、サム。」フロドはそういってほうっと深い吐息をつきました。「それじゃ、行こう！　次の強行軍を始めるとしよう！」

まだすっかり暗くはなっていませんでした。二人は足をひきずりながら歩き続け、その間に夜の闇はしだいに二人を包み始めました。数回の短い休憩をはさみながら、よろける足を引きずりつつとぼとぼと疲れ果てて進むうちに時はたっていきました。暗い影のように広がる雲の天蓋《てんがい》のへりの下に灰色の光が僅かにきざし始めると、二人はふたたび張り出した岩の下の暗い窪みに隠れました。

光はしだいに増し、とうとう今までにないくらい明るくなりました。西からの強い風が、上空からモルドールの煙霧を追い払っているのでした。ほどなくホビットたちは、自分たちの周囲何マイルかにわたって地形を見分けることができました。外側の山脈とモルガイとの間の谷間は、それが上りになるにつれて少しずつ狭まっていました。内側は今ではエフェル・ドゥアスの切り立った山腹に突き出た岩棚にすぎませんでした。しかしこの尾根が東側は相変わらず垂直に切り立ってゴルゴロスの高原に落ち込んでいました。水の流れていた跡は、前方のでこぼこの段のついた岩で終わっていました。というのは、ここで外側の大きいほうの山並みから、高い不毛の突出部が、まるで城壁のように東にぐいと突き出ていたからです。これと出会うように、灰色に煙る北側の山脈エレド・リスイから長く突き出た腕が伸びていました。そしてこの両方の突端の間には、狭い間隙《かんげき》がありました。これがカラヒ・アングレンすなわちアイゼン口《ぐち》で、その先にはウドゥンの深い谷が横たわっていました。モランノンの背後のこの谷間には、モルドールの召使たちが自分たちの国の黒門の防備のために作ったトンネルや深く掘り抜いた武器庫などがたくさん作られていました。そして今やかれらの主《あるじ》は西の国の大将たちの猛攻撃に立ち向かうべく、急《きゅう》遽《きょ》大軍をこの谷間に集結中でした。突き出た二つの突出部には砦《とりで》や塔が建造され、篝火《かがりび》がたかれていました。また突出部の間の間隙には土を高く盛り上げた塁壁が築かれ、ただ一本の橋よりほかに渡れない深い壕《ほり》が掘られていました。

数マイル北の、西から突出部が主脈から分かれ出ている角《かど》の高いところに、ドゥアサングの古城が立っていましたが、これも今ではウドゥンの谷の周りに群がっているたくさんのオーク砦の一つになっていました。しだいに明るさが強まってくる中をもうはっきり見える道路が一本、そこからくねくねと下ってきていました。そしてホビットたちが横になっている場所から僅か一マイルか二マイル先の所で、その道は東に折れ、突出部の側面を切り込んだ岩棚に沿って走り、そのまま平原に下り、それからアイゼン口《ぐち》へと続いていました。

眺めやるホビットたちの目には、こうして北に進んで来たことが、すっかりむだであったように思われました。右手の平原はぼんやりと煙っていて、野営地も動く部隊も見られませんでした。しかしこのあたり一帯はカラヒ・アングレンの砦の警戒の下に置かれていたのです。

「わたしたちは行き止まりに来てしまったんだよ、サム、」と、フロドはいいました。「このまま行けば、あのオークの塔に行き着くだけだ。かといって進める道といえば、その塔から下ってきている道しかないし——引き返すなら別だが。西の方は登れないし、東の方は降りられない。」

「それならあの道を行かなきゃしようがねえですだ、フロドの旦那、」と、サムがいいました。「おらたち、あの道を行ってみて運試しをするほかねえです。このモルドールに運なんてものがあればのこってすが。これ以上さ迷い歩いたり、元来《もと》た道を戻ろうとするくらいなら、降参するほうがましですだ。食べものが続きっこねえです。今はまっしぐらに突進しなきゃなんねえですだ！」

「わかったよ、サム、」と、フロドはいいました。「先に立って行っておくれ！　お前に少しでも望みが残っている限りはね。わたしの望みはもう尽きた。だけど、わたしは突進はできないよ、サム。お前の後からとぼとぼついて行くだけだよ。」

「とぼとぼ歩きを始められる前に、旦那には眠りと食べものがいりますだ。さあ、どっちも取れるだけのものをお取りなさいまし！」

かれはフロドに水と行糧の薄焼き菓子を一枚余分に与えました。そして自分のマントで枕を作ってやりました。フロドは疲れきっていましたので、この問題をこれ以上あれこれ考えることができませんでしたし、サムはサムで、フロドに残っている水の最後の一滴を飲ませてしまい、自分の分だけではなくサムの分の薄焼き菓子も食べさせてしまったのだということをいわなかったのです。フロドが眠ってしまうと、サムはかれの上に屈《かが》み込んで、その寝息を聞き、その寝顔をつくづくと眺めました。しわが寄り、やせ細ってはいるものの、眠っているその顔は心満ち足りて心配を知らないように見えました。「さあて、行ってきますだ、旦那！」サムは心に呟《つぶや》きました。「おら運を当てにしてちょっとの間旦那のおそばを離れなきゃなんねえです。是非とも水を手に入れねばなんねえです。さもねえと、これ以上遠くには行けねえでしょう。」

サムはそっと忍び出ると、ホビットの用心に輪をかけた用心深さで、岩から岩へひょいひょいと移りながら、水の流れの跡まで降りて行きました。それからその流れの跡についてしばらく進んで行きましたが、その跡は北に行くにつれて上りになり、とうとうしまいに、昔は疑いもなく泉の水が小さな滝になってほとばしりながら流れ落ちていたと思われる段々になった岩の所までやって来ました。流れの跡は今はすっかり乾いて黙しているように見えました。しかしちょっとやそっとでは絶望せず、サムは身を屈《かが》めて耳をすましました。そしてなんとも喜ばしいことに、水の滴《したた》る音を耳に捉《とら》えたのです。段々をいくつかよじ登ると、暗い水の色をした小さな小さな流れが見つかりました。水は山腹から流れ出て、小さなむき出しの池を満たし、そこからふたたび溢《あふ》れ出て、今度は不毛の石ころの下に消えていました。

サムはこの水を味わってみました。まあまあ飲めるのではないかと思われました。そこでかれはごくごくと一息に飲み、水筒を満たし、引き返そうと踵《くびす》を転じました。ちょうどその時かれは黒い姿か影がフロドの隠れ場近くの向こうの岩の間をひょいひょいと身をひるがえして行くのをちらと目にしました。思わず出そうになった叫び声を押し殺して、かれはぴょんぴょんと泉から駆け降り、岩から岩へと飛び移って走りました。用心深い生きもので、目にも留まらぬくらいですが、サムはそれについてほとんど疑いを持ちませんでした。かれはその頸《くび》に手をかけてやりたいと切に望みました。しかしそれはかれのやって来る音を聞きつけ、たちまちこそこそと立ち去って行きました。サムはその姿を最後にちらと垣間《かいま》見たように思いました。それは東の方の断崖《だんがい》のふち越しにじっと後ろを振りかえってそれからひょいと身を屈めて、見えなくなってしまいました。

「やれやれ、おらはまだ運に見捨てられてはいねえだぞ。」サムは口の中で呟きました。「だが、危ないところだった！　オークどもが何千といるだけでたくさんだちゅうのに、あのくさいのまでがうろうろ鼻をつっこんでくるんだからな。あいつ射《い》殺されればよかったのに！」かれはフロドのそばに腰を下ろしましたが、かれを起こしはしませんでした。しかしかれ自身はとても眠る気にはなれませんでした。しまいにどうしても瞼《まぶた》がふさがってきて、これ以上いつまでも頑張《がんば》って目を覚ましてはいられないとわかると、かれはそっとフロドを起こしました。

「またあのゴクリのやつがうろうろしてるようですだ、フロドの旦那」と、かれはいいました。「もしやつでないとしたら、その時はどうしたってやつが二人いるってこってす。おら水を探しに行ったのですが、ちょうど戻ろうとした時に、やつがうろうろ鼻を突っこんで回ってるのを見つけましただ。それでおらの考えじゃ、二人一緒に眠っちまうのは安全じゃねえでしょう。申しわけねえですが、おらもこれ以上瞼を開けておれねえのです。」

「ありがとうよ、サム！」と、フロドはいいました。「当然お前の番だもの、横になってお眠り！　だけどわたしはオークよりはまだゴクリのほうがいいね。ともかくあいつはわたしたちをやつらに引き渡そうとはしないだろうよ——あいつ自身が捕まらない限りはね。」

「けど、やつは自分で追いはぎや人殺しをやりかねねえですだよ。」サムが不満そうにいいました。「目をあけててください、フロドの旦那！　水筒には水がいっぱいはいってますだ。飲んじまってください。また途中でいっぱいにすりゃいいですから。」そういうと同時にサムはたちまち眠り込んでしまいました。

　サムが目を覚ました時は、ふたたび明るさが薄れかけていました。フロドは後ろの岩にもたれて坐っていましたが、眠ってしまっています。水筒は空っぽでした。ゴクリのいそうな気配はありません。

モルドールの闇が戻り、山々の上の篝火《かがりび》が激しく赤々と燃えてきた時、ホビットたちはかれらの全旅程の中でもっとも危険な行程にふたたび足を踏み出しました。かれらはまずあの小さな泉のあるところに行き、それから用心を重ねながら上までよじ登って、道に出ました。そこは道が二十マイル先のアイゼン口《ぐち》に向かってぐるっと東に向きを変えているところでした。これは広い道ではなく、道端沿いに城壁も欄干もありません。そして進むにつれて、道のふちから垂直に切り立って落下している谷底はますます深くなりました。ホビットたちの耳には何かの動く気配は一つも聞こえてきません。しばらく耳をすませたあとで、二人は東に向けて一歩一歩着実に足を進めて行きました。

十二マイルばかり歩いたあとで、二人は立ち止まりました。少し戻ったところで道はいくらか北に曲がり、かれらがすでに通って来た一続きの道はふさがれて見えなくなりました。このことが災いをもたらすことになりました。二人は何分間か休むとまた道を続けましたが、何歩も行かないうち、突然夜の静けさの中に二人がずうっとひそかに恐れていた物音が聞こえてきたのです。進軍の足音です。まだかなり後ろの方ですが、振り返ってみると、ちらちらする炬火《たいまつ》の明かりが一マイルと離れていない曲がり角を曲がって来るのが見られました。かれらは速く進んで来ました。前方の道をどんどん走ってフロドが逃げおおせるにはかれらのほうが速すぎました。

「これを恐れていたのだよ、サム。」と、フロドがいいました。「わたしたちは運をあてにしたが、運がわたしたちを見放した。袋のねずみだ。」かれは険しい岩壁を血走った目で見上げました。そこは昔この道を作った者たちがホビットたちの頭上千尋の高さに岩壁を垂直に削っておいたのです。かれは反対側に走って行って道のふちからぱっくりと口を開けている暗闇を覗《のぞ》きました。「とうとう袋のねずみだ！」かれはそういうと、岩壁の下の地面にへなへなと坐りこみ、頭を垂れました。

「そうのようですだ。」と、サムはいいました。「まあ、待って、見てるほかねえですだ。」こういってかれは崖《がけ》の下の暗がりのフロドの隣りに坐りました。

長く待つことはありませんでした。オークたちは非常に速い速度で進んで来ました。列の先頭に立ったオークたちは炬火《たいまつ》を持っていました。暗闇の中に燃える赤い焔《ほのお》はたちまちぐんぐん大きくなって、こちらにやって来ます。今はサムも頭を垂れました。こうすれば、炬火の明かりがここまでやって来た時に、顔が隠せるのじゃないかという空頼《そらだの》みからでした。それから脚を隠すために二人の膝《ひざ》の前に銘々の盾《たて》を置きました。

「やつら急いでおって、疲れた二人の兵士にはかまわずそのまま行ってくれさえすればなあ！」と、かれは思いました。

そしてどうやらそうなりそうに見えました。先頭のオークがぴょんぴょん跳ぶように走って来ました。息をきらせ、頭を下向けています。かれらは冥王の戦いにいやいやながら駆り立てられて行く柄の小さいオーク族の一団でした。かれらの心を今占めていることはただこの進軍を終わらせて鞭《むち》を逃れたいということだけでした。かれらの傍らには、荒々しい大柄のウルクが二人、鞭紐《ひも》をピシリピシリと鳴らし、大声でどなりながら、列の横を前後に駆けずっていました。次々とオークの兵たちの列が通り過ぎました。先頭のありかを示す炬火ももうかなり前方になりました。サムは息をつめました。もうすでに全体の列の半分以上が通り過ぎました。ところがその時、ふと奴隷監督の一人が路傍《みちばた》にうずくまる二つの姿を見つけたのです。かれは二人に向かって鞭を打ち振りながら喚《わめ》きました。「おい、お前《めえ》ら！　立て！」二人は答えませんでした。するとかれは一声どなって、全員の足を止めさせました。

「さあ、来い、こののらくら者めが！」と、かれは叫びました。「だらだら坐り込んでいる時じゃねえぞ。」かれは二人の方に一歩足を踏み出しました。そして暗がりの中とはいえ、二人の盾につけられたしるしを認めました。「脱走中か、ええ？」かれは罵《のの》り声をあげました。「それともこれからするつもりか？　お前《めえ》らの仲間はみな昨日の晩までにウドゥンの中にはいってなきゃなんねえんだぞ。お前ら、それを知ってるはずだ。さっさと立って列に加われ。さもねえとお前らの番号をひかえてとどけ出るぞ。」

二人はやっとの思いで立ち上がり、それから体を屈《かが》めたまま、いかにも足を痛めた兵隊のように片足をひきひき、列の後ろに向かって、歩いて行きました。「だめだ、後ろはだめだ！」奴隷監督がどなりました。「三伍《ご》前に出ろ。そしてずっとそこにいるのだ。さもねえと、おれがまた回って来た時に、思い知らせてやるぞ！」かれはその長い鞭紐《むちひも》を二人の頭上でピシリピシリと打ち鳴らしました。それからもう一度ピシリと鳴らすと一声喚《わめ》き、またもや一同をとっとと速足で歩き出させました。

かわいそうにサムにとってこれは相当辛《つら》いことでした。何しろとても疲れていましたから。しかし、フロドにとってはこれはもう拷問《ごうもん》でした。そしてすぐにそれは悪夢と化しました。かれは歯を食いしばって、考えることをやめようとしました。そしてやっとの思いで歩き続けました。まわりにいる汗臭いオークたちの体臭に息がつまりそうになり、喉《のど》の乾きのために息ぎれがしてきました。どんどん、どんどん、かれらは進みました。そしてかれは息を吸い、足を動かし続けることに持てる限りの意志の力を傾注しました。それでもかれはこうして辛苦して耐えながら進んで行く先がいかなる恐ろしい終局に向かってであるのかは、とても考える勇気がありませんでした。見られないで列から離れられそうな望みはまったくありません。例の奴隷監督が時々戻って来て、二人に嘲《あざけ》りの言葉を浴びせるからでした。

「そらそら！」かれはげらげら笑って二人の脚もとにピシリと鞭を払いました。「鞭あれば意志ありとくらあ、こののらくらめ。スピード落とすな！　結構な元気づけを一つ見舞ってやりてえとこだが。どうせお前ら、キャンプにおそく着きゃ、体じゅうみみずばれのねえところがねえくれえ、たんまりお鞭をいただくことになろうぜ。しっかりしろ。戦争しているのを、知らねえのか？」

何マイルか進み、道がようやく長い斜面を下って平地にはいろうとする時でした。フロドの体力は尽きかけ、意志の力は揺らいできました。かれの体はかしぎ、足はよろめきました。サムはそういうかれを必死になって助け、その体を支えようとしました。といってもかれは自分でももうとても長くはこの速度を維持することはできそうにないと感じていたのですが。かれにはもう今にも終わりが訪れるだろうということがわかっていました。主人が気を失うか転ぶかするだろう。そしてすべてが露見し、自分たちの辛い努力も無に帰するだろう。「ともかくおらはあのでっかい奴隷監督のやつをやっつけてやるぞ。」と、かれは考えました。

その時です。ちょうどかれがその手を刀の柄《つか》に置いた時、思いがけない助けが現われたのです。かれらはもう平地の上に出ていて、ウドゥンの入口に近づいていました。その口より少し手前、橋の袂《たもと》にある門の前で西からの道は、南からのと、バラド＝ドゥアからのと、他の二本の道路と合流していました。どの道路にも軍隊が動いていました。西の国の大将たちが攻めて来ようとしていましたし、冥王がその兵力を急ぎ北に移動させていたからです。そういうわけで、たまたまいくつかの部隊が道路の合流点でぶつかることになりました。そこは城壁の上の篝火《かがりび》の光もとどかぬ暗がりです。どの部隊もわれがちに門に辿《たど》り着き、行進を終わりにしようとするものですから、たちまち押し合いへし合い互いに罵《ののし》り合う大騒ぎとなりました。監督たちが声を張りあげ、しきりに鞭を鳴らしても、そこここに乱闘が始まり、刃《やいば》が抜かれました。バラド＝ドゥアから来た重装備のウルクたちの一隊がドゥアサングからの列に突っ込んできて、かれらを混乱におとしいれました。

苦痛と疲労で茫然《ぼうぜん》自失していたとはいえ、サムはここではっと目を覚まし、この機を逸さず摑《つか》まえて、がばと地面に身を投げ出し、フロドを引っ張って一緒に伏せさせました。オークたちが二人につまずいて、転び、罵り声をあげました。ホビットたちは四つん這いになって少しずつ這い進み、しだいに騒ぎから遠ざかり、とうとう気づかれることなく、道の向こう端を越えて、転がり落ちました。この道の端には、真っ暗な夜や霧の中で隊長たちが方向を確かめられるように、高いへり石がつけられていました。それは平地よりも数フィート高く堤のように築かれていました。

二人はしばらくじっと横になっていました。暗すぎて隠れ場所が探せません。といってもそんなものが本当にあればの話ですが。しかしサムはせめて公道からもう少し遠ざかり、炬火《たいまつ》の明かりのとどかぬところに出なければいけないと感じました。

「さあ、フロドの旦那！」と、かれは囁《ささや》きました。「もうひと踏んばりですだ。そうしたらじっと横におなりになれますだ。」

これを最後と必死の努力をふりしぼり、フロドは手をついて起き上がりました。そしてやっとの思いで多分二十ヤードばかりも這い進んだ時です。かれは思いもよらず自分たちの前に口を開けていた浅い穴の中に頭から落ち込んでしまいました。そしてそこで死んだもののように横たわりました。

三　滅びの山

サムは自分の着ていたオークのぼろマントを主人の頭の下に置き、ロリアンの灰色のマントを自分たち二人の体にかけました。そうするうちにかれの思いはかの美《うま》しき地に、エルフたちの許《もと》に自然に引き寄せられていくのでした。そしてかれは、このような恐怖の荒れ野にあってはまったく望みのないこととはいえ、エルフたちの手によって織られたこの布に、自分たちの姿を隠してくれる何かの効力があるかもしれないとせんない望みを抱くのでした。さっきの部隊が次々とアイゼン口《ぐち》を通って行くにつれ、乱闘騒ぎや叫び声が静まっていきました。この混乱と、さまざまな種類のたくさんの中隊が一度に合流したのとで、二人がいなくなったことは、今はまだ気づかれていないようでした。

サムは一口水をすすると、あとは無理にもフロドに飲ませました。そして主人がいくらか元気を回復すると、かれは貴重な行糧の薄焼き菓子を丸々一枚かれに与えて食べさせました。そのあと二人はもう恐怖もたいして感じられないほど疲れきって、体を伸ばしました。二人は落ち着かない寝苦しさを味わいながら少し眠りました。汗が冷えて、堅い石が体にくい込み、体がぞくぞくと震えました。黒門からキリス・ゴルゴルを通って、北からの冷たい稀薄《きはく》な空気が微《かす》かな風の音をたてながら地面を匍《は》って流れてきました。

朝になって灰色の光がまた戻ってきました。空の高みに、今も西風がふいていたからです。しかし暗黒の国を取り囲む防壁の裏側にあたるこの下界の石の上では、空気は澱《よど》んでほとんど動かないように見え、寒気がするくせに息苦しいのです。サムは窪地から上を見上げました。周りの土地はどこも荒涼として平坦《へいたん》で、くすんだ褐色の色合いを帯びていました。近くの道路のどれにも今は何一つ動くものがありませんでした。しかしサムはここから北に八分の一マイルと離れていないアイゼン口《ぐち》の城壁に油断のない目が見張っていることを恐れました。東南の方向には、はるかに遠く、一個屹立《きつりつ》した暗影のように、火の山がぬうっと姿を現わしていました。そこから煙がもうもうと流れ出ていて、上空に立ち昇ってたなびきながら東の方に去っていく一方、うねうね漂う大雲塊がその山腹を下って国中に広がっていました。北東数マイルのところには灰の山脈の山裾《すそ》の丘陵が気味悪い灰色の幽霊《ゆうれい》たちのように立ち並んでいました。その背後にはぼうっとかすんだ北の山並みが垂れこめた空とその暗さをまごうほど黒く、遥かな雲の連なりのように聳《そび》え立っていました。

サムは目積《めつ》もりでだいたいの距離をおしはかり、どの方向に進むかを決めようとしました。

「五十マイルはたっぷりあるみたいだな。」かれは脅かすような山容をじっと見つめながら、顔を暗くして呟《つぶや》きました。「つまり、今の旦那の状態ならどうみたって一週間はかかるちゅうことだなあ。」かれは頭を振りました。こうしていろいろ考えをめぐらしているうちに、新たな暗い考えが徐々にその心に芽生え始めました。堅固なかれの心の中にいつまでも望みがとだえたままでいることなどはついぞないことでしたし、今まではいつだって帰りの旅のこともいくらか念頭にありました。しかし遂にかれは仮借ない現実に目覚めました。糧食はせいぜい終着点までもてばよしとしなければならないでしょう。そして任務が遂行されたあと、かれらはそこで終わることになるのです。恐ろしい砂漠《さばく》の真《ま》っ只中《ただなか》で、ただ二人、宿る所なく、食べるものなく、果てるのです。帰ることはできません。

「それじゃ、出発の時に、おらのしなきゃなんねえと感じた仕事はこれかね？」と、サムは考えました。

「最後の最後までフロドの旦那を助けて、それから旦那と一緒に死ぬちゅうことかね？　ままよ、もしこれがおらの仕事なら、どうしてもこれをしなきゃなんねえ。けど、もう一度水の辺村が見てみてえもんだなあ。それからロージー・コトンにロージーの兄弟たちもよ、それからとっつぁんや妹のマリゴールドやみんなにもよ。もし戻って来る望みがぜんぜんないちゅうことなら、ガンダルフの旦那がうちの旦那をこの使いに出したりしなさるだろうか？　そうは思えねえ。ガンダルフの旦那がモリアで落っこっちまわれた時に、万事がくいちがっただ。落っこちねえでくださりゃよかったのに。そしたらどうかしてくださるんだが。」

しかしサムの中で望みが消えた、あるいは消えたかに思われたちょうどその時、それは新たな力に転じました。サムの飾りけのないホビットの顔は、その心に決意が固まるにつれてきびしくなり、ほとんど怖いほど決然とした顔になりました。そしてかれは四肢《しし》に震えが走るのをおぼえ、まるで自分が絶望にも疲労にもはたまた終わることない不毛の旅路にも克服されない、石か鋼《はがね》の生きものに変わっていくかのように感じました。

新たな責任感をいだいて、かれはその目をすぐ近くの地上に戻し、次に取るべき手段について考えをめぐらしました。いくらか明るくなるにつれ、かれは遠くから見てただだっ広い単調な平地と見えたものが、実はでこぼこした高低のある土地であることを知って驚きました。まったくのところ、ゴルゴロスの高地の地表はいたるところあばたのようにぽつぽつと大きな穴があいていました。まるでまだ一面のやわらかい泥土であった頃、太矢や巨大な石礫《いしつぶて》を雨霰《あめあられ》と浴びせられたかのようでした。これらの穴の中でも特に大きなものは周囲をきれぎれに隆起した岩でふちどられ、幅広い罅裂《きれつ》がそこから四方八方に伸びていました。この土地はその気になれば身を隠せる場所から場所へと、よっぽど警戒的な目は別として、だれにも見られずにそっと進んで行くことも可能でした。少なくとも体力があり、急ぐ必要もない者には可能だったでしょう。しかし空腹をかかえ疲労困憊《こんぱい》の極にある者にとっては、そのうえその者が命が尽きるまでに遠くまで行かなければならないとしたら、この土地は不吉な様相を呈していました。

こういうことをあれこれ考えながら、サムは主人のところに戻りました。かれは主人を起こす必要はありませんでした。フロドは仰臥《ぎょうが》したまま目をあけて、垂れこめた空をじっと見つめていました。「ええーと、フロドの旦那、」と、サムはいいました。「おらちいっとばかし眺め回して、少し考えてみましただ。道には何にも見えねえです。見込みがあるうちに立ち退《の》くほうがいいですだ。何とか行けそうですか、旦那？」

「何とか行けるよ、」と、フロドはいいました。「行かなくちゃ。」

ふたたびかれらは出発しました。窪みから窪みへと這うように進み、また、目につく限りの遮《しゃ》蔽《へい》物の陰につつと走り寄っては身を隠しながら、それでも二人はこうやって北の山脈の山裾《すそ》に広がる丘陵の方に絶えずななめに進んで行きました。一番東を走っている道路が、二人の行く方について来ていましたが、やがてその道も二人からそれ、山裾にへばりつきながら、はるか前方の壁のように黒々とした暗闇の中に消えていきました。今は坦々《たんたん》と伸びたその灰色の道を歩いている者はオークも人間も一人としていませんでした。なぜなら冥王はその軍隊の移動をほとんど完了していたからです。そしてかれは自分の王国の砦《とりで》の中にあってすら、秘密を守る夜の暗さを求めていました。自分にそむいて自分のヴェールを引きはがす外界の風を恐れ、自分の防壁を通り抜けてきた大胆不敵な間者《かんじゃ》どもの知らせに悩まされていたのです。

ホビットたちはへとへとに疲れながら数マイル進むと立ち止まりました。フロドはもうほとんど消耗しきったように見えました。サムには今のようなやり方ではかれがもうあまり遠くまでは行けそうもないことがわかりました。何しろ這ったり、身を屈《かが》めたり、不確かな道を拾いながらのろのろ進むかと思えば、今度はもつれる足で大あわてに駆けるといった調子なのですから。「明るい間は道路に戻ってみましょう、フロドの旦那、」と、かれはいいました。「もう一度運をあてにしてくだせえ！　この前の時はもうちょっとで運に見放されるとこでしたが、すっかり見放されはしませんでした。あと二、三マイル着々と歩いて、それから休むとしましょう。」

かれは自分でわかっているよりははるかに大きな危険を冒そうとしているのでした。しかしフロドは負うた重荷と心中の闘いに心を奪われていて、これに異を唱えるどころではなく、またほとんど希望を失っていましたので、今さら気遣うこともなかったのです。二人は土手道によじ登り、重い足でとぼとぼと固い辛《つら》い道を歩いて行きました。これはほかならぬ暗黒の塔に通じる道でした。しかしかれらの運はまだ尽きず、その日は生きているもの動いているものに一つとして出会いませんでした。夜になると、二人はモルドールの闇《やみ》の中に姿を消しました。モルドールの全土が今や激しい嵐《あらし》の襲来を前にしているように、思いに沈んでいました。なぜなら西軍の大将たちが十字路を通過し、イムラド・モルグルの死の原に火を放ったからです。

こうして必死の旅が続けられました。指輪は南に進み、王旗は北に進みました。ホビットたちにとっては一日一日が、一マイル一マイルが、より耐えがたいものになってきました。体力はいよいよ弱まり、踏んで行く土地はますますいまわしいものになっていったからです。昼間は一人の敵にも出会いませんでした。夜になると、道路わきのどこか隠れ場に身を縮め、あるいはうとうとと不安な眠りについている二人の耳に、時折叫び声や大勢の足音、あるいはまた無慈悲に駆けさせられる馬たちの疾駆して通り過ぎて行く音が聞こえてきました。しかしこのような危険のどれよりもはるかに悪いことは、進むにつれてじりじりと迫ってくる脅威でした。玉座の周りをとざす暗いヴェールの陰で思案にくれ、眠ることない敵意を凝らして待っている、かの力の恐るべき脅威でした。それは、この世の終わりに一枚の壁となって夜が訪れるように、いよいよ黒く朦朧《もうろう》と浮かび上がって、だんだん近づいてくるのでした。

とうとう恐ろしい日暮れがやってきました。西軍の大将たちが生ある者の地の果てに近づいて来たちょうどその頃、二人の旅人たちはどうしようもない絶望のひとときを迎えたのです。オークたちから逃れて四日間が過ぎていましたが、あとにした時間はいや増しに暗くなっていく夢のようでした。この最後の日にフロドは終始口を利《き》かず、背を屈《かが》めて、しばしばつまずきながら歩いていて、目がもうその足元を見ていないようでした。サムの推量では、自分たち二人の負う一切の痛苦の中でも最悪のものをフロドが担っていて、それはいよいよ重くなっていく指輪にほかならず、身にこたえる荷となり、心をさいなむ責め道具となっているのでした。サムは、主人の左手がなぐられるのを防ぐかのように、あるいは自分の目があの恐ろしい目に見据えられて怯《ひる》むのをかばおうとするかのように、しばしば持ち上げられるのに気づいて心を痛めました。そして時にはフロドの右手は胸許《もと》に忍び寄ってひしと握りしめられるのですが、そのうち意志の力がふたたび盛り返してくるにつれ、またのろのろとひっこめられるのでした。

さて真っ暗な夜が戻ってきた今、フロドは膝《ひざ》の間に頭を埋《うず》めて坐っていました。だらりと地面に垂れた両の腕、地面に置かれた両手は力なくぴくぴくひきつっています。サムはこんなフロドをじっと身守っていましたが、やがて夜がすっぽりと二人をくるみ、お互いの目から相手の姿を隠してしまいました。サムにはもはやいうべき言葉も見つからず、かれはかれで自分自身の暗い思いに心を向けました。かれ自身としては、疲れ果て恐怖の影の下にあるとはいえ、まだいくらかの体力が残っていました。レンバスにはもしこれがなければ二人ともとっくに野たれ死にしたであろうようなすぐれた効力がありましたが、これは食欲を満足させてはくれず、サムの心はともすれば食べものの思い出と、ただのパンと肉への渇望に満たされるのでした。それにもかかわらずエルフのこの行糧は旅人たちがこれだけにたより、これに他の食物を混ぜることをしなければ、それだけいや増す効力を持っていました。これは意志を強化し、持ちこたえる力、筋肉と四《し》肢《し》を限りある命の者には不可能なまでに使いこなす力を与えてくれます。しかしここで新たな決断がなされねばならないのです。もうこれ以上この道を行くことはできませんでした。なぜなら道はこのまま東へと続き、かの大きな影の中にはいって行きますが、かの山は今はかれらの右手、ほとんど真南にぬっとそそり立っていて、かれらはこの山の方に向きを転じなければならないからです。しかしその手前にはもうもうと蒸気を上げている、不毛の、灰に支配された土地が広大な地域にわたってのびていました。

「水、水！」サムは口の中で呟《つぶや》きました。かれは自分では水を飲まなかったのです。ひりひりと乾ききった口の中で、舌が厚くふくれ上がってしまったかのようでした。しかしこれほどまでにかれが気をつけていても、水はもうほんの少ししか残っていませんでした。おそらく水筒に半分くらいでしょう。そして旅のほうは多分まだ何日も行かなければならないのです。もし二人がオーク道路を使うという危険を冒さなかったとしたら、とっくに飲み尽くしてしまったでしょう。なぜなら、この街道には水のない地域を通って急遽《きゆうきよ》派遣される軍隊の使用に供するため、かなり間隔をおいてですが、水槽《すいそう》が造られていたからです。その水槽の一つに水が少し残っているのをサムが見つけました。古くなった水で、おまけにオークたちにかきまわされてにごっていましたが、このような絶体絶命の場合には充分用が足りました。しかしそれももう一日前のことでした。これからはそんなものにありつけそうな望みがないのです。

さまざまな心配ごとに疲れ果てて、とうとうサムはうとうとと眠りに落ちました。明日のことは明日が来るまで考えないことにしました。これ以上なすすべもなかったからでした。夢と現《うつつ》が落ち着きなく入りまじりました。かれはほくそえむ目のような光や、忍び寄る黒っぽい姿の者たちを見ました。そして野獣の発するような物音や責めさいなまれた者たちのたてる恐ろしい叫び声のようなものを聞きました。そのたびにかれははっと目覚めて立ち上がるのですが、見いだせるものはただ真っ暗な世界と、自分を取り囲む空っぽの闇にすぎませんでした。ただ一度だけ、かれが立ち上がって無我夢中であたりを眺めまわすと、もう目が覚めているにもかかわらず、やっぱり目のような青白い光が見えたように思ったことがあります。しかしその光もやがて明滅して消えていきました。

いまわしい夜はのろのろとしぶしぶながら過ぎていきました。続く夜明けは薄暗くかすんでいました。ここは山が近づいてきただけに、大気が一段と濛漠《もうばく》となりましたし、暗黒の塔からはサウロンが周囲に織りなす影のヴェールが、ここにも匍い寄ってきたからです。フロドはあおむいて寝たまま身動きもしませんでした。サムはそのそばに立って、口を開きかねていました。しかしこの言葉をいうのが今は自分の役目であることをかれは知っていました。ここでもうひとふんばりするように主人の意志を動かさなければいけないのです。やっとかれは身を屈《かが》め、フロドの額をそっとなでながら、耳許《もと》に話しかけました。

「目、覚ましてください、旦那！　また出かける時間ですだ。」

突然呼び鈴《りん》でも鳴って目を覚まされたように、フロドは急いで起き上がり、立ち上がって、南の方を眺めやりました。しかし山と砂漠が目にはいると、かれはふたたび怯《おじ》けづきました。

「わたしにはむりだよ、サム、」と、かれはいいました。「とっても重くて持って行けない、とっても重いんだよ。」

口を利《き》く前からサムにはわかっていたのです。むだだということが、こんなことをいってもむしろ逆効果だということが。でも同情のあまり、かれは黙っていることができませんでした。

「それじゃ、代わりにおらにしばらく持たせてくだせえまし、旦那、」と、かれはいいました。

「おらに力がある間は持って差し上げますからね、ええ、喜んで持ちますだ。」

フロドの目に血走った光が浮かびました。「近寄るな！　わたしに手をふれちゃいけない！」と、かれは叫びました。「おい、これはわたしのだぞ。行ってしまえ！」かれの手がふらふらと刀の柄《つか》にかかりそうになりました。しかしその時、急に声が変わりました。「いや、いや、サム、」かれは悲しそうにいいました。「だけど、お前はわかってくれなくちゃいけない。これはわたしの負うた荷なんだ。だれにも持ってもらうわけにはいかないんだ。今となってはおそすぎるんだよ、サムや。そういうふうにしてもう一度お前に手伝ってもらうわけにはいかないんだ。わたしは今はもうほとんどこの指輪に支配されてしまっているのだ。わたしにはこれを手放すことはできない。もしお前がこれを取ろうとすれば、気が狂うだろう。」

サムはうなずきました。「わかりましただ。けど、フロドの旦那、おら考えたのですが、なくてもすむものがいくつかありますだ。荷物を少し軽くしたらどうでしょうか？　おらたちは今度はあっちの方に、それもできるだけ真っ直に行くんで、」かれは火の山を指さしました。「いるかどうかわかんねえものは持ってってもしようがねえです。」

フロドはふたたび山の方に目を向けました。「そうだね。途中あまりいるものはないだろう。目的地まで行けば何にもいらないわけだし。」かれはオークの盾《たて》を拾い上げると、ぽいとほうり投げ、そのあとから冑《かぶと》を投げ捨てました。それから急いで灰色のマントを脱ぎ、重い皮帯をはずして地面に落としました。それと一緒に鞘《さや》にはいった剣も落ちました。ぼろぼろの黒いマントはむしり取られ、ばらばらになって散らばりました。

「そら、わたしはもうオークじゃないぞ。」と、かれは叫びました。「そしてもう武器も持たない、きれいなやつも、穢《けが》れたやつも。つかまえるというなら、つかまえるがいい！」

サムも同じようにして、オークの道具類を取りのけました。そして荷物の中の物をすっかり取り出しました。こんな遠くまで苦労に苦労して持って来たからだけのことかもしれませんが、どの品もどの品もかれにはどういうわけかとても大事なものになっていたのです。なかでもとりわけ手放しがたいのは料理道具でした。これを捨てることを考えると、目に涙が溢《あふ》れ出てくるのでした。

「あの兎《うさぎ》のことを覚えておいでですか、フロドの旦那？」と、かれはいいました。「それからファラミアの大将様のところの暖かい土手の下のあの休み場所のことを？　じゅうを見た日ですだ。」

「いいや、残念だけど覚えてないよ、サム。」と、フロドはいいました。「そんなことがあったということは、少なくとも頭にはあるんだが、目に浮かんでこないんだよ。食べものの味も、水の感触も、風の音も、木や草や花の記憶も、月や星の形も、一つとしてわたしには残っていない。わたしはむきだしになって暗闇の中にいるんだよ、サム。そしてわたしとぐるぐる回るあの火の車との間にはヴェール一つないんだ。目覚めている時でもそれが見え出してきたんだ。そしてあとのものは何もかもうすれてしまうのだよ。」

サムはかれのところに行って、その手にキスしました。「それじゃ、早いとこ片づければ、それだけ早く休めますだ。」かれはためらいがちにいいました。もっとましなことをいいたくても、その言葉が見つからなかったからです。「しゃべったって何一つよくなりっこねえ。」かれはぶつぶつ独り言をいいながら、さっき二人が捨てることに決めたものをすっかり拾い集めました。だれの目にもふれるようにこの荒れ地にむき出しに置いていく気がしなかったのです。「どうやらくさいのが、あのオークの鎖かたびらを拾ったらしいぞ。それにまた剣を加えさせちゃなんねえ。素手《すで》だってやつの手は充分たちが悪いんだからな。それにおらのなべをやつにひっかきまわされちゃなんねえぞ！」そういうと、かれは地面にぱっくりと口を開けているたくさんの罅裂《きれつ》の一つにこれらの品物を全部運び去って、中に投げ込みました。かれの大切ななべが真っ暗な穴の中にガランガランと落ちていく音が、かれの心には弔いの鐘のように聞こえました。

かれはフロドのところに戻ると、エルフの綱《ロープ》を主人の帯紐《おびひも》に使える長さに切りました。灰色のマントを腰の周りできちんと縛るためです。残った分はていねいに巻いて、荷物の中に戻しました。そのほかには、行糧の残りと水筒があるだけです。それからつらぬき丸はまだ皮帯に下がっていました。そして下着の懐《ふところ》の奥深く、胸にじかに隠し持っているのはガラドリエルの玻璃瓶《はりびょう》と、かれ自身に与えられた例の小箱でした。

さていよいよかれらは火の山を正面に見て出発しました。もはや身を隠すことは念頭に置かず、疲労と弱まる意志を転じて、ただ歩き続けるという一つの仕事にのみ心を向けるのでした。夜が明けてもおぼろにかすむこの陰気な日では、さすがの警戒怠りないこの国でも、ごく近くからなら別として、二人の姿を見つけ得る者はほとんどいませんでした。冥王の奴隷たち全部の中で、ただナズグルたちだけが、水も洩《も》らさず守りぬかれたかの者の王国のどまん中に忍び込んだ、小なりとはいえ鎮圧しがたい危険をかれに警告することができたでしょう。しかしナズグルたちと黒い翼のその鳥たちは、ほかの用事があって国外に出ていました。かれらは遠くに集結し、西軍の大将たちの進軍につきまとっていました。そして暗黒の塔の思いもそちらの方に向けられていたのです。

その日サムには自分の主人が何かしら新たな力を見いだしたように思えました。それはかれが身に着けて歩かねばならなかった装備を少し軽くしたことだけでは説明がつかないことでした。最初の一行程か二行程の間は、かれらはサムが望んでいたよりも遠くまで、しかも速く行くことができました。でこぼこの歩きにくい敵意に満ちた土地でしたが、それでもずいぶん進むことができました。そして山は絶えず近づいてきました。しかし昼の時間がしだいに過ぎて、おぼろな光があまりにもあっけなく衰え始めると、フロドはふたたび背を屈め、足がつまずきがちになりました。まるで更新された努力によって残っていた体力までが浪費されてしまったかのようでした。

最後の小休止の時、かれはへたへたと坐り込んでいいました。「喉《のど》が乾いたよ、サム。」そしてあとは二度と口を利《き》きませんでした。サムはかれに一口水を与えました。あともう一口分しか残っていません。かれ自身は水なしですませました。そして今ふたたびモルドールの夜が迫ってくると、さまざまな思いの去来する中を終始浮かんでくるのは、水の記憶でした。かれがかつて見たことのある小川という小川、流れという流れ、泉という泉の記憶でした。緑の柳の木陰を流れたり、きらきらと日にきらめいたり、盲《めし》いのように何も見えない目の奥で、かれをさいなむように水は揺れ動き、小波《さざなみ》を立てるのでした。コトン家のジョリーにトムにニブス、それにかれらの妹のロージーと一緒に水の辺村の池で水遊びをした時のひんやりした泥《どろ》の感触をかれは踵《かかと》のあたりに感じました。「だけど、あれは何年も前のことだぞ。」かれは溜息《ためいき》をつきました。「それにずっと遠くのこと。戻る道は、もし戻れればのことだが、火の山を越えて続くだ。」

かれは眠れぬままに自分自身といい合いを繰り返していました。「まあまあ、おらたち、お前の思ってたよりよくやっただ。」かれは意気高らかにいいました。「ともかく出だしは上等だ。ここで休むまでに半分は来たと思う。もう一日あれば大丈夫だろう。」そこでかれは言葉を切りました。

「ばかいうでねえ、サム・ギャムジーよ、」同じかれの声で答が戻ってきました。「旦那はもう一日こんな調子で行けるもんか、たとえ少しでも動けたにしてもよ。それにお前だって、旦那に水を全部と食べものをほとんどあげちまえばそうは続かねえだよ。」

「だが、おらはまだかなり歩けるぜ、歩いてみせるとも。」

「どこにだよ？」

「火の山よ、きまってら。」

「だが、それからどうする、サム・ギャムジー。それからはどうなんだよ？　あそこに着いたら、お前はどうするつもりだ？　旦那は自分じゃ何にもできねえだろうよ。」

弱ったことにサムは、これに答える言葉がないことに気がつきました。かれにははっきりした段取りが皆目わかってなかったのです。フロドは自分の使命についてあまりかれには話していませんでした。そしてサムはともかく指輪を火に投じなければならないんだということを漠然《ばくぜん》と知っているだけでした。「滅びの罅裂《きれつ》、」かれは呟《つぶや》きました。古い名前が心に浮かび上がってきたのです。「さてさて、旦那はどうやって見つけるかご存じかもしれねえが、おらは知らねえ。」

「そら見ろ！」と、答が戻ってきました。「まったくむだなことだよ。旦那が自分でそういいなすっただ。お前はばかだ、いつまでも望みを捨てねえで苦しい思いをして歩き続けるんだからな。もしお前がそんなに強情っぱりでなけりゃ、もう何日も前に旦那と一緒に横になって眠ってしまえただに。だがどっちみちお前は死ぬのよ。それとももっと悪いことになるかもしれねえ。もうあきらめてここで横になっちまうほうがましじゃねえか。とにかくてっぺんには絶対に行き着けねえだろうよ。」

「行き着いてみせるとも、この骨のほかは何もかも置いて行くとしても。」と、サムはいいました。「そしてフロドの旦那は、おらが背負って行く。たとえこの背中が折れ、心臓が破れたとしてもよ。だからいい合いはやめだ！」

ちょうどその時サムは、体の下の地面にかすかな震動を感じました。そしてあたかも地の下に雷が閉じ込められてでもいるような、深いかすかな鳴動を聞き取りました。いいえ、感じ取ったのです。たれこめた雲の下で赤い焔《ほのお》が束《つか》の間《ま》明滅して消え去りました。火の山もおちおちと眠ってはいませんでした。

オロドルインへの旅の最後の行程が来ました。それはサムがそれまで耐えられると思っていたよりもずっと大きな痛苦でした。サムは苦しい上に、激しい喉《のど》の乾きのために、もはや一口の食物ものみこめない状態でした。夜が明けても暗いままでした。火の山の煙のためだけではありません。嵐《あらし》がやってきそうな気配でした。はるか南東の黒々とした空の下では、稲妻がちらちらと光っていました。一番困ったことは、空気にガスが充満していることでした。呼吸が苦しく、息がしにくいのです。それにめまいに襲われ、二人はよろよろとよろめいてはたびたび転びました。それでも二人の意志は屈しません。二人は苦しみあがきながら進んで行きました。

山はそれと知らぬ間に絶えず近づいてきました。そしてしまいには、もしかれらが重くうなだれた頭を上げて見ればわかるのですが、かれらの視界をおおって、眼前にぬっと広大にそそり立つにいたりました。それは灰と燃えかすと焼けた石の巨大な塊であり、そこから切り立った山腹の円錐《えんすい》形の火山が雲の中に聳《そび》えていました。一日続いた薄闇が終わり、本当の夜がふたたびやってくる前に、二人は山のすぐ麓《ふもと》まで、つまずきながらのろのろと進んで来ました。

息を喘《あえ》がせて、フロドは地面に体を投げ出しました。サムはその傍らに坐りました。自分でも驚いたことに、かれは疲れてはいましたが、体が軽くなったように感じたのです。頭もふたたびはっきりしてきたように思えました。もう心内の葛藤《かっとう》に心を乱されることもありません。かれには絶望の説く論拠がすっかりわかっていましたので、それに耳をかそうとはしませんでした。決意は定まりました。これを破るものがあるとすれば、ただ死のみです。かれはもはや眠りの欲求も必要も感じず、むしろ油断ない警戒の必要を感じたのです。かれはあらゆる偶発事故や危険が今や一点に寄り集まろうとしていることを知っていました。あくる日は運命の日となるでしょう。最後の努力の日となるか、あるいは災いの日となるか、いずれ最後のふんばりをする時となるのです。

しかし朝はいつ来るのでしょう？　夜が終わることなく無限に続くように思われました。一分一分が死んでいて、経過する時間にくり入れられず、変化をもたらさないのです。サムは第二の暗黒が始まり、夜明けが二度とやってこないのではないかと思い始めました。ようやくかれはフロドの手を探りました。その手は冷たく震えていました。主人は寒気がして震えていたのです。

「毛布を置いて来なきゃよかった。」サムは呟《つぶや》きました。そしてかれは自分も横になって、自分の腕と体でフロドの寒さを和らげようとしました。するうちに眠気《ねむけ》に襲われ、かれらの探索の旅の最後の日の朝がおぼろに明けそめた時には、二人は隣り合って眠っていました。風は西からの風向きが変わって前日にはやんでいましたが、今は北から吹いていてそれが強くなり始めていました。そして姿の見えなかった太陽の光が徐々に、ホビットたちの横たわる暗闇にこぼれ落ちてきたのです。

「さあ、いよいよだ！　さあ最後のふんばりだぞ！」サムはもがきながらやっと立ち上がっていいました。かれはフロドの上に身を屈《かが》めると、そっとかれを起こしました。フロドは呻《うめ》き声をあげましたが、意志の力をふりしぼってようやくよろよろと立ち上がりました。ところがすぐにまたがっくりと膝《ひざ》をついてしまいました。かれはかろうじて目をあげ、自分の上にそそり立つ滅びの山の暗い山腹に目を向けると、今度は哀れにも両手をついて這いながら、前に進み始めました。

サムはそのありさまを眺めて、心で泣きました。しかし乾いたひりひりするその目には一滴の涙も浮かんできませんでした。「おらは、たといこの背中が裂けようと、旦那をしょって行くといったな。」と、かれは口の中で呟きました。「いったとおりにするぞ！」

「さあ、フロドの旦那！」と、かれは叫びました。「おらはあれを持って差しあげることはできねえですが、その代わり、旦那を背負って差しあげられますだ。あれも一緒にです。ですからお立ちなさいまし！　さあさあ、フロドの旦那！　サムが乗せて差しあげますだよ。どこへ行くかちょっとおっしゃってくだせえ。そしたらサムは行きますだ。」

フロドはサムの背にへばりつきました。両腕はゆるくかれの頸《くび》の周りにめぐらされ、両脚はサムの腕《かいな》の下でしっかりと組み合わされました。サムはよろよろと立ち上がりました。立ち上がってみて驚いたことは、かれにはこの重荷が軽く感じられたのです。それまでかれは、自分の主人だけをやっと持ち上げる力しかないのではないか、だのにそれだけではなくいまいましい指輪の恐ろしい引っぱるような重みも分かち持つことになるだろうと覚悟していたのです。ところがそうではありませんでした。フロドがその長い間の労苦や短剣による傷、毒針に刺された傷、それに悲しみと恐怖、家郷《かきょう》を離れた長い流浪によって、これほどまでにやつれてしまったのか、それともサムにこれが最後ともいうべき力の贈り物が与えられたのか、サムはホビット庄の荒れ地や草刈り場でホビットの子供を戯れにおんぶするのと変わらないほどらくらくと、フロドを背負い上げたのです。かれはほっと深い息をついて歩き出しました。

二人はいくらか西に寄った北面の麓《ふもと》まで辿《たど》り着いていました。ここから上にのびている長い灰色の斜面はでこぼこはしていますが険しく切り立ってはいませんでした。フロドは口を利《き》きませんでした。そこでサムは自分の体力が尽き、意志の力が破れる前に可能な限り高く登っておこうという決意のほかには何一つ自分を導いてくれるものを持たず、及ぶ限りの力で懸命に歩き続けました。かれは辛苦して上へ上へと登り続けました。坂を少しでも和らげようとこちらへ折れあちらへ折れ、しばしばつまずいて前につんのめり、最後には重い荷物を背負った蝸虫《かたつむり》のように這って行くのでした。意志の力がもうこれ以上かれを駆使しえなくなり、四肢《しし》もまた持ちこたえられなくなった時、かれは立ち止まって主人をそっと下に降ろしました。

フロドは目を開き、息を吸い込みました。下に渦巻き漂っていた煙よりも高く登ったここでは息をするのが、もっとらくでした。「ありがとうよ、サム、」かれはかすれ声で囁《ささや》きました。「あとどのくらいあるのかね？」

「わかりませんだ。」と、サムはいいました。「どこに行くのか、おらにもわからねえですから。」

かれは来た道を振り返り、それから上を見上げました。そしてかれは、この最後の努力によっていかに遠くまでやって来られたかを知って、われながら驚いたのでした。うす気味悪くぽつんと一つ立っていた山は、実際よりももっと高く見えたのです。今はじめてサムにはこの山が、自分とフロドの二人の登攀《とうはん》してきたエフェル・ドゥアスの高い峠ほど高くないことがわかりました。でこぼこしてまとまりのない肩部を見せた巨大な基体は、平地から多分三千フィートぐらいの高さかと思われます。そしてさらにその上をぎざぎざの噴火口のついたとてつもなく大きな乾燥かまどか煙突のように、中心となる高い火山錐《すい》が、基体の半分ほどの高さに聳《そび》え立っていました。しかしサムはすでに基体の半分以上登っていました。ゴルゴロスの高地は煙と陰に包まれて、ぼんやりと眼下にかすんでいました。上を見上げたかれは、からからに乾いた喉《のど》さえ許せば、思わず声をあげたでしょう。なぜといえば、頭上のごつごつした突起や肩の間に一本の小道か道路がはっきりと見えたからです。それは帯状に西から登ってきて、蛇のようにぐるっと山をめぐり、そのまま視界から消える前に火山錐東面の麓に達していました。

サムには自分のすぐ真上の道は見えませんでした。そこが一番低いところなのですが、かれが立っているところから山腹が急な斜面になっていたからです。しかしあともう少し努力して進むことさえできれば、その道に行き当たるのではないかと、かれは見当をつけました。一条《ひとすじ》のかすかな光明が戻ってきました。いつかはこの山を征服できるかもしれません。「おや、こりゃおらのためにわざわざあそこにつけられたのかもしんねえぜ！」かれは独り言をいいました。「もしあれがなきゃ、おらもとうとう参ったっていわなきゃなんねえとこだが。」

道はサムのためにつけられたのではありません。かれは知らなかったのですが、今目にしているのは、バラド＝ドゥアからサンマス・ナウア、すなわち火の室《むろ》にいたるサウロンの道路だったのです。この道路は、暗黒の塔の壮大な西門を発し、深い山峡《やまかい》に渡した巨大な鉄の橋を渡り、それからゴルゴロス高地にはいり、煙を出している二つの割れ目の間を一リーグばかり走って、山の東面山腹に通じる長い坂の土手道に達していました。そこから今度はこの山の広大な胴部を南から北へとぐるぐる回りながら登り、最後は煙を噴き出す頂にはまだ遠いとはいえ、上部の火山錐の高いところにある暗い入口に通じていました。この入口は東を向いていて、薄闇をまとうサウロンの砦《とりで》の目の窓にまっすぐ面していました。山の火炉の激動によってしばしばふさがれたりこわされたりしていましたので、この道は無数のオークたちの労働によっていつも修復されたり、整備されたりしていました。

サムはほっと深い息をつきました。道はありましたが、どうやってこの斜面を登って、その道に出たらいいのか、それがわかりませんでした。まず、痛む背中を休めなければなりません。かれはフロドの傍らにしばらく体を伸ばしました。二人とも黙っています。ゆっくりと明るさが増してきました。突然サムはここにこうしてぐずぐずしてはいられないという自分でもわけのわからない切迫した気持ちに襲われました。まるで「さあ、さあ、でないとまにあわなくなるぞ！」と、声でもかけられたような感じでした。かれは元気を奮い立たせて起き上がりました。フロドもまたこの呼び声を感じたように見えました。かれは苦労してやっと膝《ひざ》をつきました。

「わたしは這って行くよ、サム。」喘《あえ》ぎながらかれはいいました。

そこで一フィートまた一フィートと、まるで小さい灰色の虫のように、二人は山腹を這い登って行きました。道に出てみると、道幅は広く、砕石や踏み固めた火山灰で、舗《ほ》装《そう》がしてありました。フロドはやっとそこまで這い登ると、今度はまるで何かに否応《いやおう》なく動かされたかのように、のろのろと東に向き直りました。遥か先にはサウロンの薄闇がかかっています。しかし、外界からにわかに吹いて来た一陣の風に引きちぎられたのか、あるいは内部の非常な不安に揺り動かされたのか、おおい隠していた雲が渦巻き、一瞬の間一方に引き寄せられました。そしてその時かれは見たのです。バラド＝ドゥアの無情な尖塔《せんとう》の数々と一番高い塔の鉄の頂が黒々とそそり立つのを。その周囲の広大な暗がりよりさらに黒く、さらに暗くそそり立つのを。そしてほんの一瞬塔がはっきりと目にとまったと思うと、途方もない高さにある大きな窓からでも射《さ》し出たように、一閃《いっせん》の赤い焔《ほのお》がはっしと北方を突きました。さし通すかの目の閃《ひらめ》きでした。そのあとふたたび薄闇がおり、恐るべき光景は取り除かれました。かの目は二人の方には向けられませんでした。それが凝視していたのは西軍の大将たちが絶体絶命の抵抗を試みている北の方でした。そしてその敵意が今やことごとくそちらに向けられ、大覇王《はおう》がそちらに恐るべき一撃を加えんものと決意を固めたのでした。しかしフロドはちらと垣間見《かいま》たこの恐ろしい光景に、まるで致命的な打撃を受けた者のように倒れ伏してしまいました。かれの片手は頸《くび》にかけた鎖を探りました。

サムはその傍《かたわ》らに跪《ひざまず》きました。ほとんど聞こえないくらいかすかにフロドの囁《ささや》く声が聞こえました。「助けてくれ、サム！　助けてくれ、サム！　わたしの手を押さえてくれ！　自分では止められないんだ。」サムは主人の両手を取り、その掌《てのひら》と掌を一つに合わせて、それにキスしました。それから自分の手の中に両手をやさしく包み込みました。その時不意にかれの心に浮かんだことはこうでした。「あいつはおらたちを見つけてしまっただ！　もうだめだ、でなくても、じきだめになる。さあ、サム・ギャムジーよ、今度こそ最後の最後だぞ。」

ふたたびかれはフロドを背負い上げ、脚をたらしたまま、両手を自分の胸のところまで引っぱりおろしました。それからかれは前屈《かが》みになって登りの道路を必死の努力で歩き出しました。歩いてみると、最初に思っていたほど歩きやすい道ではありませんでした。運のいいことには、サムがキリス・ウンゴルに立った時、しきりに火山が鳴動して噴出された火は主として南側と西側の山腹に流れ出ていましたから、こちら側の道路はふさがれていなかったのです。とはいえ、道が崩れて消えているところや、あんぐりと口を開けた割れ目が道を横切っているところがたくさんありました。東に向かってしばらく登って行くと、道は急な角度でまた逆の方向に折れ、そのましばらくは西に向かっていました。この曲がり角で、道は風化した古い岩山の間を深い切り通しになって通っていました。この岩山はその昔この山の火炉からはき出されたものです。重い荷物の下で息をきらしながら、サムは曲がり角を曲がりました。そしてちょうど曲がったとたんに、かれは目のすみにちらと何かが岩山から落ちるのをとらえました。それは通りぎわにぐらりとかしいで落ちてきた一個の黒い小さな石のように見えました。

不意に体に重みがかかって、かれはどさりと前に倒れ、主人の手をしっかり摑《つか》んだまま自分の両手の甲に裂き傷をこしらえてしまいました。それからかれは何が起こったかを知りました。倒れているかれの頭上から憎むべき声が聞こえてきたからでした。

「しどい旦那だよ！」それはシューシュー声をあげました。「しどい旦那、わしらだました。スメアゴルだました、ゴクリ。旦那あっち行っちゃいけない。いとしいしと傷つけちゃいけない。スメアゴルにおくれ、そうよ、おくれ！　わしらにおくれよう！」

憤怒《ふんぬ》の勢いで一跳《ひとは》ねして、サムは起き上がりました。すぐにかれは刀を抜きましたが、どうすることもできませんでした。ゴクリとフロドが組み合っていたからです。ゴクリは主人をひっかいて、鎖と指輪をつかもうとしました。フロドの勇気と意志の力の今や燃え尽きようとしている火種《ひだね》をかき起こし得たものは、おそらく自分の宝物を力ずくでもぎ取ろうとするこの意図、襲撃をおいてはなかったかもしれません。かれはサムを、いやゴクリをも唖然《あぜん》とさせるほどの唐突《とうとつ》な激しい怒りを見せて猛然と抵抗しました。しかしたとえそうであっても、もしゴクリ自身が前のままで変わっていなければ、事態はずっと違ったことになったかもしれません。しかし独りぼっちで、腹を空《す》かせ、水もなく、貪《むさぼ》るような欲望と凄惨《せいさん》な恐怖に追い立てられながら、どのようなすさまじい道を踏んできたかは知らず、惨苦がかれの上に痛ましい痕跡《こんせき》をとどめていました。ゴクリはすっかり肉が落ち、餓死寸前の憔悴《しょうすい》しきったありさまで、骨と皮、それもぴんと引きつれた土色の皮だけでした。目には凶暴な光が燃えていますが、しかし、その敵意ももはやそれにつり合うべき往年の把捉《はそく》力を持ちませんでした。フロドはかれを振り払って、身を震わせながら起き上がりました。

「さがれ、さがれ！」かれは息をきらしながらいうと、片手を握りしめるように胸に当て、革の下着の下に隠れている指輪をしっかり握りました。「さがれ、この腹ばうものよ、そしてわたしの道をあけろ！　お前の時は尽きた。もうお前はわたしを裏切ることも、殺すこともできぬ。」

その時突然サムは、前のエミン・ムイルの山の端《は》での時と同じように、この二人の敵手を別の幻覚で見たのでした。一方は生命の影としかいえない、うずくまる姿、今やまったく見る影もなく敗北し、しかもなおおぞましい渇望と憤怒に充《み》たされている生きもの。そして一方はその前に立って、もはや憐《あわ》れみに動かされることのない、いかめしい白衣《びゃくえ》の人物、しかもその人物は胸許《もと》に火の車を摑《つか》んでいました。その火の中から力強い声が話しました。

「行け、そしてもう二度とつきまつわるな！　もしふたたびこの身にさわることがあれば、お前自身が滅びの火に投げ込まれるぞ。」

うずくまっている姿はしばたたく目に恐怖の色を浮かべ、そのくせ同時に飽くことを知らぬ欲望を見せて、退きました。

そこで幻は消え去り、サムはフロドが片手を胸に置き、はあはあ息をきらせて立っているのを見ました。その足許にはゴクリがいっぱいに広げた両手を地面に置いて、膝《ひざ》をついていました。

「気をつけて！」と、サムが叫びました。「跳びつきますだ！」かれは足を踏み出し、剣を振り回しました。

「さ、急いで、旦那！」かれは喘《あえ》ぎながらいいました。「行ってくだせえ！　行ってくだせえまし！　ぐずぐずしてられません。こいつの始末はおらがします。行ってくだせえまし！」

フロドはまるで遠いところにいる人でも見るように、かれを見ました。「そうだ、わたしは行かなきゃならない。さようなら、サム！　とうとう最後が来た。滅びの山に裁きが下されるのだ。さようなら！」かれは背を向けて、登り坂をゆっくりと、しかし背をまっすぐに伸ばして、歩き去って行きました。

「さあ！」と、サムはいいました。「いよいよお前の始末がつけられるだな！」かれは抜き放った刃《やいば》を振りかざし、ひらりと躍り出ました。しかしゴクリは跳びかかってはきません。かれは地面にばったり伏して、泣き声をたてました。

「わしらを殺さないでおくれ。」かれは啜《すす》り泣きました。「いやなしどい鉄で、わしらに傷しないでおくれ！　わしらを生かしておくれ、そうよ、あとほんのしこし生かしておくれ。負けた！　わしら負けたよ。いとしいしと行っちゃえば、わしら死ぬよ、そうよ、死んで土になるよ。」かれはその長い肉の落ちた指で、道の火山灰をかき寄せました。「つ、つ、っち！」かれは音を押し出すようにいいました。

サムの手はためらいました。かれは激しい憤りとゴクリの奸悪《かんあく》の記憶に腹の中が煮えたぎる思いでした。こんな裏切り者の人殺しなら斬《き》って捨てることも正当でしょう。正当どころか、その何倍もの罰を受けても当然なのです。それにこうすることだけがただ一つの安全なことのように思えました。しかしかれの心の奥底には何かかれの手をとどめるものがありました。かれは土にまみれて横たわっているこの生きもの、しおたれ、零落した、惨めさそのもののこの生きものに打ってかかることができませんでした。かれ自身、ほんのしばらくの間ではありましたが、指輪を持ったことがあります。それで今ではおぼろげながらゴクリのしなびきった心と体の苦悶《くもん》を察することができました。指輪のとりことなり、この世では二度と安らぎも救いも見いだし得ないことを。しかしサムは自分の感じを表わす言葉を持ち合わせていませんでした。

「えい、こんちくしょう、このくさいの！」と、かれはいいました。「行け！　行ってしまえ！　お前なんか信じはしないぞ、おらにお前が蹴《け》とばせられる限りはな。さあ、失《う》せろ！　さもねえと、お前に傷を負わせてくれるぞ、そうよ、いやなひどい鉄でな。」

ゴクリは四つん這いになって起き上がると、何歩かあとずさりし、それからぐるっと背を向けて、サムが蹴とばそうとすると、下りの道を飛んで逃げて行きました。サムはもうかれには一顧《いっこ》の注意も与えませんでした。突然主人のことが思い出されたのです。道を見上げましたが、主人の姿は見えません。かれは重い足を引きずりながら、できる限りの速さで坂道を登って行きました。もし振り返って見れば、かれはゴクリがそれほど下に降りて行かないうちに、またもやこちらに向き直って、血迷った荒々しい光を目にぎらつかせ、速やかに、しかも用心深く、岩の間を微行する影のように、そっと背後に忍んで来るのに気がついたかもしれません。

道は登り続けました。まもなくそれはふたたび折れ曲がり、最後の東向きの進路となって、火山錐《すい》の岩壁に沿った切り通しを通り過ぎ、山腹にある暗い入口に達していました。サンマス・ナウアの入口です。はるか遠く、南の方に向かって、今や太陽が上ろうとしていました。日は煙や靄《もや》を貫いて、鈍くかすんだ赤い円盤のように、薄気味悪く燃えていました。しかしモルドール全土はおし黙って、影に包まれたまま、死んだ土地のように滅びの山の周りに横たわり、何か恐るべき一撃の下されるのを待ち構えていました。

サムはあんぐりと開いている入口まで来て、中を覗《のぞ》きました。中は暗くて暑く、深い鳴動音が空気を震わせていました。「フロド様あ！　旦那あ！」かれは叫びました。答がありません。狂おしい不安に胸をどきつかせながら、かれは一瞬立ちつくしていましたが、やがて中に飛び込みました。一つの影がそのあとに続きました。

最初は何も見えませんでした。やむにやまれず、かれはもう一度ガラドリエルの玻璃瓶《はりびょう》を引っぱり出しました。しかしかれの震える手の中でそれは冷たく色を失ったままで、この息づまる暗闇の中にどのような光も投げかけませんでした。かれはサウロン王国の心臓部、冥王の昔日《せきじつ》の力の源である大火炉に来たのです。これは中《なか》つ国《くに》最大の熔鉱炉《ようこうろ》であり、ここでは、他の力はすべて弱められてしまうのでした。かれは暗がりの中をおぼつかない足取りでこわごわ何歩か踏み出しました。するとその時突然一閃《いっせん》の赤い光がぱっと上に向かって跳びはね、高い黒天井を打ちました。そこでサムは、自分が今いるのは煙を上げている火山錐をえぐり抜いた長い洞穴かトンネルの中だということがわかりました。しかしほんの少し先を見ると、床と両側の壁がひび割れて、大きな罅裂《きれつ》ができていました。赤い閃光はそこから出ていたのです。光はぱっと高く跳びはねたかと思うと、次には消えて、もとの暗闇に戻るのでした。そしてその間じゅう遥か下の方では、脈打って震えつつたゆまず動く巨大な機関のような胎動と騒音が聞こえていました。

　ふたたび光が跳びはねました。するとかなたの大きな裂け穴、ほかならぬ滅びの罅裂のふちに、フロドが立っていました。ぎらぎらする光の中に黒く浮き出たその姿は背をまっすぐにぴんと張りつめ、しかも石にでも化したように動かないのです。

「旦那あ！」と、サムは叫びました。

　するとフロドは不動の姿勢を僅かに解き、はっきりした声でものをいいました。まったくのところこれほどはっきりした力強い声でフロドが話すのをサムは今まで一度も聞いたことがありませんでした。その声は滅びの山の鼓動と轟音《ごうおん》を圧して、天井と壁に響き渡りました。「わたしは来た。」と、かれはいいました。「だが、わたしがここに来てするはずだったことを、もうしないことにした。そのことをするつもりはない。指輪はわたしのものだ！」そしてそれを指にはめたと見るや、不意にその姿はサムの前から消え失せました。サムは息の根も止まるほどびっくりしましたが、大声を発する機会がありませんでした。折も折、一時にたくさんのことが起こったからです。

何かがサムの背中に激しくぶつかったかと思うと、下ざまに両脚を払われて、かれは投げ出され、石の床に頭を打ちつけました。その上を黒っぽい姿が跳び越して行きました。かれはそのまま横になって、一瞬この世が真っ暗になっていきました。

そしてかの者の王国のほかならぬ心臓部、まさにここサンマス・ナウアにおいて、フロドが指輪をはめ、これを自分のものであると宣言したその時、遠くでは、バラド＝ドゥアのかの力は動揺し、暗黒の塔はその土台から誇り高く苛酷《かこく》な頂にいたるまで震動しました。冥王は突然フロドに気づきました。そしてかれの目は暗闇を突き通して平原を越え、かれの作った入口に向けられました。そして目のくらむような一閃光《せんこう》の中で、かれ自身の愚昧《ぐまい》さ加減をありありと見せつけられ、傍《かたわ》らかれの敵たちの策略が遂に余すところなく顕《あら》われたのでした。そこでかれの怒りは焼き尽くす焔《ほのお》となって燃えましたが、一方恐怖が息をもつまらせるもうもうたる黒煙のように高まってきました。というのは、かれは、おのが直面する破滅的な危険と、累卵《るいらん》の危うきにあるおのが命運を知ったからです。
かれの一切の術策、恐怖と裏切りのからくり、一切の謀略と戦争、こういったものすべてからかれの心は離脱しました。そしてその国土をくまなく戦慄《せんりつ》が走り抜けました。奴隷たちは怯《おじ》けづき、軍隊は足ぶみし、指揮官たちは突如舵《かじ》を失い、意志を奪われ、浮き足立って、望みを失いました。かれらは忘れられたのです。かれらを意のままに使っていたかの力が今や全知能と念力をあげて、圧倒的な勢いでかの火の山にふり向けたのです。かれの呼び出しを受けるや、空をつんざく叫び声をあげて旋回し、これを最後とすさまじいばかりの速さで飛翔《ひしょう》して、風よりも速く飛んで来たのは、ナズグル、すなわち指輪の幽鬼《ゆうき》たちでした。そしてかれらは嵐《あらし》を呼ぶ翼に乗って、南の方、滅びの山に突進して行きました。

サムは起き上がりました。目がくらくらしました。そして頭から流れてきた血が目の中に滴《したた》り落ちてきました。かれは手探りで前に進みました。それから奇妙な戦慄すべきものを目にしました。奈落《ならく》の縁に立ったゴクリが、狂する者のように目に見えない敵と取り組み合っていたのです。かれの体は前に揺れ、後ろに崩れ、今にも奈落に落ち込むほど縁に寄ったかと思うと、次は引きずられて退《さが》り、地面に倒れるとみれば起き上がり、また転ぶという具合でした。そしてその間じゅうかれはシーシーと声をもらしましたが、一言ものをいいませんでした。

下方の火は怒《いか》って目覚め、赤い光がぱっと炎を上げて燃え立ち、洞窟《どうくつ》の中は残るくまなく強烈な輝きと熱で充《み》たされていました。その時不意にサムはゴクリの長い二つの手がその口許《もと》に引き寄せられるのを見ました。白い牙《きば》がきらっと光り、それからプツンと音がして歯が嚙《か》み合わされました。フロドが一声叫びをあげました。そしてそこにかれがいました。奈落のきわに膝《ひざ》をついて。ゴクリの方は、まさに狂った者のように踊りながら、まだ指が突きささったままの指輪を高くかざしていました。それは今、まことに生きた火から作りなされたもののように光り輝いていました。

「いとしい、いとしい、いとしい！」ゴクリは叫びました。「いとしいしと！　ああ、いとしいしと！」こういいながら、わが捕獲品を眺めて楽しもうと、目をあげたちょうどその時、かれはつい足を伸ばしすぎて、平衡を失い、一瞬奈落《ならく》の縁でぐらり、その体が揺らいだと思うと、次の瞬間には甲高《かんだか》い悲鳴をあげて落ちていきました。深い奥から、「いとしいしとおお」と、泣き叫ぶかれの最後の声が聞こえ、そしてかれはいなくなりました。

轟音《ごうおん》と大混乱の騒音が起こりました。火が跳びはね、天井をなめました。鼓動のように脈打つ音はしだいに大きくなって喧噪《けんそう》の極に達し、山はごうごうと揺れ動きました。サムはフロドの許《もと》に駆け寄って、かれをかかえ上げ、入口の外に運び出しました。そしてモルドールの高地を足下にした、ここサンマス・ナウアの暗い入口のきわで、サムは自分を襲ったあまりの驚きと恐怖に、万事を忘れ果てて立ちつくし、石化した人のように目を見はっていました。

束《つか》の間《ま》かれが垣間《かいま》見たのは渦巻く雲であり、その雲の中に聳《そび》え立つ数多《あまた》の塔と胸壁が、小山のように高く、数限りない坑《あな》を見下ろして、堅固な山の台座の上に立っている姿でした。広大な裁きの館と地下牢《ろう》、絶壁のようにそそり立った窓のない牢獄館、ぱっくり口を開けた鋼《はがね》と鉄石《アダマント》の門――これらのものすべてが次の瞬間には消滅しました。塔は倒れ、山は崩れ、城壁は微塵《みじん》に砕けて、みるみるうちに崩壊し消え失せました。巻き上がる煙と、吹き出す蒸気とが巨大な螺旋《らせん》状の渦となって上へ上へとうねり昇り、遂に怒濤《どとう》のような巨浪《きょろう》となって、あれ崩れるよと見る間に、その荒れ狂った波頭《なみがしら》は反転して泡立ちながら地上にどっと落下してきました。そしてその時遂に彼我《ひが》の間何里にもわたって、遠雷のような轟《とどろ》きが起こり、それはしだいに高まって、耳を聾《ろう》するばかりの一大響動となりました。地は震動し、平原は隆起して、ひび割れ、オロドルインは突然揺れ動きました。裂けた絶頂から火が噴き出しました。空に雷鳴が轟き、稲妻が天をこがしました。振りおろされる鞭《むち》のように黒い雨が滝つ瀬となって降り下りました。そしてこの嵐《あらし》の真《ま》っ只中《ただ》に、音という音をさし貫く叫び声をあげて、雲を真っ二つに切り裂き、燃え上がる稲光《いなびかり》のように疾駆して、ナズグルたちが飛来してくるや、山と空の烈《はげ》しい破滅に巻き込まれて、焼けはじけ、燃えちぢれて、消え失せていきました。

「やれやれ、これでおしまいだ、サム・ギャムジーよ、」傍《かたわ》らで声がしました。そしてフロドがいました。あお白い顔をして憔悴《しょうすい》しきっているとはいえ、ふたたび自分を取り戻したフロドでした。今はその目には平和が宿り、張りつめた意志も、狂気も、いかなる恐怖も見られません。

かれの重荷は取り去られたのです。ここにいるのはホビット庄で日々《ひび》楽しく暮らしたあの頃のなつかしい主人でした。

「旦那あ！」サムはそう叫ぶと、へたへたと崩おれて、膝《ひざ》をつきました。自分たちを包む世界のこの破滅の最中《さなか》に、一瞬かれが感じたのは、ただ喜びでした。大きな歓喜でした。重荷は消えました。主人は救われました。もとの自分を取り戻しました。解放されたのです。そしてその時サムは傷ついて血を流している手を目にしました。

「おかわいそうに、そのお手が！」と、かれはいいました。「縛って差し上げるものもねえし、痛みをらくにして差し上げるものもねえ。やつにおらの手をくれてやれるもんなら、まるまるくれてやっただが。けどやつはもういなくなりました、呼んでも戻って来ねえとこに永久に行っちまいましただ。」

「そうだね、」と、フロドはいいました。「だが、お前はガンダルフの言葉を覚えているかい？『ゴクリだってまだ何かすることがあるかもしれない。』といってたのを。あれがいなければ、サムよ、わたしは指輪を滅ぼし得なかったろう。探索の旅はどたん場に来てだめになったろう。だから、あいつのことは許してやろうじゃないか！　探索の旅は成就し、今はすべてが終わったのだから。お前がここに一緒にいてくれてうれしいよ。一切合財が終わる今、ここにいてくれてね、サム。」

四　コルマルレンの野

二つの丘の周囲はことごとく荒れ狂うモルドール軍に埋めつくされていました。西軍の大将たちは押し寄せる海に今にも呑み込まれようとしていました。日は赤々と鈍く輝き、ナズグルたちの翼の下にある地には、死の影が暗く落とされていました。アラゴルンは王旗の下に、黙然《もくねん》といかめしく立っていました。遠い昔を偲《しの》び、遥かかなたの地に思い耽《ふけ》る人のようでした。しかしその目は、夜が深まるにつれいよいよ明るさを増して輝く星々のように、きらきらと光っていました。同じ丘の頂にはガンダルフが立っていました。かれは白一色で冷たく、その上には影がかかりませんでした。モルドールの猛攻撃が波の砕けるように包囲された二つの丘にぶつかってきました。武器のぶつかる音、砕ける音にまじって、たくさんの声が潮騒《しおさい》のように鳴り響きました。

あたかもその目に、何か突然幻覚を見たかのように、ガンダルフがふっとその姿勢を解きました。そして頭《こうべ》をめぐらして、空が薄青く澄んでいる北の方を振り返りました。それから両手を挙げると、喧噪《けんそう》を圧して朗々と響き渡る声で叫びました。「鷲《わし》たちがやって来るぞ！」多くの声がそれに答えて叫びました。「鷲たちがやって来る！　鷲たちがやって来る！」モルドールの軍勢は空を見上げ、なんの前兆かといぶかりました。

　やって来たのは風早彦グワイヒアにその弟ランドローヴァルでした。北の国の大鷲の中でも最も大きく、中《なか》つ国《くに》がまだ若い頃、環状山脈の近寄り得ない山頂にその巣を作った、ソロンドールの子孫たちの中の最強の者でした。かれら兄弟の背後からは、長い速やかな列を作って、北の山々からの配下の鷲《わし》たちが全員、強まる風に乗って滑るように速やかにぐんぐんやって来ます。高い空から不意にさっと舞い降りて、ナズグルめがけまっすぐに向かってきました。かれらが頭上を通過する時の広い翼の勢いは疾風にも紛《まご》うばかりでした。

　しかしナズグルたちは方向を転じて遁走《とんそう》し、モルドールの薄闇の中に姿を消しました。暗黒の塔から突如かれらを呼び出す恐ろしい叫び声が聞こえたからです。そしてちょうどその時、モルドールの全軍勢はおののき震えました。疑念に心怯《おび》え、嘲笑の声は消え去りました。手は震え、四肢《しし》の力はぬけました。かれらを駆使し、憎しみと凶暴な怒りでかれらを満たしていたかの大いなる力が動揺を来《きた》したのです。かれの意志が全軍から取り除かれました。そして今黒の軍が見る敵軍の目には恐るべき光が宿り、かれらを怯《おじ》けさせました。

　その時、西軍の大将たちはいっせいに高らかな声を発しました。なぜなら暗闇のさなかにあって、新たな望みがかれらの心を満たしたからです。包囲された二つの丘から、ゴンドールの騎士たち、ローハンの騎士たち、北方のドゥネダイン、びっしりと詰め込まれた部隊が、浮き足立つ敵に向かって突進し、仮借ない槍《やり》の切先《きっさき》を烏合《うごう》の衆と化した敵陣に突っ込みました。しかしガンダルフは両の腕《かいな》を上げ、ふたたび朗々たる声で呼ばわりました。

「立ち止まれ、西軍の士《つわもの》よ！　立ち止まって待て！　今こそ運命の下る時じゃ。」

そしてかれがこの言葉を発した正《まさ》にその時、足許《もと》の大地が揺れ動きました。次いで途方もなく大きな暗雲が、ちらちらと火を明滅させながら、ぱっと空中高く上がったかと思うと、ぐんぐんと速やかに上昇し、黒門の塔より遥かに高く、山頂より遥かに高く上っていきました。地は呻《うめ》き、震えました。歯の塔はかしぎ、ぐらつき、そして倒壊しました。堅固な城壁が崩れ、黒門は激しい勢いで壊れました。そして遥か遠くから初めはかすかに、と思うまにだんだん大きく、そして今は雲に達するほど高まって、太鼓を打つような鳴動が、轟音《ごうおん》が、長く尾を引いて轟《とどろ》き渡る、破壊の物音が、聞こえてきました。

「サウロンの王国は滅びたぞ！」と、ガンダルフはいいました。「指輪所持者がその探索の旅を成就したのじゃ。」そして大将たちが南の方《かた》モルドールの地をまじろぎもせず見つめるうちに、雲のとばりになお黒く、巨大な人の影のようなものが上って来たように思えました。それは一切の光を徹《とお》さないほど黒く、頭に稲妻の冠を頂き、空をいっぱいに占めていました。下界を見降ろして高く大きく頭をもたげると、それは途方もなく大きな手をみんなに向けて嚇《おど》すように突き出しました。その恐ろしさは総毛立つほどでしたが、それでいてもはや何の力もなかったのです。なぜなら、それが一同の上に身を屈《かが》めたちょうどその時、大風がそれをさらって運び去り、消え去ったからです。そのあとはしーんと静まりました。

　大将たちは頭を垂れました。そしてかれらがふたたび面《おもて》を上げてみると、こはいかに！　敵軍は逃走中で、モルドールの勢力は風に飛ぶ埃《ほこり》のように四散していきました。蟻塚《ありづか》に棲《す》んで、蟻たちをその支配の下に置いているその身のふくれ上がって巣ごもるものが死に襲われるや、蟻たちがなすすべもなく右往左往して、やがて力なく死んで行くように、オークにせよ、トロルにせよ、魔術にかけられて奴隷となった獣たちにせよ、サウロンの造った生きものはすべて正気を失ってあちこちに逃げ惑い、ある者はわれとわが身を刺し、またある者は自ら深い坑《あな》に飛び込んで死に、またある者は泣き叫びながら望みのまったくない穴や暗い光のない場所に隠れようと逃げ戻るのでした。しかし、リューンやハラドの人間たち、東夷《い》たちや南方人たちは自分たちのまったき敗北と、西軍の大将たちの堂々たる威風と赫々《かくかく》たる勝利を目《ま》のあたりに知りました。かれらの中でももっとも長くもっとも深く冥王に隷属《れいぞく》してきて西方を憎み、なお誇り高く大胆な種族たちは、今度は逆転して、絶望的な戦闘に最後の抵抗を示そうと集結しました。しかし大部分の者はできる限り東に逃げましたし、中には武器を投げ出して、慈悲を請う者もいました。

　やがてガンダルフは、この種の軍事万般と指揮の一切をアラゴルンその他の武将に委《ゆだ》ねて、自分は丘の頂に立って呼ばわりました。するとかの大鷲《わし》、風早彦グワイヒアがかれのところに舞い降りて来て、前に立ちました。

「あんたはわしを二度運んでくれた。わが友グワイヒアよ、」と、ガンダルフはいいました。「もしあんたが喜んでやってくれるなら、三度めであんたの骨折りもむくわれるぞ。あんたが、わしの古い命が燃え尽きたあのジラク・ジギルからわしを運んでくれた時より、わしは大して重くなってはおらぬじゃろうよ。」

「お望みのところに運んで進ぜよう。」と、グワイヒアは答えました。「たとえあんたが石でできていようと。」

「では頼む！　それからあんたの弟も一緒に行ってもらってくれ。それからあんたの一族の中でだれか一番速い者をもう一名。わしらに必要なのはいかなる風にも勝《まさ》る速さなのじゃ。ナズグルの翼をも凌《しの》ぐ速さがな。」

「北風が吹いているが、われらはその北風よりも速く飛ぶだろう。」と、グワイヒアはいいました。そしてかれはガンダルフを持ち上げると、たちまち南に飛び去りました。ランドローヴァルと翼の速い若鷲メネルドールが一緒に行きました。かれらはウドゥンを越え、ゴルゴロスを越えて、その眼下に全土が崩壊し、混乱しているのを見ました。そしてかれらの前方には、滅びの山が火を噴き出して燃えていました。

「お前がここに一緒にいてくれてうれしいよ。」と、フロドがいいました。「一切合財が終わる今、ここにいてくれてね、サム。」

「そうですだ、旦那のおそばにはおらがいますだ。」サムはそういうと、フロドの傷ついた手をそっと自分の胸の上に置きました。「そしておらのそばには旦那がいてくだせえますだ。旅は終わりました。けど、はるばるここまで来たあとで、まだ諦《あきら》めたくねえのです。諦めるなんちゅうのは、どういうわけか、おららしくねえのです。わかってくださるだか。」

「多分そうなんだろうがね、サム。」と、フロドはいいました。「しかし世の中のことというのはこういうもんなんだよ。望みは尽きるものだし、終わりは来るものなのだ。わたしたちはもうあと少しだけ待てばいい。滅亡と崩壊の中に取り残されて、逃れるすべもないのだ。」

「でも、旦那、おらたちせめてここのこの危険な場所から、このう、滅びの罅裂《きれつ》とかちゅうところからもうちいっと遠くまで行くくらいのことはできますだ。そうでねえですか？　さ、フロドの旦那、ともかくこの道を降りるとしましょう！」

「いいとも、サム。お前が行こうと思うのなら、わたしは行くよ。」と、フロドはいいました。

そして二人は起き上がって、山の周りをめぐっている道をゆっくりと降りて行きました。二人が揺れ動く山の麓《ふもと》に向かって去ったちょうどそのあと、もうもうたる噴煙と蒸気がサンマス・ナウアから噴き出し、火山錐《すい》の山腹がぱっくりと割れて、中から厖大《ぼうだい》な火の噴出が雷のように轟《とどろ》きながら、ゆっくりと滝になって、東面の山腹を流れ下って行きました。

フロドとサムはもうその先には行けませんでした。かれらの心身に残った最後の力は急速に衰えていきました。二人が辿《たど》り着いたのは、山の麓に火山灰が積もってできた低い小山でした。しかしここからはもう逃れようがありませんでした。ここは今では孤島も同じで、オロドルインが苦痛にもだえてのたうつ中で、長くは持ちこたえられません。周りはいたるところ地面が口を開け、深い裂け目や穴から、煙や蒸気が勢いよく噴き出していました。二人の背後では火山が鳴動していました。山腹には大きな割れ目が口をあけていました。長い斜面を火の川が二人の方に向かってゆっくりと流れてきます。かれらはまもなくのみ込まれてしまうでしょう。熱い灰が雨のように降っていました。

かれらは今は立っていました。そしてサムはまだ主人の片手を握ったまま、やさしくその手をなでていましたが、吐息をついていいました。「おらたちはまたなんちゅう話の中にはいっちまったこってしょうね、フロドの旦那？　だれかがこの話をするところを聞けたらなあ！　『さて、いよいよ九本指のフロドと滅びの指輪の物語の始まり』なんちゅうふうにいうんでしょうかね、旦那？　するとみんなしーんと静まりかえっちまうでしょうよ。ちょうど裂《さ》け谷《だに》で片手のベレンと大宝玉の話を聞いた時、おらたちがそうだったように。聞けたらなあ！　そしておらたちの出て来るところが終わったあとは話はどうなるんだろうなあ。」

しかし最後の最後まで恐怖を寄せつけまいと、こうやって話している間でさえ、かれの目は依然として北にさ迷っていき、北風の目の中へ、遠い空がくっきりと晴れわたったあたりへ向けられていました。その間にも冷たい突風は速さと強さを増し、疾風《はやて》となって暗闇と雲の残骸《ざんがい》を押し戻しました。

こうして荒天をついて舞ってきたグワイヒアは、大空の大きな危険を冒して空中を旋回しながら、遠目のきく鋭い目で二人の姿を見つけだしました。二つの小さな黒い姿は、寄るべなげに小さな丘の上に手をつなぎ合って、その足許《もと》では大地が震動し、口を開け、火の川が迫っていました。そして大鷲《わし》が二人を認めて、急降下してきたちょうどその時、二人が倒れるのが見えました。弱り切ったのか、煙と熱に息がふさがれたのか、それとも遂に絶望に打ちのめされたのか、死を見るまいと目をおおいながら倒れたのです。

二人は並んで倒れていました。グワイヒアはさっと舞い降りました。ランドローヴァルと疾《はや》翼《つばさ》のメネルドールも降りて来ました。そしていかなる運命がふりかかったのかも知らず、夢のうちに、二人の旅人は持ち上げられ、暗闇と火から脱して遠く運び去られました。

サムは目を覚ました時、何かやわらかなベッドのようなものの上に寝ているのに気がつきました。しかし頭上には大きく張り出した橅《ぶな》の大枝が静かに揺れています。若葉を通して、緑色に金色に、ちらちらと日の光が射し込んできます。大気はさまざまなもののまざり合ったかんばしい香りに満ちていました。

この匂《にお》いには覚えがありました。イシリアンの香りです。「おや、おや！」かれは考え込みました。「おら、どのくらい眠っちまったんだろう？」この香りがかれを日の当たる堤の下で小さ

な焚火《たきび》を燃やしたあの日に運び去ったのです。そしてあれからこれまでのことはすべてこの一瞬白日の記憶から脱け落ちてしまったのです。かれは伸びをし、ほっと深い息をつきました。「それにしても、なんちゅう夢を見たんだろう！」と、かれは呟《つぶや》きました。「目が覚めてほっとしただ！」かれは起き上がって、隣りにフロドが寝ているのを見つけました。安らかな寝顔です。片手は頭の後ろに置かれ、もう一つの手はふとんの上に置かれていました。それは右手で、中指が欠けていました。

一切の記憶が堰《せき》を切ったように一度に戻ってきました。サムは声をあげて叫びました。「夢ではなかっただな！　そんならここはどこだ？」

後ろから穏やかに話しかける声が聞こえました。「イシリアンの地じゃよ。そしてお前さんたちは王の保護のもとにあるんじゃ。王がお前さんたちを待っておられるぞ。」この言葉とともに、かれの前にはガンダルフが立っていました。白い長衣を着て、その顎鬚《あごひげ》はきらきらと木の間《こま》をもれる陽光に、純白の雪のようにきらめいていました。「さて、サムワイズ殿よ？　気分はどうかな？」

しかしサムは後ろにのけぞって、口をぽかんと開け、まじまじと見つめたまま、しばらくは、当惑と非常な喜びがこもごも相まじって、答えることもできないでいました。ようやくかれは喘《あえ》ぐようにいいました。「ガンダルフ！　あんたさんは亡くなられたもんと思ってましただ！　でもそのあとそういうおら自身が死んでるんだと思いました。悲しいことはみんな本当でなくなるんですかね？　世の中はどうなっちまってますだか？」

「大いなる影が去ったのじゃ。」と、ガンダルフはいいました。そしてかれは声をあげてからからと笑いました。その声はまるで音楽のように響きました。あるいは干上がった地面を潤す雨のようでした。その笑い声を聞きながら、サムの心に浮かんだことは、このようなまじりけなしの陽気な響き、哄笑《こうしょう》を聞いたのは、日数を数えることもできないほど久し振りのことだということでした。それはまるでかれがかつて知っていたありとあらゆる喜びのこだまのように、耳朶《じだ》に響きました。そしてかれ自身はといえば、どっと涙を溢《あふ》れさせたのです。しかし甘雨《かんう》が春風を鎮めて去った後は、太陽がいっそう晴れ晴れと輝きわたるように、かれの涙は止まり、今度は高らかな笑いがふつふつと湧き出てきました。そして笑いながらかれはベッドから飛び出しました。

「おらの気分がどうかといいなさるのかね？」かれは叫びました。「さて、何ていったらいいかわからねえです。おら、おら、」――かれは両腕を空中で振り回しました――「冬のあとに春が来たような、葉っぱに日の光がさしてるような、喇叭《らっぱ》と竪琴《ハープ》と、おらが今まで聞いた歌という歌をひっくるめたような気分ですだ！」かれはいいやめて、自分の主人の方に顔を向けました。「けども、フロドの旦那はどんな具合でしょうか？」と、かれはいいました。「旦那の手はおかわいそうに、なんともひどい目に遭いなすったじゃねえですか？　けど、ほかは大丈夫なんでしょうね。旦那はひどく辛い思いをなさいましただ。」

「ああ、ほかは大丈夫だとも。」今度は入れ替わりにフロドが笑いながら体を起こしていいました。「サムや、わたしはお前を待っててまた眠ってしまったんだよ、このねぼすけめ。わたしは今朝早く目が覚めたんだ。それで、今はそろそろ午《ひる》近いにちがいないよ。」

「午ですと？」サムはそういって計算しようとしました。「何日の午でしょうか？」

「新年の十四日目じゃ。」と、ガンダルフはいいました。「それともホビット庄暦のほうがいいなら、四月の第八日目じゃ。じゃが、ゴンドールではこれから新年はいつも、サウロンが没落し、お前さんたちが火の中から王の許《もと》に連れて来られた三月の二十五日に始まることになったのじゃ。王はお前さんたちの手当てをされた。そして今はお前さんたちを待っておられる。王の陪食《ばいしょく》をするのじゃよ。お前さんたちの用意ができたら、王のご前に案内しよう。」（原註　ホビット庄暦では三月（レセ）は三十日。訳註　ホビット庄暦ではどの月も三十日。）

「王様ですと？」と、サムはいいました。「どこの王様ですだ？　どなたですだね？」

「ゴンドールの王にして西方諸国の盟主じゃ。」と、ガンダルフがいいました。「そして王は古《いにしえ》の領土をすべて取り戻したのじゃ。まもなく王は戴冠《たいかん》のために馬を進めることになろう。じゃが今はお前さんたちを待っておられるのよ。」

「おらたち何を着たらいいでしょう？」と、サムがいいました。かれの目にはいるものといえば、二人が旅する時に着ていた古い破けた服しかなかったからです。それはベッドの横の地面に畳んで置かれていました。

「モルドールに行く途中着ていた服を着ればよい。」と、ガンダルフがいいました。「暗黒の地で、フロドよ、あんたが身に着けたオークのぼろでさえ、大切に保存されることになろう。いかなる絹も亜麻布《あま》も、はたまたいかなる甲冑《かっちゅう》・紋章といえど、これより名誉あるものはほとんどないじゃろうて。じゃが、多分あとで何か別の服を探して進ぜよう。」

それからガンダルフは二人の方に両手を差し出しました。見ると片手は光に輝いています。「そこに持ってらっしゃるのは何ですか？」と、フロドは叫びました。「まさか――？」

「そうじゃ、お前さんたちに二つの宝物を持って来てあげたよ。お前さんたちを助け出した時、サムが身につけて持ってたのを見つけたのじゃ。奥方ガラドリエルの贈り物じゃよ。フロドよ、あんたの玻璃瓶《はりびょう》に、それからサムよ、お前さんの箱じゃ。これが無事に帰ってくればお前さんたちもうれしかろう。」

二人のホビットたちは汚れを洗い流してから服を着て、それから軽い食事を取ると、ガンダルフのあとについて行きました。二人は自分たちが休んでいた橅《ぶな》の林を出て、そのまま長い緑の草地に進んで行きました。草地は日に照り映《は》え、深紅色の花の咲きこぼれる葉色の濃い堂々とした木々に周りを囲まれていました。背後には滝音が聞こえ、前面には小川が一つ、花咲く土手の間を流れ下っていました。小川は草地の裾《すそ》の緑の林まで流れていくと、そのままアーチのような木々の下をくぐっていきました。その水がきらきらと遠くまで続いているのが木々のアーチを通して見られました。

木々のアーチの入口まで来た時、二人は輝く鎧《よろい》を着けた騎士たちと、銀と黒の制服に身を固めた背の高い近衛《このえ》兵たちがそこに立っているのを見て驚きました。かれらはうやうやしくホビットたちを迎え、二人の前に頭を下げました。するとその時一人が喨々《りょうりょう》と長い喇叭を吹き鳴らしました。そしてホビットたちはさざめく小川に沿う木々の側廊を通って進んで行きました。こうしてかれらは広い緑地にやって来ました。その先にあるのは銀色の靄《もや》がかかった洋々たる水の流れでした。靄の中に木の茂る長い島が浮かんでいて、岸辺にはたくさんの船が泊まっていました。しかしかれらが今立っている原には大軍勢が列をなし隊をなして、日にきらめきながら整然と並んでいました。そしてホビットたちが近づくと、剣が抜かれ槍《やり》が振られ、角笛《つのぶえ》と喇叭が鳴って、人々はたくさんの声、たくさんの言葉で叫びました。

小さい人万歳！　誉《ほ》めよ、讃《たた》えよ、小さい人を！
クイオ　イ　フェリアイン　アナン！　アグラール　ニ　フェリアンナス！
誉めよ、讃えよ、フロドにサムワイズ！
ダウア　ア　ベアハイル、コニン　アン　アンヌーン！　エグレリオ！
讃えよ！
エグレリオ！
ア　ライタ　テ、ライタ　テ！　アンダヴェ　ライトゥバルメト！

讃《たた》えよ！
コルマコリンドール、ア　ライタ　タリエンナ！
讃えよ！　指輪所持者たちを、いざや、讃えよ、誉めよ！

こうしてフロドとサムが、頬を紅潮させ、驚きに目を輝かせながら、前に進んで行くと、ざわめく軍勢の真ん中に、緑の芝草でこしらえた高い座席が三つしつらえられてあるのが見えました。右の座席の後ろには、緑地に白で大きな馬が自由に駆けている旗が一旒《りゅう》ひるがえっていました。左手にあるのは青地に銀の旗印《はたじるし》で、白鳥の船首をつけた船が海を航行していました。しかし真ん中の一番高い座席の後ろには、非常に大きな旗印が微風にはためいて広がっていました。そこには黒地に白い木が一本、輝く王冠ときらめく七つの星の下に花を開いていました。玉座には鎧《よろい》を着けた人が、太刀を膝《ひざ》に横たえ、兜《かぶと》は着けないで着座していました。ホビットたちが近づくと、かれは立ち上がりました。そしてその時二人にはその人が変わってしまっていたにもかかわらず、だれであるかがわかったのです。背が高く、喜ばしげな顔に王者の相を具《そな》え、人間たちの君主で髪は黒っぽく、灰色の目をしていました。
フロドは走り寄って王と向かい合いました。サムは踵《くびす》を接してそのあとに続きました。「おや、おや、こともあろうに王様なんてことでなきゃ！」と、かれはいいました。「馳夫《はせお》さんだが。でなきゃ、おらはまだ夢みてるだ！」

「そのとおりだよ、サム、馳夫だよ。」と、アラゴルンがいいました。「ブリー村からの道は長かったねえ？　あそこではあんたはわたしの顔つきが気に入らなかったようだが。われら全員にとって長い道だったが、あなたたちのが、なかでも最も暗い旅路だった。」

そのあとかれは、サムを驚かせもし、すっかりまごつかせもしたことに、片膝をひいて、二人に敬意を表し、それから右手にフロドの手を取り、左手にサムの手を取って、二人を玉座に導き、そこに二人をすわらせると、居並ぶ兵士たち大将たちの方に向き直って、口を開き、全軍勢に響き渡る声で叫びました。

「誉《ほ》めよ、讃えよ、これなる二人を！」

喜ばしい叫び声がわき起こって高まり、そしてその声がやんでふたたび静かになると、サムの満足を決定的な完全なものにし、その心をまじりけのない喜びで満たすことが起こりました。ゴンドールの吟遊《ぎんゆう》詩人が進み出て、跪《ひざまず》き、歌う許しを乞《こ》うたのです。そして何としたこと！　かれはこう歌い出したではありませんか。

「いざご覧あれ！　満堂の諸卿《しょけい》に諸士方、また恥ずることなき剛勇の兵《つわもの》方、諸王に諸侯、またゴンドールのよき国民《くにたみ》にローハンの騎士方、はたまたおんみらエルロンドのご子息、また北の国のドゥネダイン、エルフにドワーフ、それにホビット庄の勇者方、してまた西方世界のすべての自由なる民の皆様方よ、いざわが歌に耳傾け給え。これより九本指のフロドと滅びの指輪の物語をお聞かせ申そう。」

サムはこれを聞いて、曇りのない喜びに思わず声をあげて笑い、立ち上がって叫びました。「ああ、なんちゅう誉《ほま》れ、なんちゅう晴れがましさ！　そしておらの望みは何もかも実現しただよ！」そしてかれは涙を流しました。

そして相集《つど》うた者たちも一人残らず声をあげて笑い、それから涙を流しました。歓《よろこ》びの声と涙の相まじる中で吟遊詩人の澄んだ歌声が金銀をうち鳴らすように高まり、一座はしんと静まりました。そしてかれは語りかけました。ある時はエルフの言葉で、ある時は西方の共通語で。そして聞く者たちの心は遂《つい》に心地よい言葉に傷つき、満ち溢《あふ》れました。喜びは剣のようでした。聞き手たちはそれぞれの思いの中で、苦しみと喜びがともに流れ、涙そのものが至福の酒である境地へと移ろいいくのでした。

そしてようやく、正午の日が傾き、木々の影が長びく頃、かれは歌いやめました。「誉めよ、讃えよ、これなる二人を！」かれはそういって跪《ひざまず》きました。それからアラゴルンが立ち上がり、一座の者全員が立ち上がりました。そして一同は、この日の終わるまで、食べかつ飲んで歓楽を尽くすために、すでに用意された大テントへ向かって行きました。

フロドとサムは別に案内を受けて、一つの小さなテントに連れて来られました。ここで二人は今まで着ていた古い服をぬがされたのですが、それはきちんと畳まれた上でうやうやしく丁重にしまわれました。そして二人には清潔な麻の服が与えられました。そこにガンダルフがはいって来ましたが、フロドを驚かせたことに、かれはその腕にフロドがモルドールの国で奪われた剣とエルフのマントとミスリルの鎖かたびらを抱えていたのです。かれはサムには金色の鎖かたびらと、かれのエルフのマントを持って来ました。道中で受けた汚れはすっかり取り除かれ、傷も補修してありました。次にかれは二本の剣を二人の前に置きました。

「もうどんな剣も欲しくありません。」と、フロドがいいました。

「せめて今夜だけは着けるべきじゃろう。」と、ガンダルフがいいました。

そこでフロドはもともとサムのもので、キリス・ウンゴルで自分の脇に置かれていた小さいほうの剣を取りました。「つらぬき丸は、サム、お前にやったんだよ。」と、かれはいいました。

「だめです、旦那！　ビルボ旦那から旦那にくだされたもんだし、あの方の銀の鎖かたびらについたもんですだ。今ここでほかの者がこれを身に着けるのは、ビルボ旦那が望まれんこってしょう。」

フロドは折れました。そしてガンダルフはまるで二人の従者にでもなったように、跪いて、二人の腰に剣帯を巻いてやり、それから立ち上がって、二人の頭に銀の飾り輪をはめました。こうしてすっかり盛装すると、二人は大宴会に出席しました。二人は王のテーブルに、ガンダルフやローハンのエオメル王、イムラヒル大公やそのほかの主だった大将たち全員と一緒に坐りました。そして同じテーブルにギムリとレゴラスもいました。

ところで、全員起立の黙想のあとで、葡萄酒が運ばれてきた時です。王たちに仕えるお小姓《こしょう》が二人はいってきました。ともかく見たところはお小姓でした。一人はミナス・ティリスの近衛兵《このえ》の黒地に銀の制服を着、もう一人は白と緑の服を着ていました。しかしサムはこんな若い少年たちが偉い人たちの集まりの中で何をしているんだろうといぶかりました。それから二人が近づいてきて、はっきり見えるようになった時、突然サムは大声をあげていいました。

「おやまあ、ちょっとフロドの旦那！　ほらほら！　こりゃまあ、だれかと思ったら、ピピンさんじゃねえですかよ。ペレグリン・トゥックさんですよ。それにメリーさんだ！　二人ともなんと大きくなっちまったんだろ！　おどろきもものき！　こりゃおらたちよりもっと話の種がありそうだな。」

「たしかにあるよ。」かれの方を向いて、ピピンがいいました。「この宴会が終わり次第、話してあげるよ。それまでの間、ガンダルフに聞いてみたら。前みたいに口が堅くないから。もっとも今はしゃべるより笑ってるほうが多いけどね。今のところメリーとぼくは忙しいんだ。君も気がついてくれたと思うけど、ぼくたち、ゴンドールの都と、マークの騎士になったんだよ。」

この喜ばしい日もようやく終わりました。日が沈み、丸い月がゆっくりとアンドゥインの川霧の上にさし上り、風にひるがえる木の葉ごしに月光をちらつかせる頃、フロドとサムは美しいイシリアンのかぐわしい香りに包まれて、風そよぐ木々の下に坐りました。そして二人は夜の更けるまでメリーやピピンやガンダルフと話し込みました。しばらくするとレゴラスとギムリもやって来て、話に加わりました。ここでフロドとサムは、ラウロスの大瀑布《ばくふ》のほとりのパルス・ガレンであの悪日《あくにち》に一行が離散したあとで、みんなに起こったことをいろいろ聞くことができました。

それでもまだまだ聞きたいこと話したいことは次々と出てくるのでした。

オークのこと、ものいう木々のこと、何十リーグと続く草原、疾駆する騎士たち、燦然《さんぜん》と輝く洞窟《どうくつ》、立ち並ぶ白い塔に黄金の館《やかた》、戦闘、帆を上げて進む高い船、こういったものが次々とサムの心をよぎって、しまいにかれは何が何だかわからなくなるのでした。しかしこういった数々の不思議に思いを馳《は》せる間にも、かれはメリーとピピンの背丈を改めて見直しては驚いてばかりいるのでした。そしてかれは二人をそれぞれフロドと自分との背中合わせに立たせてみました。かれはぼりぼり頭をかきながらいいました。「あなた方の年で考えられんこった！　けど、ほら、あなた方は当たり前の高さより三インチは高いんですもんねえ、それでなきゃ、おらはドワーフちゅうわけだ。」

「もちろんあんたはドワーフじゃないさ。」と、ギムリがいいました。「だが、わたしは何といったね？　定命《じょうみょう》の生きものが、エントの飲みものを飲んどいて、しかもビールを一杯飲んだくらいのことしか起こらないと思っては大まちがいさ。」

「エントの飲みものですと？」と、サムはいいました。「またエントが出てきたなあ。けど、エントちゅうもんがどんなもんか、さっぱりわかんねえですだよ。いやあ、今聞いたこと全部をだいたいどんなもんか判断するのに何週間もかかるこってしょうよ！」

「いかにもそのとおりさ。」と、ピピンがいいました。「そして何週間かたったら、フロドをミナス・ティリスの塔の一つに閉じ込めて、すっかり書き留めさせなくちゃ。でないと、この人は半分忘れちゃうだろうからね。そしたら、かわいそうにビルボ爺《じい》さんがえらくがっかりするだろうよ。」

とうとうガンダルフが立ち上がりました。「王の手は癒《いや》しの手ではあるが、お前さんたち、」と、かれはいいました。「お前さんたち二人は、一時は死の瀬戸際まで行ったんじゃ。それを王が持っとる力を出しきって、お前さんたちを蘇生《そせい》させ、心地よい忘却の眠りに送り込んだのじゃ。それでお前さんたちはまことに長い間仕合わせに眠ったわけなんじゃが、それでもまた眠る時間が来たのじゃ。」

「それにサムとフロドだけじゃない。」と、ギムリがいいました。「あんたもだよ、ピピン。わたしはあんたのことを大事に思ってるんだ。あんたがわたしにかけた苦労のためだけだとしてもね。あの苦労はけっして忘れられないだろうよ。それから最後の戦闘の時のあの丘であんたを見つけた時のことも忘れられないだろうよ。ドワーフのギムリがいなければ、あんたはあの時行方不明になってしまっただろうな。だけど少なくともわたしにはホビットの足がどんな外見をしてるかわかったわけだ。たとえ死体の山の下からそれしか見えなくてもね。あの大きな死体をあんたの上から持ち上げた時には、あんたがもうてっきり死んだもんと思ったね。悲しみのあまり、わたしはこの鬚《ひげ》をむしりとらんばかりにかきむしったもんだ。それであんたはベッドを離れて出歩くようになってからまだ一日しかたってないんだよ。さ、あんたももう寝るんだ。わたしも寝るとしよう。」

「そしてわたしは、」と、レゴラスがいいました。「この美しい土地の林を散歩するとしよう。この土地にいるだけで充分休息になるんだからね。将来、わがエルフ王の許しさえあれば、わが一族の一部をこの地に引っ越させて来よう。われらが来れば、この地は清められるだろう、しばらくの間なりと。しばらくの間、それは人間の一カ月か、一生か、百年か。だが、アンドゥインが近い。アンドゥインは流れ下って海に通じている。海に!

海に行こう、海に! 白い鷗《かもめ》が叫び鳴く。
風が吹く。白い水沫《みなわ》がとぶ。
西に、果遠く、丸い没日《いりひ》が沈む。
船よ、灰色の船よ、あの呼び声を聞いたか?
私以前に立ち去って行った同胞《はらから》の声を?
私も去ろう。立ち去って行こう、私を育てた森を。
われらの日々は終わり、われらの年々は尽きるのだから。
大海原《おおうなばら》をただひとり渡って行こう。

最後の岸に落ちる波は、長く、
失われた島に呼ぶ声は、快い。
その島はエレスセア。人間の見いだせぬエルフの故郷。
木の葉の散ることのない、とこしえの同胞《はらから》の地よ。

こう歌いながらレゴラスは丘を下って行きました。

そのあとみんなも立ち去りました。フロドとサムはそれぞれベッドに行って眠りました。そして朝になると二人は望みに溢《あふ》れ、心安らかにふたたび起き出てきました。こうして二人はイシリアンで何日も過ごしたのです。一同が今野営しているコルマルレンの野は、ヘンネス・アンヌーンに近いところで、ヘンネス・アンヌーンの滝から落ちて流れる水が岩の門を勢いよく通過して流れ下って行く音が夜になると聞こえてくるのでした。この水は花咲く野辺を通って、カイア・アンドロス島のすぐそばで、アンドゥインの水流の中に流れ込むのでした。ホビットたちは、ここかしこを逍遥《しょうよう》し、以前通ったことのある場所を訪ねて歩きました。そしてサムは、ひょっとして森の陰や奥まった林の中の空き地に、あの大きなじゅうをちらとでも見かけることがあるのではないかという望みを捨てきれないでいました。そしてかれは、ゴンドールの包囲戦でも、この獣がたくさん使われていたこと、しかし全滅させられてしまったことを聞かされると、これを悲しむべき損失と考えました。
「ままよ、同時にどこにでもいるっていうわけにはいかねえもんだ。」と、かれはいいました。
「だが、どうやら、おらはいろんなもんを見そこなったらしいぞ。」

その間に西軍の兵士たちはミナス・ティリスに戻る用意ができました。疲れた者は休み、傷を受けた者は癒《いや》されました。なぜなら、東夷《い》たちや南方人たちの残党と大いに戦って、遂《つい》に全員を鎮圧せしめた者たちもいましたし、モルドールの国内にはいり、この国の北部にある要塞を全部破壊して一番後になって帰って来た者たちもいたからです。

しかし五月という月が近づいてくると、遂に西軍の大将たちはふたたび出発しました。そしてかれらは麾下《きか》の者全員を率いて乗船し、カイア・アンドロスからオスギリアスまで、アンドゥインを下って行きました。一行はここで一泊し、あくる日、ペレンノールの緑の野に帰り来《きた》って、峨々《がが》たるミンドルルインの下なる白い塔を、暗闇と火を経て新しい時代に遇《あ》い得たゴンドールの人間の都を、いや果ての西方国の最後の記念物をふたたび仰ぎ見ることができたのです。

そしてこの緑野の真ん中に、かれらは大テントを張り、夜明けを待ちました。なぜならこよいは明けて五月になる前の夜で、王が日の出とともに己《おの》が都に入城することになっていたからでした。

五　執政と王

　不安と大きな恐れがゴンドールの都をおおっていました。晴天も澄んだ陽光も、望み少ない日々を送り、朝起きるごとに恐ろしい運命の知らせを予期する人々にはまやかしとしか思えませんでした。かれらの主君は死んで焼かれ、ローハンの国王は亡骸《なきがら》となってかれらの都の城砦《じょうさい》に横たわっています。そして夜の間にかれらの許《もと》に来《きた》った新しい王は、ふたたび出陣して行きました。どんな強者勇者といっても、うち勝つにはあまりにも邪悪で恐ろしすぎる力なのに、それと戦うためにです。そして何も知らせは来ませんでした。西軍がモルグル谷を去り、山々の影の下を北に向けて街道を進んで行ってからあと、一人の使者も戻らず、薄闇立ちこめる東の方《かた》に起こっていることの消息は何一つ聞こえてきませんでした。

　大将たちが去ってから僅《わず》か二日たった時、エオウィン姫は身の回りの世話をする女たちに、自分の服を持って来るようにいいつけました。女たちがどんなに反対しても、姫は聞き入れようとはせず、起き上がってしまいました。女たちが姫に服を着せ、その腕をつり包帯で固定すると、姫は療病院の院長のところに赴《おもむ》いていいました。

「院長様、わたしは不安で不安でなりません。とても安穏に寝ているわけにはまいりません。」

「姫よ、」と、院長は答えました。「あなたはまだ癒《なお》っておられません。それにわたくしは特に気をつけてあなたのご看護をするようにいいつけられております。あなたはまだ七日間はベッドからお起きになってはいけません。ともかくわたくしはそういいつかっています。どうぞお戻りになってください。」

「わたくしはもう癒りました。」と、姫はいいました。「少なくとも体のほうは癒っています。ただ左腕だけですし、それだってらくになりました。しかし何にもすることがなければ、また病気になってしまいます。戦いの消息はないのでしょうか？　女たちからは何も聞かせてもらえないのです。」

「何一つ消息はありません。」と、院長はいいました。「大将方がモルグル谷に馬を進められたという知らせのほかには。聞くところでは、北方から来られた新しい大将殿が総大将になっておられるということです。偉いお殿様で、癒《いや》し手であられます。癒しの手が同時に剣を揮《ふる》うとは、わたくしには奇妙に思われることですが。今のゴンドールにはないことです。もっとも昔はそのようであったと申します。古い伝えが真実であればの話ですが、しかしもう永の年月、われわれ癒しの術にたずさわる者は、剣士たちの作り出す裂傷を継ぎ合わせることばかり心がけてまいりました。もっとも、そんなものがなくても、わたくしどものなすべき仕事はたっぷりあるのですが。戦争によって倍加されなくとも、この世の中には充分すぎるほど傷や不幸が満ちみちておりますからね。」

「戦争を起こすには一つ敵があればよろしいので、二つはいらないのでございます、院長様、」と、エオウィンは答えました。「また剣を持たぬ者も剣にかかって死ぬことはありうるのです。冥王が軍隊を集めているこの時に、院長様はゴンドールの民にただ薬草をのみ集めさせようという思《おぼ》し召しでございましょうか？　それに肉体的に癒されることがいつもいいわけではなく、戦いで死ぬことがいつも悪いわけでもございませぬ。たとえ耐えがたい苦痛を受けようとも。もし許されるなら、わたくしはこの暗黒の時にあたって後者を選びたいのでございます。」

院長はエオウィン姫を見ました。丈高いその立ち姿、頭《こうべ》をめぐらして、東に面した窓からじっと外を見つめるその顔は白く、目はきらきらと光り、手は固く握りしめられていました。かれは吐息をもらして、頭を振りました。しばらくして、姫はふたたびかれの方に向き直りました。

「何かなすべきことはないのでしょうか？」と、姫はたずねました。「この都の指揮はどなたが取っておられるのでしょうか？」

「はっきりしたことは承知しておりません。」と、かれは答えました。「こういうことはわたくしの職務ではございませんから。ローハンの騎士方を統轄されるには軍団長がおいでです。それから聞き及びましたところでは、フーリン侯がゴンドール国民の指揮を取っておられるそうです。しかし本来ならファラミア卿《きょう》が都の執政でいらっしゃいます。」

「その方はどこにおいでなのでしょう？」

「この建物の中でございますよ、お姫様、あの方はひどい傷をお受けになったのですが、今はふたたび回復の道を歩まれ始めました。しかしどうでしょうか――」

「その方のところへわたくしを連れて行っていただけないでしょうか？　そうすれば、おわかりになりましょう。」

ファラミア卿はただ一人、療病院の庭を散歩していました。日に暖まって生命が血管を新たに駆けめぐるのを感じていました。しかし心は重く、城壁越しに東の方《かた》を眺めやりました。そこへ院長がきて、かれの名を呼びました。かれは振り向いて、ローハンのエオウィン姫を目にしました。そして憐愍《れんびん》の情に心を動かされました。姫が傷を負っているのを見、かれの曇りのない透視力は姫の悲しみと不安を読みとったからです。

「殿、」と、院長はいいました。「こちらはローハンのエオウィン姫でいらっしゃいます。王とともに出陣され、ひどい傷を負われました。そして今はわたくしがお預かりしております。しかし姫は満足しておられず、都の執政にお話をなさりたいというおおせなのでございます。」

「院長様のおっしゃったことを誤解なさらないでくださいませ。」と、エオウィンはいいました。

「わたくしを苦しめておりますのは、看護が行きとどかないということではございませぬ。癒《いや》されたいという望みを持つ者にとっては、これほど申し分のない療病院はどこにもございませぬ。しかしわたくしは籠《かご》の中に入れられた鳥のように何もしないで怠けて寝ていることができないのでございます。わたくしは戦いで死ぬことを求めました。ところがわたくしは死なずに生き残り、戦闘は今も続いております。」

ファラミアから合図を受けて、院長は一礼して立ち去りました。「姫よ、あなたはわたしに何をしてもらいたいと思《おぼ》し召すのですか？」と、ファラミアはたずねました。「わたしもまた医師《くすし》たちの囚《とら》われ人なのです。」かれは姫を見ました。憐愍《れんびん》の情に深く心を動かされていましたので、悲嘆にくれる姫の美しさはかれの心にしみ通るかと思われました。そして姫はかれを見て、かれの目にまじめな優しさを認めました。そしてさらに、自分が戦士たちの中で育っただけに、ここにいるのは、一度《ひとたび》戦場に出れば、いかなるマークの騎士も匹敵しえない勇者であることを知りました。

「何をお望みなのですか？」かれはふたたびいいました。「わたしの力でできることなら、何なりとして差し上げましょう。」

「院長様に命じていただきたいのです。わたくしを退院させるようにおっしゃっていただきたいのです。」と、かの女はいいました。しかし言葉こそ昂然《こうぜん》としてはいましたが、心はためらっていました。そしてかの女ははじめて自分を覚束《おぼつか》なく思ったのでした。かの女は、このいかめしくもあれば温和でもある背の高い男が、自分のことを、退屈な仕事を最後まで続ける心の堅固さを持ち合わせていない子供のような、単なるわがまま者にすぎないと思っているかもしれないと考えるのでした。

「わたし自身院長の管理を受けている身です。」と、ファラミアは答えました。「それにわたしはまだこの都で大権を引き継いでもおりません。しかし引き継いでいたにせよ、やはりわたしは院長の意見を聞き、よほど必要に迫られない限りは、かれの職務に関することでその意にさからうようなことはしないでしょう。」

「けれど、わたくしは癒《なお》りたいと思っているわけではございません。」と、かの女はいいました。「わたくしはわが兄エオメルのように戦いに馬を駆りたいのでございます。それともいっそセオデン王のようになりたいのでございます。なぜなら王は死んで、名誉と平和をともに得られたのですから。」

「姫よ、大将方の後を追われるにはもうおそすぎます。たとえあなたにそれだけの体力がおありになったにしても。」と、ファラミアはいいました。「しかし好むと好まざるとを問わず、そのうちわれわれすべてが戦って討ち死にすることになるかもしれません。まだ時間がある間にあなたが医師のいいつけをよく守られれば、ご自身のやり方で、それに立ち向かわれる備えが全《まっと》うされるというものです。あなたもわたしもここは辛抱強く、待つことの時間に耐えねばなりますまい。」

かの女は答えませんでした。しかしかの女にじっと目を向けたファラミアには、かの女の中の何かがふっと和《なご》んだように思われました。ちょうど、きびしい霜が春の訪れを告げる最初のかすかなきざしに溶け出したかのようにその目に一滴《ひとしずく》の涙が浮かんで、きらりと光る雨粒のように、ほおを伝わってこぼれ落ちました。誇らかにそらされていた項《うなじ》が少し垂れました。それから静かな口調で、かれにというよりもむしろ自分に話しかけるように、かの女はいいました。「でも医師たちはまだ七日間はわたくしをベッドに寝かせておくでしょう。それにわたくしの窓は東を向いていないのでございます。」姫の声には今は若い乙女の悲しみの色がありました。

ファラミアは微笑しました。けれどその心は同情の思いで満たされていました。「あなたの窓が東を向いていないのですって？」と、かれはいいました。「それは改められます。わたしから院長にいっておきましょう。もしあなたがわが国人《くにびと》の世話をお受けになってこの療病院に留《とど》まり、療養なさるおつもりなら、お気に召すままに、日の当たるこの庭をお歩きになり、われらの望みのすべてが去った東の方をご覧になるとよいでしょう。そしてあなたはここでわたしを見いだされましょう。わたしはここで散歩をし、そして待っております。そしてやはり東に目を向けているのです。もしあなたが言葉をかけてくださるなり、あるいは時々、ご一緒に散歩をしてくだされば、わたしの心労も少しは和《やわ》らぎましょう。」

そこで姫は頭《こうべ》を上げ、もう一度かれの目を見ました。姫のあお白い顔に血の色が浮かんできました。「殿よ、あなた様のご心労がどうしてわたくしに和らげられましょう？」と、かの女はいいました。「それにわたくしは生身の殿方とお話ししたいとは思っておりません。」

「あなたは腹蔵《ふくぞう》のない答をわたしから聞きたいと思われるのですか？」

「思います。」

「それでは、ローハンのエオウィン姫よ、申しあげましょう。あなたはお美しいと。この国の山々の谷間には美しい色鮮やかな花々が咲き、乙女たちはさらにあでやかなのですが、しかし今日にいたるまでわたしはこのゴンドールの国で、これほどに麗しく、これほどに悲しみに満ちた花も女性《にょしょう》も見たことがありません。暗闇がわれらの世界を襲うまで、おそらく数日が残されているにすぎないでしょう。そしてそれがやってきた時、わたしは従容《しょうよう》としてそれに立ち向かいたいと思うのです。しかし、まだ陽が輝く間、あなたを見ることができれば、わたしの心も安らぐでありましょう。あなたもわたしもともにかの影の翼の下をくぐってきたのですし、同じ手によって引き戻されたのですから。」

「ああ、悲しいことに、殿よ、わたくしは違います！」と、かの女はいいました。「かの影はいまだにわたくしの上にかかっております。わたくしに癒《いや》しをご期待なさってはいけません！　わたくしは盾《たて》持つ女戦士で、わたくしの手には優しさがございませんから。でも部屋に閉じこもっているに及ばないとおっしゃってくださったことには感謝いたします。都の執政殿のおかげで、外を散歩させていただきますから。」そして姫は会釈《えしゃく》をすると療病院の方に戻って行きました。しかしファラミアはそのあとも長い間一人で庭を散歩していましたが、その視線は今はともすると東の城壁に向かうよりも、院の方へとさ迷って行きました。

かれは自分の部屋に戻ると、院長を呼び、ローハンの姫君のことで聞ける限りのことを聞きました。
「しかし、わたくし思いますに、おそらく、」と、院長はいいました。「殿はわたくしどものところで療養いたしております小さい人からもっといろいろお聞きになれるかと存じます。と申しますのは、この者は王の長征に加わり、姫とともに王の最期《さいご》に居合わせたという話でございますから。」

こういうわけでメリーはファラミアのところに呼ばれて来ました。そしてその日が終わるまで、二人は長い間一緒に話し合い、ファラミアは多くのことを知ることができました。かれはメリーが言葉に表わした以上のことまでくみ取ったのです。そしてかれは今ではローハンのエオウィンの悲嘆と不安がいくぶん理解できるように思われました。美しく晴れたその夕、ファラミアとメリーは庭をそぞろ歩きましたが、エオウィンは現われませんでした。

しかし次の朝、ファラミアが療病院から出て来ると、かの女が城壁に佇《たたず》んでいるのが見えました。白い衣に身を包んだその姿は陽光にきらめいていました。そしてかれは姫に声をかけ、かの女は降りて来ました。そして二人はあるいは黙し、あるいは言葉を交わしながら、芝草の上を逍遥《しょうよう》したり、緑の木陰に並んで腰を下ろしたりしました。そしてその後毎日二人は同じようにしました。院長は居室の窓からこれを見て心中喜びました。というのも、かれは医師で、看護が軽減されたからです。そしてこの日頃人々の心には、恐れと不吉な予感が重くのしかかっていたとはいえ、かれの看取《みと》るこの二人が順調に回復し、日ごとに体力も増してきていることは確かでした。

こうしてエオウィン姫がはじめてファラミアのところを訪れてから五日がたちました。そして二人は今度はともにまた都の城壁の上に立って眺め渡しました。未《いま》だに何一つ消息はなく、みなの心はますます暗くなるばかりでした。天気さえもはや晴朗とはいえませんでした。寒い日でした。夜のうちに出てきた風は今は身を切るように冷たい北風となって吹き、しだいに強さを増していましたが、四囲の土地は灰色にものわびしく見えるのでした。

二人は暖かい衣類と分厚いマントに身を包んでいました。そしてその上にエオウィン姫は深い夏の夜の色をした大きな青いマントを羽織っていました。このマントは裾《すそ》まわりと衿《えり》もとにぐるりと銀の星々がちりばめられていました。ファラミアがこのローブを取りにやって、かの女に着せかけたのです。かれは自分の傍《かたわ》らにこうして立っているかの女がまことに美しく王妃のように堂々としていると思いました。このマントはかれの母、年若くしてこの世を去り、かれの心に遠い日の麗しさを、またその最初の悲嘆の記憶をのみ留めている、ドル・アムロスのフィンドゥイラスのために作られたものでした。それでこのような母のローブはかれにはエオウィンの美しさと悲しみにふさわしい衣であるように思われたのです。

しかしかの女は今、星をちりばめたマントの下で震えていました。そして北方を眺めて、眼前の灰色の土地のかなたにある、寒風の吹きおこるあたりに見入っていました。遥かな向こうの風の吹く空は硬く澄みわたっていました。

「何を探しておいでです、エオウィン？」と、ファラミアがききました。

「黒門はかなたにあるのではございませんか？」と、かの女はいいました。「そしてあの方はもうそこにいらしてるにちがいございませんね？　出陣されてから七日になりますもの。」

「七日、」と、ファラミアはいいました。「こう申しあげても、わたしのことを悪くお思いにならないでください。この七日間はわたしが知ることがあろうとは思ってもみなかった喜びと苦痛を同時にわたしにもたらしました。あなたにお会いする喜び、そして、この悪しき時代の恐怖と不安が今やまことにその暗さを増してきた苦痛です。エオウィン、わたしはこの世界が今終わってほしくはない。わたしが見いだしたものをこんなにすぐに失いたくはないのです。」

「殿は見いだされたものを失いたくないとおっしゃるのですか？」こう答えながらかの女はまじめな顔をかれに向けましたが、その目には優しさがありました。「このような時に失うことのできるどのような物を殿が見いだされたのかわたくしにはわかりませんが、友よ、さあ、そのことはもう話さぬことにいたしましょう！　何にも話さぬことにいたしましょう！　わたくしは今何か恐ろしい縁に立っております。わたくしの足許《もと》にある深淵《しんえん》は真っ暗です。わたくしの背後には光があるのかどうか、わたくしにはわかりません、まだ振り向くことができないのですから。わたくしは滅びの日を待っているのでございます。」

「そうです。われらは滅びの日を待っています。」と、ファラミアはいいました。そして二人はもう何もいいませんでした。城壁の上にこうして立っているうちに、二人には、風が落ち、光が薄れ、太陽がかすみ、そして都の物音も四囲の地の物音もすべてとだえてしまったように思えました。風音も、人声も、鳥のさえずりも、木の葉のさやぎも、またかれら自身の息遣いも聞こえず、心臓の鼓動さえ静まりました。時が止まりました。

こうして立ちつくすうちに、二人の手は自分たちもそれと知らぬ間にふれ合って握り合わされました。そしてなおも二人は自分たちにはわからぬ何かを待っていました。するとほどなく、かの遥かな山並みの上にもう一つ山を重ねるように、巨大な黒いものが湧き起こって、世界をのみ込まんばかりの大浪《なみ》さながら、沖天《ちゅうてん》高く頭をもたげ、その周りに稲妻が明滅しました。それからずしんと大地に震えが走って、二人は城壁が揺れるのを感じました。二人を取り囲むすべての地から、吐息にも似た音が立ち昇りました。そしてかれらの心臓の鼓動は突然ふたたび打ち始めました。

「ヌメノールのことが思い出される。」と、ファラミアはいいました。そしてかれは自分が口を利《き》いたのを聞いて驚きました。

「ヌメノールのことが？」と、エオウィンはいいました。

「そうです。」と、ファラミアはいいました。「海中に没した西方国のことです。そして緑の陸地をおおいつくして山々よりも高くさかまき迫ってきた黒い大浪のこと、逃れられない暗黒のことがです。わたしはよくそれを夢に見ることがあります。」

「それでは殿は大暗黒が来るとお考えなのですか？」と、エオウィンはいいました。「逃れられない大暗黒が？」そして不意にかれに身を寄せました。

「そうではありません。」ファラミアはかの女の顔にひたと目を向けていいました。「これは心に描いた絵にすぎません。今何が起ころうとしているのか、わたしにはわかりません。わたしの覚めている心の理性は大いなる災いが生じ、われらは世の終末に居合わせていると告げるのですが、わたしの心は否というのです。そしてわたしの四肢《しし》は軽く、いかなる理性もこれを否定し得ない望みと喜びが訪れてきています。エオウィン、エオウィン、ローハンの白い姫君よ、今この時、わたしにはどんな暗黒も長続きするとは信じられないのです！」そしてかれは身を屈《かが》めて姫の顔にキスをしました。

こうして二人がゴンドールの都の城壁に立っていると、激しい風が起こって二人の漆黒《しっこく》の髪と黄金《こがね》色の髪がうちなびきました。そして大いなる影が去り、太陽のおおいがはずされて、日が燦《さん》として輝き出ました。アンドゥインの水は銀のように輝きわたり、都のすべての家々では、人々がその源が何であるのか自分たちにもわからぬままふつふつと心に湧き起こる喜びに思わず歌を歌いだしました。

そして正午をはるかに過ぎて、太陽が没する前、東の方から一羽の大鷲《わし》が飛来しました。かれは西軍の諸侯からの望外の便りをもたらして、こう叫んだのです。

今ぞ歌え、アノールの塔の民よ、

サウロンの国は永久《とわ》に終わり、
　暗黒の塔は毀《こぼ》たれければ。

歌え、喜べ、守護の塔の民よ、
民の見張りは、むだならず、
黒門は　破れ、
王は入城して、
　勝利を得たれば。

歌え、祝え、西国の子らよ、
王は　再臨し、
国民《くにたみ》のいのちある限り、
　ともに住むべければ。

かの枯れし木は、甦《よみがえ》らん。
王はそを高き処《ところ》に植えん。
　かくて城市は、祝福されん。

歌え、国民をあげて歌え！

そして人々は都のすみずみから声をあげて歌いました。

このあとに続いたのは黄金なす最良の日々で、春と夏が相合《あいがっ》して、ゴンドールの野にともに饗宴《きょうえん》を広げたのでした。そしてカイア・アンドロスからの早馬の使者によって、今はすべての出来事の知らせももたらされ、都は王の到着に備えました。メリーは呼ばれて、オスギリアスへ物資を運ぶ荷馬車とともに馬で去って行きました。オスギリアスから船でカイア・アンドロスに渡るのです。しかしファラミアは行きませんでした。もう全快したかれは自分の権限と執政職を引き継いでいたからです。もっともこれもほんのしばらくの間のことで、かれの仕事は自分に取って代わるべき者のために用意をすることでした。

そしてエオウィンは、兄が伝言をよこし、コルマルレンの野に来るように求めたにもかかわらず行きませんでした。ファラミアはこれを意外に思いましたが、諸事に忙しく、ほとんどかの女に会う機会がありませんでした。そしてかの女は今でもずっと療病院に起き伏ししていて、一人で庭を散歩していたのですが、その顔からはしだいに血の色が失われてきました。そして、この都のどこを見ても、ただかの女だけが苦しみ悲しんでいるように見えました。院長は心を悩ませて、ファラミアに話しました。

そこでファラミアはかの女に会いにやって来ました。かれらはふたたび城壁の上に一緒に佇《たたず》みました。かれは姫にいいました。「エオウィン、あなたはなぜここに留《とど》まっておられるのです？カイア・アンドロスの向こうのコルマルレンの野の祝いの宴に、どうしておいでにならないのです？　そこで兄上が待っておいでなのに。」

そしてかの女はいいました。「あなたにはおわかりにならないのですか？」

かれは答えました。「二つの理由がありうると思いますが、どちらが本当か、わたしにはわかりません。」

かの女はいいました。「謎々遊《なぞなぞ》びはしたくございません。はっきりおっしゃってくださいませ！」

「それでは、どうしてもいわせたいとおっしゃるなら、姫よ、」と、かれはいいました。「あなたがおいでにならないのは、兄上だけがあなたに来るようにいわれたことと、それからまたエレンディルの世継、アラゴルン卿《きょう》の赫々《かくかく》たる戦勝の姿を眺めることが、もうあなたに何の喜びももたらさないからではありませんか。それともわたしが行かないから、そしてあなたはまだわたしのそばにいたいとお思いだからでしょうか。多分この両方の理由のために、あなたはご自分でもどちらと決めかねておいでなのでしょう。エオウィン、あなたはわたしを愛してはおられぬのですか？　そのお気持ちもないのですか？」

「わたくしは別の方に愛されたいと思いました。」と、かの女は答えました。「けれど、わたくしはどなたであろうと憐《あわ》れんでいただくのはいやでございます。」

「それはわたしにもわかっています。」と、かれはいいました。「あなたはアラゴルン卿の愛を得たいと思われた。あの方が高貴で力あるお方だったから。そしてあなたが名声と誉れを得たい、地を這う卑賤《ひせん》なものたちより遥かに高く上りたいと望んでおいでだったから。あなたにはおそらく、あなたには若い兵士の目に映ずる偉大な大将のように讃嘆《さんたん》すべきものに見えたのでしょう。あの方はそのとおりだからです。人間の中にあって君たるべき方であり、それも今の世でもっとも偉大な君主である方です。しかしその方があなたに与えられたものが単に理解と憐れみであった時、あなたは欲しいものが何もなくなり、ただ戦場で勇敢に討ち死にすることだけを望まれた。わたしをご覧なさい、エオウィン！」

エオウィンは長い間じっとファラミアを見つめていました。それからファラミアはいいました。「優しい心の贈り物である憐れみを軽んじてはいけない、エオウィン！　しかしわたしは、あなたに憐れみの手を差し伸べるのではないのです。あなたは高貴で勇敢な姫君であり、忘れられることのない功名をご自身でかちとられた方なのだから。それにあなたは、エルフの言葉でさえ表わすことのできぬほど、美しいお方だと思う。そしてわたしはあなたを愛しているのです。以前あなたの悲しみを哀れに思ったこともあります。しかし今はあなたが、たとえ悲しみも不安もない、何不自由のない姫君であろうと、あるいはまた、ゴンドールの恵み豊かな妃《きさき》であろうと、わたしはやはりあなたを愛するでしょう。エオウィン、あなたはわたしを愛してはくださらぬのか?」

その時、エオウィンの心に変化が起こりました。でなければ、遂《つい》にかの女はわが苦しみの真因を理解したのです。そして突如としてかの女の冬は去り、太陽が身に輝きました。

「わたくしが今立っているのは、ミナス・アノール、太陽の塔ですね。」と、かの女はいいました。「それにほら! 影が去りました! わたくしはもう盾《たて》持つ乙女にはなりませぬ。偉大な騎士たちと張り合おうとは思いませぬ。殺戮《さつりく》の歌のみを喜んだりはいたしませぬ。わたくしは癒《いや》し手となり、すべての育っていくもの、不毛でないものをいつくしむことにします。」そしてかの女はふたたびファラミアに目を向けていいました。「もうわたくしは王妃になりたいなどとは思いませんわ。」

そこでファラミアは愉快そうに笑っていいました。「それは結構だ。わたしは王ではないのだから。とはいえ、わたしはローハンの白い姫君にそのお気持ちがあれば、結婚しようと思う。そして、もし白い姫君にそのおつもりがあれば、その時はわれらは大河を渡り、より幸せな日々を美しいイシリアンの地で暮らし、そこに庭を造ろうではありませんか。白い姫君がおいでになれば、かの地ではすべてのものが喜んで育つでしょう。」

「それではわたくしは自分の国の民たちから離れねばならないのでございますね、ゴンドールの殿方?」と、かの女はいいました。「そして殿は、誇り高い殿のお国の方々に、ご自分のことをこういわせようというおつもりでございますか？『ほら、北方の野蛮《やばん》な盾持つ乙女を手なずけた殿御《とのご》のお通りじゃ！　なんで殿はヌメノールの血を引いた婦人の中から選ばなかったのか？』と。」

「ええ、いわせますとも。」と、ファラミアはいいました。そしてかれは両の腕に姫を抱き、陽光のみなぎる空の下でかの女にキスしました。かれは自分たちが大勢の目にふれる高い城壁の上に立っていることを気にかけませんでした。事実、大勢の者がかれらを見ました。人々は、城壁から降りて来て、手に手を取りながら療病院に足を運んで行く二人の周りに日が輝くのを見ました。

療病院の院長にファラミアはいいました。「さあローハンのエオウィン姫をおつれしましたよ。もう姫は癒《なお》っていらっしゃる。」

院長はいいました。「それではもう姫君はここをお出になってよろしいし、お別れを申しあげるとしましょう。どうか二度と傷や病《やまい》を蒙《こうむ》られませぬように。兄君が戻られるまでは、都の執政様に姫君をお託しいたします。」

しかしエオウィンはいいました。「出てもよいというお許しがいただけました今となっては、ぜひここに置いていただきたいのでございます。この療病院はすべての住居の中で、わたくしにとっては一番喜ばしい場所になったのでございますから。」そしてかの女はエオメル王の戻るまでここに留《とど》まりました。

都はもうすべての準備が整いました。そしてたくさんの人たちが集まってきました。というのは、ゴンドール国の津々浦々にいたるまで噂《うわさ》が伝わっていったからです。噂はミン・リンモンから、ピンナス・ゲリンにかけて、そしてまた遠い沿岸地方にまで伝わっていきました。それで都に上って来られる者は、一人残らず夜を日に継いでやって来ました。そして都はふたたび、花でいっぱいのわが家に戻って来た女たちやかわいらしい子供たちで溢《あふ》れました。そしてドル・アムロスからは、この国きっての名人ぞろいのハープ弾きたちがやって来ました。そのほかにヴィオルや、フルートや銀の角笛《つのぶえ》の楽師たちも来ました。またレベンニンの谷間からは、澄んだ声の歌い手たちがやって来ました。

遂《つい》にある晩、ペレンノール野に大テントの立ち並ぶのが城壁から望見される日がやって来ました。その夜は一晩じゅう明かりが燃え、人々は夜明けを待って待機していました。そして晴朗な朝が来て、今はもう影一つ横たわっていない東の山々の上に朝日が昇ると、鐘という鐘が鳴りわたり、旗という旗が風にひるがえりました。そして城塞の白の塔の上には、日光に映える雪のように輝く銀色の地に、紋章や図案は何一つついていない執政職の旗がこれを最後にゴンドール国の空高く掲げられました。

今や西軍の大将たちは、自分たちの軍隊の先頭に立って都に向かってきました。人々は、これらの軍勢が昇る朝日にぴかぴかと光を反射させ、銀のような漣《さざなみ》を立てながら、次々と列をなして進んで来るのを見ました。こうしてかれらは都の入口の前まで来て、城壁から八分の一マイルのところで止まりました。城門らしいものはまだ全然再建されていませんでしたが、入口には柵《さく》が渡してあり、銀と黒の制服を着けた兵士が抜身の長い剣を持って立っていました。柵の前には、執政のファラミアに、城中の鍵《かぎ》を預かっているフーリン、それから留守役のゴンドールの大将たち、また軍団長のエルフヘルムと、マークの大勢の騎士たちを伴ったローハンのエオウィン姫が立っていました。そして入口の両側には、色彩《いろどり》豊かな服装に花飾りをつけた美しい民たちが、たくさんつめかけていました。

こうして今やミナス・ティリスの城壁の前には広い場所が空けられ、その周りはすっかりゴンドールとローハンの騎士や兵士たち、それに都の住民やこの国のすみずみから集まった人々によって取り囲まれました。居並ぶ軍勢の中から、銀色と灰色に身を固めたドゥネダインが進み出て、かれらの前をアラゴルン卿《きょう》がゆっくりと歩を運んで来ると、人々はとたんにしーんと静まり返りました。彼は銀の帯で巻いた黒の鎖かたびらを着込み、純白の長いマントを羽織り、その衿元《えり》は、遠くからでもきらきら輝く緑の大きな宝石で留められていました。しかしかれの頭には、額の上に星が一つ細い銀のバンドで着けられているほかは、何ものっていませんでした。かれと一緒にローハンのエオメル、イムラヒル大公、白い衣に身を包んだガンダルフ、そして多くの者にとっては見るも驚きであった四人の小さな人物たちがいました。

「ねえ、あんた、あの人たち子供じゃないんだよ。」ヨーレスが隣りに立っている親戚《しんせき》の女にいいました。その女はイムロス・メルイからやって来たのです。「あの人たちはペリアンで、遠くの方の小さい人の国からやって来たんだよ。自分たちの国じゃとても評判のいいお殿様たちだっていう話だよ。わたしは知っているんだよ、なぜって療病院でペリアンの一人を看護したからね。あの人たちは体こそ小さいが勇敢なんだよ。なにしろ、あんた、あの中の一人は、家来と二人だけで黒の国にはいり込んで、たった一人で冥王と闘って、あいつの塔に火を放ったんだというからね。信じるにしろ信じないにしろ、ともかく都ではもっぱらそういう話だよ。エルフの石のお殿様と一緒に歩いているのがその人だろうよ。お二人は仲の良いお友達だそうだから。ところであの方はすばらしいお方だよ。エルフの石のお殿様はねえ。いっとくけど、口の利《き》き方はとてもお優しいという方じゃないがね。世間でいうとおり黄金の心をお持ちなんだよ。それに癒《いや》しの手の持ち主なんだよ。『王さまの手は癒しの手』って、わたしがいったんだけどね。どういうことか、みんなも見たとおりさ。それでミスランディアがわたしにいったんだよ。『ヨーレス、人々はあんたの言葉をいつまでも覚えているだろうよ。』ってね、それから――」

しかしヨーレスは、お上りさんの親戚の婦人をこれ以上啓発することが不可能になりました。というのは、喇叭《らっぱ》が一声嚠喨《りゅうりょう》と吹き鳴らされて、そのあと完全な沈黙が訪れたからです。その時、城門からファラミアが、鍵《かぎ》を預かるフーリンとともに進み出て来ました。そのほかには、二人の後から、城塞の鎧《よろい》と高い兜《かぶと》に身を固めた四人の男たちが歩いて来るほかはだれもいません。この四人の男たちは、銀でたがねた黒いレベスロンの大きな箱を運んで来ました。

ファラミアはここに集まった人々の並《な》み居《い》る中でアラゴルンと出会いました。かれは跪《ひざまず》いていいました。「ゴンドール国の最後の執政は、ここにつつしんでその職をお渡し申しあげます。」そしてかれは白い杖を差し出しました。しかしアラゴルンはその杖を受け取ると、また返していいました。「この職は終わってはおらぬ。そしてこれをわが家系の続く限り、そなたおよび子々孫々そなたの世継たちのものにいたそう。さあ、そなたの職務を果たされよ！」

そこでファラミアは立ち上がり、朗々と澄んだ声でいいました。「ゴンドールの国人《くにびと》よ、今ここに当王国執政のいうところを聞き給え！　見よ！　遂《つい》にふたたび王位を求めて来たれるあり。これなるはアラソルンの息子アラゴルンにして、アルノールのドゥネダインの首長、西軍の総大将、北方の星の所持者、鍛え直されたる剣の使い手、戦場にあっては連勝、その手は癒しをもたらすエルフの石、ヌメノールのエレンディルの息子イシルドゥアの息子、ヴァランディルの血筋なるエレスサールなり、かれを王となし、この都に入らしめ、ここに住まわしめるか？」

全軍勢と居合わす民のすべては、声を一つにして「然《しか》り」と、叫びました。

そしてヨーレスは親戚の女にいいました。「これはね、あんた、都でこうすることになっているほんの儀式なのさ。なぜって、さっきあんたにいおうと思ってたんだけど、あのお方はもうとっくに都においりになったことがあるんだからね。そしてわたしにこうおっしゃったのさ――」ここでふたたびかの女は黙らなければなりませんでした。ファラミアがふたたび口を開いたからです。

「ゴンドールの国人よ、伝承の語るところでは、新王は父王の崩御《ほうぎょ》前に父王から王冠を受けるか、然らざれば、単身父王の横たわる墓所に赴《おもむ》き、父王の手より王冠を受け取ることが古《いにしえ》の慣行なりしという。なれど今回は異なれる方法でなされねばならぬゆえ、執政の職権を行使し、それがしは今日われらの遠つみおやの世にその御代《みよ》の過ぎ去りし、最後の王エアルヌアの王冠を、ラス・ディネンよりここに運び来《きた》った。」

その時、衛士《えじ》たちが前に進み出て、ファラミアは箱の蓋《ふた》を開けました。そして古い王冠を取り上げました。それは城塞の近衛《このえ》の衛士たちの兜《かぶと》に似た形をしていましたが、ただそれよりもっと高く、全体が白で、両側の翼は海鳥の翼に似せて、真珠と銀で作られていました。というのは、これが、大海を渡って来た王たちの紋章であったからです。そして飾り輪には金剛石の七つの石がはめられていました。そしてその頂には、炎のように光を発する宝石が一つはめられていました。

そこでアラゴルンは王冠を受け取り、それを掲げ持っていいました。

「エト　エアレルロ　エンドレンナ　ウトゥリアン。シノメ　マルヴァン　アル　ヒルディニイ　アル　テン　アンバル＝メトタ！」

これはエレンディルが風の翼に乗って大海からやって来た時にいった言葉で、「大海より中《なか》つ国《くに》にわれは来《きた》れり。この地にわれとわが世継たち、この世の終わるまで住まいせん。」という意味でした。

そのあとアラゴルンは、王冠を自分の頭に戴《いただ》かずに、ファラミアに返しましたので、多くの者はこれをいぶかりました。アラゴルンはいいました。「予は多数の方の苦心と勇気により王位を継承するにいたった。これを記念して、予は王冠を指輪所持者に予の許《もと》まで運んでもらい、もしやっていただけるものなら、ミスランディア殿の手でそれを予の頭《かしら》に戴きたいと思う。と申すのは、ミスランディア殿こそ、ここに成就されたすべてのことを動かしてこられたお方だからだ。これはミスランディア殿の勝利である。」

そこでフロドが進み出て、ファラミアから王冠を受け取り、それをガンダルフのところに持って行きました。そしてアラゴルンは跪《ひざまず》き、ガンダルフはその頭上に白い冠を置いて、いいました。

「今ぞ王の御代《みよ》は来れり。ヴァラールの玉座のあらん限り、御代の祝福されてあらんことを！」

さてアラゴルンが身を起こすと、かれを見ていた者は皆まじまじと目を瞠《みは》って、沈黙しました。なぜなら、かれは今はじめてその姿をかれらに現わしたように思えたからです。古《いにしえ》の大海の王たちのように丈高く、かれはその近くにいるすべての者にぬきんでて立っていました。年は老齢と見えながら、壮年の盛り、額には知恵が宿り、手には力と癒《いや》しの霊力がこもり、その全身を光が包んでいました。その時ファラミアが叫びました。

「見よ、王を！」

そしてその瞬間喇叭《らっぱ》がいっせいに吹き鳴らされました。エレスサール王は進み出て、柵《さく》のところに来ました。鍵《かぎ》を預かるフーリンが柵を押し戻しました。そしてハープとヴィオルとフルートの楽の音と、澄んだ歌声の中を、王は花でいっぱいの街路を通って、城塞に着き、中にはいりました。そして一番高い塔に木と星の旗がひるがえり、多くの歌に語り伝えられるエレスサール王の治世が始まりました。

かれの御代《みよ》に、都は過ぎ去ったどの時代にも増して美しいものになりました。その美しさは最初の盛時をも凌ぐほどでした。都は木々と泉に埋まり、城門はミスリルと鋼《はがね》で作られ、街路は白い大理石で舗装《ほそう》されました。そしてはなれ山の民がこの造営に骨を折り、闇の森の民は喜んでこの地にやって来ました。そして、ものみな悉《ことごと》く癒《いや》され、甦《よみがえ》り、家々は男と女と子供たちの笑い声に満たされ、一つとして明かりのともらぬ窓はなく、人気《ひとけ》のない中庭はありませんでした。そして中つ国の第三紀が終わって新しい時代にはいっても、この都には過ぎ去った時代の記憶と栄光が留《とど》められました。

戴冠式《たいかんしき》に続く日々、王は王たちの広間の玉座に座して、論功行賞をおこないました。そして多くの国々、多くの民族から使節が派遣されてきました。東からも南からも、闇の森の国境《くにざかい》からも、西の地の褐色人《びと》の国からも。そして王は降服してきた東夷《い》たちを許し、自由にしてやりました。そしてまた、ハラドの国民とも和を結びました。またモルドールの奴隷たちは解放してやり、ヌアネン湖周辺の地を全部かれら自身の土地として与えました。また多くの者がかれの前に召し

出され、その勇気に対してかれから賞讃の言葉と褒美《ほうび》を受けました。そして最後に、近衛《このえ》の隊長がベレゴンドを連れて来ました。かれから裁きを受けるためでした。

王はベレゴンドにいいました。「ベレゴンドよ、そなたの剣によって、流血の禁じられている聖所に血が流された。そしてまた、そなたは主君もしくは隊長の許しを得ずに部署を離れた。このようなことは、昔であれば死罪に相当する。よって予はここに判決を下さねばならぬ。

「戦場におけるそなたの勇敢なる行為により、ましてそなたの犯したことがすべてファラミア卿《きょう》への愛から出ていることであってみれば、罪はこれをすべて免除する。とはいえ、そなたは城塞の近衛部隊を離れねばならぬ。そしてそなたはミナス・ティリスの都から出て行かねばならぬ。」

そこでベレゴンドの顔からは血の気が引き、かれは悲しみに打ちのめされて頭を垂れました。しかし王はいいました。

「その必要があるのだ。なぜならそなたは、イシリアンの領主ファラミア公の近衛隊、白の部隊に配属されたからだ。そしてそなたはその部隊の隊長として、そなたがすべてを賭《と》して死から救い出したファラミア公に仕え、栄誉と平和を楽しみながら、エミン・アルネンで暮らすがよい。」

そこでベレゴンドは、王の慈悲と公正さを認めて喜び、跪《ひざまず》いてかれの手にキスすると、歓喜と満足にひたって退出しました。そしてアラゴルンはファラミアにイシリアンを領国として与えました。そしてかれに都の見えるエミン・アルネンの丘陵に住まうように命じました。

「なぜなら、」とかれはいいました。「モルグル谷のミナス・イシルは、これを徹底的に破壊しなければならぬ。そしてやがていつかはこの地も清められるであろうが、おそらくこれから長い年月だれ一人そこに住む者はないであろうから。」

そして一番最後にアラゴルンはローハンのエオメル王を迎え、二人は相抱《いだ》きました。そしてアラゴルンはいいました。「われら二人の間では、遣《や》るのもらうの、褒美《ほうび》だのという言葉はあるわけがない。なぜならわれらは兄弟なのだから。昔エオルはちょうどまにあって北方から馳《は》せ参じた。爾来《じらい》いかなる国民《くにたみ》と国民の連盟たりとも、これ以上に祝福されたものはなかった。いずれもかつて相手国を見捨てたことなく、これからもないだろう。さて、エオメル殿もご存じのとおり、われらは功名赫々《かくかく》たるセオデン王を聖所なる墓所に安置申しあげた。エオメル殿のご意向次第では、そこでいついつまでもゴンドール国の王たちの間に眠っていただくもよし、あるいはお望みなら、ご自身の民の間で眠られるよう、われらがともにセオデン王のお供をしてローハンに赴《おもむ》くもよい。」

エオメルは答えました。「あなたが丘原の緑の草の中からわたしの前に現われたあの日以来、わたしはあなたが好きでした。そしてこの親愛の念の弱まることはないでしょう。しかし今はわたしはしばしの間ここを去って国へ帰らねばなりません。傷を癒《いや》し、整理することがたくさんありますから。しかし故王については、すべて用意が整った時に、迎えに戻ってまいります。その間しばらくここで眠らせてやっていただきたいのです。」

そしてエオウィンはファラミアにいいました。「それではわたくしは自分の国に戻って、もう一度それを眺め、兄君の仕事を手伝わねばなりません。でもわたくしが父君として長い間慕ってきた方が遂《つい》に葬られておしまいになれば、戻ってまいります。」

こうして喜ばしい日々がたっていきました。そして五月の第八日目に、ローハンの騎士たちは用意が整い、北路を経由して去って行きました。エルロンドの息子たちもかれらに同行しました。都の城門からペレンノールの外壁にいたるまで、沿道は一行に敬意を表し、かれらを讃《たた》えようとする人々で埋《うず》められていました。そのあと、遠くに家のある者たちは喜びながらそれぞれの故郷に戻って行きました。しかし都では、壊れた個所を再建し、戦いのすべての傷痕《あと》と暗黒の記憶を取り除くために多くの者がいそいそと骨の折れる仕事に従事しました。

ホビットたちはまだミナス・ティリスに留まっていました。レゴラスやギムリも一緒でした。指輪の仲間が解散することをアラゴルンがいやがったからです。「こういったこともすべて最後には終わらねばならないのだが、」と、かれはいいました。「あなたたちにはもうしばらく待っていただきたいのだ。というのも、あなたたちが関与した功業のしめくくりがまだ到来していないからだ。成人してからずっとわたしが待ち受けていた日が近づいてくる。そしてその日が来た時、わたしは友人たちにそばにいてもらいたいのだ。」しかしその日のことについて、かれはもうそれ以上何もいおうとはしませんでした。

その頃、指輪の仲間たちは、立派な家にガンダルフと一緒に起き伏ししていました。そして望むままにあちこち動き回っていました。フロドはガンダルフにいいました。「アラゴルン殿が話してらした日がどんな日なのかご存じですか？　というのは、わたしたちはここで楽しくやっているし、わたしもここを去りたくはないのですが、日はどんどんたっていきますし、ビルボが待っていると思うと。それに何といってもホビット庄はわたしの郷里《くに》ですから。」

「ビルボのことなら、」と、ガンダルフはいいました。「かれもやっぱり同じ日を待っているんじゃよ。それで、かれはお前さんを引き留めているのが何なのか知っているんじゃ。それから日がどんどんたっていくというが、今はまだやっと五月、盛りの夏はまだまだじゃ。そりゃ何もかも変わってしまったように見えるかもしれん、まるで一つの時代が過ぎ去ってしまったようにな。じゃが、山川草木にとっては、あんたの旅立ち以来一年もたっておらんということよ。」

「ピピン、」と、フロドはいいました。「ガンダルフは前ほど口が堅くなくなったって、君、いわなかったっけ？　その時はきっと苦労の多い仕事に倦《う》んでたんだと思うね。今はまた本領を取り戻してきたんだよ。」

そしてガンダルフはいいました。「食卓に出されるものを前もって知りたいと思う者は多いが、一生懸命宴会の準備をしてきたほうじゃ、内緒にしておきたがるもんなんじゃよ。なぜなら、驚かせて、賞讃の声をさらに大にさせたいからじゃ。それにアラゴルン自身、ある兆候を待っておるんじゃ。」

そのうち、ある日のこと、ガンダルフの姿を一日じゅう見かけないことがありました。仲間たちは何が進行しているのかといぶかりました。ところが、ガンダルフは夜の間にアラゴルンを都の外に連れ出し、ミンドルルイン山の南麓《ろく》に連れて行ったのでした。二人はそこに、今は踏み入ろうとする者のない、遠い遠い昔に作られた小道を見いだしました。というのは、この小道は山を登っていて、その昔、王たちだけが行くのを常とした神聖な高所に通じていたのです。二人は嶮《けわ》しい道を登って行って、雪におおわれた高い峰の下にある山上の原に出ました。この場所は、都の背後にそそり立っている断崖《だんがい》を見下ろしていました。ここに立って、二人は眼下に広がる土地を眺め渡しました。もう夜明けが訪れていました。二人は、遥か真下に、僅《わず》かに朝日の光を受け、白い鉛筆のように櫛比《しつぴ》する都の諸塔を見ました。アンドゥインの谷間全体が一つの庭のように見えました。影の山脈は金色の靄《もや》に包まれています。片側を見ると、視界は灰色のエミン・ムイルにまで達し、ラウロスのきらめきが、まるで遠くにきらきらとまばたく星のように見えます。そして反対側を見ると、大河がリボンのようにくねりながらペラルギアに達し、その先には空のへりに海を物語る輝きが見られました。

ガンダルフがいいました。「これがあんたの王国であり、未来のさらに大なる版図《はんと》の中心なのじゃ。中つ国の第三紀は終わり、新しい時代が始まった。新しい時代の始まりを整え、保存してさしつかえないものはこれを保存する、これがあんたの仕事じゃ。というのは、多くのものが救われたとはいえ、今や多くのものが消えていかねばならぬからな。三つの指輪の力もまた終わった。そしてあんたの目にはいる土地のすべて、またその周辺に横たわる土地のすべてが、人間の住む場所となろう。なぜなら、人間の支配する時代が来たからじゃ。最初に生まれた者たちは衰えゆくか、去って行くのじゃ。」

「それはわたしもよく承知しています。親愛な友よ。」と、アラゴルンはいいました。「それでもやはり、わたしはあなたの助言がほしいのです。」

「それももう長くはなかろう。」と、ガンダルフはいいました。「第三紀はわしの時代じゃった。わしはサウロンの敵じゃったからな。そしてわしの仕事は完了した。まもなくわしは行くことになろう。重荷は今度はあんたとあんたの種族が負わねばならぬのじゃ。」

「しかし、わたしは死ぬでしょう。」と、アラゴルンはいいました。「なぜなら、わたしは死すべき人間であり、たとえ、わたしが現在あるごとくであり、西方の純血を引くゆえに、ほかの人間よりずっと長命であろうと、それはほんの少しの間にすぎません。今女たちの胎内にいる者が生まれ、それも年老いてしまう時には、わたしもまた年老いるでしょう。もしわたしの望みが容《い》れられなければ、その時ゴンドールは、またこの都を女王のごとく見ている国々は、だれが治めるのでしょう？　噴水の庭にあるかの木は今も枯れたままで、花実《はなみ》をつけません。現状を変えるという兆候はいつ見られるのでしょう。」

「緑の世界から面《おもて》を転じ、すべてが不毛で冷たく見えるところに目を向けて見よ！」と、ガンダルフがいいました。

そこでアラゴルンは振り向きました。かれの後ろには、雪の裳裾《もすそ》から走り下っている岩がちの斜面がありました。そこを眺めているうちに、かれは、その不毛の荒れ地にただ一つ育つものが生えていることに気づきました。かれはその荒れ地によじ登り、雪の終わるちょうどその際《きわ》から、高さ三フィートにも満たぬ若木が生え出ているのを見ました。長くて形のよい若葉が、葉の表は色濃く、葉裏は銀に、すでに萌《も》え出ていて、ほっそりした頂には、小さな花房が一つついており、その白い花弁は陽に照る雪のように輝いていました。

その時アラゴルンは叫びました。「イエ！　ウトゥヴィエニエス！　わたしは見つけた！　何と！　ここにあるのは始源の木の子孫ではないか！　しかしどうやってここに生えてきたのだろう？　この若木自身はまだ七年にもなっておらぬのだから。」

ガンダルフはそばへ来て、これを見るといいました。「まことにこれは美しきニムロスの子孫の若木じゃ。そしてニムロスはガラシリオンの実生《みしょう》の木じゃった。そのガラシリオンも、あまたの名を持つテルペリオン、木々の中の始源なるものの実生なのじゃ。定められた時にこれがどうやってここに生えてきたか、だれが知ろう？　じゃが、ここは古《いにしえ》の聖所じゃ。それで王家衰亡以前に、あるいは中庭のかの木が枯れる以前に、実がここに埋められたにちがいない。というのは、かの木に生じる果実は滅多《めった》に熟するにいたらないが、もし熟した場合は、中なる命が長い年月を通じて眠り続け、それの目覚める時は何人《なんぴと》にも予知できないといわれているからじゃ。このことは銘記しておかれよ。というのはじゃ、もし果実が熟するようなことがあれば、この木の子孫がこの世界から死に絶えぬよう、当然土に埋められねばならぬからじゃ。それはここの山中に隠されていた。ちょうどエレンディルの末裔《まつえい》が北方の荒れ野に隠されていたようにな。もっともニムロスの始祖《しそ》はあんたの始祖よりもはるかに古くはあるがのう。エレスサール王よ。」（訳註 白の木ニムロスは、上《かみ》のエルフの木ガラシリオンからイシルドゥアが実生で移したもので、ガラシリオンは、ヴァラールの二つの木、テルペリオン（銀の木）とラウレリン（金の木）の前者から生い立ったもの。）

それからアラゴルンは若木にそっと手をかけました。するとどうでしょう！ それはほんの浅く地中に根づいていたかのように、何一つ損なわれずに抜けたのです。アラゴルンはこれを城塞に持ち帰りました。そこで枯れた木は引き抜かれましたが、敬意をもってなされました。人々はそれを焼かず、ラス・ディネンの寂莫《せきばく》の中に置いて憩《いこ》わせました。そしてアラゴルンは中庭の噴水のかたわらに新しい木を移植しました。するとその木はたちまち喜ばしげに育ち始め、六月にはいる頃には、こぼれるほどいっぱいに花を咲かせました。

「兆候が与えられた。」と、アラゴルンはいいました。「その日は遠くない。」そしてかれは城壁に見張りを置きました。

アモン・ディンから都に使者が到着したのは、夏至《げし》の前日でした。かれらの報告によると、北の方から馬に乗って来る美しい人たちの一団があり、もうペレンノールの外壁に近づいているというのでした。王はいいました。「とうとうやっておいでだ。都を挙げて支度をしよう！」

　夏至のちょうど前夜、空がサファイアのように青みがかってきて、東の空に白い星々が開き、西の空はまだ黄金色《こがね》で、大気がさわやかにかぐわしく香る頃、馬上の一行は北路を下ってミナス・ティリスの城門にやってきました。最初に馬を進めて来るのは銀色の旗を持ったエルロヒアにエルラダン、次いで、グロールフィンデルにエレストール、そして裂け谷《だに》の家中《かちゅう》の全員、またそのあとにガラドリエルの奥方とロスロリアンの領主ケレボルンが灰色のマントを着て、髪に白い宝石を飾った、たくさんの美しいかの地の民たちとともに、白馬に乗ってやって来ました。そして最後にエルフと人間との間に力を持つエルロンド殿がアンヌミナスの王笏《おうしゃく》を持ってやって来ました。その傍《かたわ》らの婦人用の灰色の乗馬に乗るのは、かれの息女《むすめ》であり、その一族の宵《よい》の明星であるアルウェンでした。

　そしてフロドは、かの女が夕闇の中にかすかな光芒《こうぼう》を放ちながら、額に星を飾り、かぐわしい香りを漂わせてやって来るのを見た時、強い感嘆の念に心を動かされて、ガンダルフにいいました。「わたしたちが待っていたわけがやっとわかりましたよ。これがしめくくりなんですね。今ではもう昼だけが愛せられるのではなく、夜もまた清められて美しく、夜の恐怖もことごとく消滅するのですね！」

　そこで王は客人たちを迎え、一行は馬を降りました。そしてエルロンドは王笏を渡し、王の手に己《おの》が息女《むすめ》の手を置きました。それからかれらがともに都にはいって行くと、空には満天の星々が花のように開きました。そしてエレスサール王は夏至の当日、王たちの都でアルウェン・ウンドミエルと婚礼の式を挙げ、かれら二人の長い待望と辛苦の物語はここに完了するにいたりました。

六　数々の別れ

祝賀の日々がようやく終わると、指輪の仲間たちはそれぞれの故国《くに》に戻ることを考えました。そしてフロドはアルウェン王妃とともに噴水の傍《かたわ》らに坐っていた王の許《もと》に行きました。王妃はヴァリノールの歌を歌い、かの若木は大きく育って花を咲かせていました。二人は喜んでフロドを迎え、立ち上がってかれに挨拶《あいさつ》をしました。そしてアラゴルンはいいました。

「フロドよ、あなたが何をいいにみえたか、わたしにはわかる。あなたは自分の故国に戻りたいと思っておいでだ。ところで、このうえなく親しい友よ、木はその父の国で最もよく育つ。だが、あなたはこの西の国のどこの地であろうといつも歓迎されるだろう。そしてあなたの国の民は、今まで偉大な者たちの伝説の中ではほとんど知られていなかったにもかかわらず、これからは、もはや存在しない多くの広大な王国よりもいっそう名声を得ることになるだろう。」

「ホビット庄に帰りたいと思っているのは本当です。」と、フロドはいいました。「しかしわたしはまず裂《さ》け谷《だに》に行かなければなりません。というのも、このように喜ばしい時にあって何か不足しているものがあるとすれば、ビルボがいないのが寂しいのです。エルロンド様の家中《かちゅう》の方々がおそろいになった中でビルボが来ていないのを知って、わたしはつらかったのです。」

「指輪所持者よ、あなたはそのことをいぶかしくお思いですか？」と、アルウェンはいいました。

「と申しますのも、今は消滅させられたかのものの力をあなたはご存じでいらっしゃいましょう。そしてかのものの力によってなされたことも、今はすべて消え去ろうとしていることも。あなたの血縁のお方は、これをあなたより長く所有しておいででした。あの方は、あの方の種族としては、もうずいぶん高齢でいらっしゃいます。それであの方はあなたを待っておいでになるのですよ。なぜなら、あの方はただ一つの旅を除いては、もう二度と長い旅はなさらないでしょうからね。」

「それではすぐにお暇《いとま》させていただきたいと存じます。」と、フロドはいいました。

「七日したらわれらも出かけようと思う。」と、アラゴルンはいいました。「あなたと一緒に遠くまで、ローハンの国までも馬を進めることになるだろう。あと三日したら、マークで永遠に眠れるようセオデン王を連れ戻されるために、エオメル殿がここに戻って来られる。そうすればわれらは故王に敬意を表して、エオメル殿とともに行くことになろう。ところで、あなたが行かれる前に、わたしはファラミアがあなたにいった言葉を確認したいと思う。あなたはいついつまでもゴンドールの領土内を自由に通行されてよろしい。そしてこれはあなたの仲間全員も同様だ。あなたの偉業にふさわしい贈り物を差し上げることができるなら、差し上げるところなのだが。ともあれ、欲しいものがおありなら何なりとお持ちいただきたい。そして名誉に包まれ、王侯のして旅立っていただきたい。」
がアルウェン王妃はいいました。「わたくしがあなたに一つ贈り物を差し上げましょう。わたくしはエルロンドの娘ですから。父が港に旅立つ時、わたくしはもう父と一緒に行くことはでしょう。わたくしの選んだのはルシアンの選んだ道ですから。そしてルシアンと同様、わたくしも甘くて苦しい道を選んだのです。けれどわたくしの代わりに、指輪所持者よ、あなたがおいでなさい。時が来て、そしてその時あなたがそれを望まれるなら。あなたの傷がなおもあなたを苦しめ、あなたの負うた荷の記憶が重くあなたにのしかかるようなことがあれば、その時は西方に渡っていかれるとよろしいでしょう、あなたの傷と疲労がすっかり癒《い》えるまで。けれど今はエルフの石と宵の明星の形見にこれをお着《つ》けなさい。あなたの生涯《しょうがい》はわたくしたち二人とともに編まれてきたのですから！」

そしてかの女は銀の鎖につけてその胸に下げられていた星のような白い宝石を取って、その鎖をフロドの頸《くび》にかけました。「恐怖と闇の記憶があなたを悩ます時、」と、かの女はいいました。「これが支えをもたらしてくれましょう。」

王の言葉通り、三日すると、ローハンのエオメルが都に馬を進めて来ました。そしてかれとともにマークの最も立派な騎士たちの軍団がやって来ました。かれは喜んで迎えられました。そして宴会用の大広間メレスロンドに一同が着席した時、かれは目《ま》のあたりにした貴婦人たちの美しさを見て、感嘆の思いに満たされました。そしてかれは寝に行く前に、ドワーフのギムリを呼んでもらっていいました。「グローインの息子ギムリ殿よ、斧の用意はされておいでかな？」

「いいや、殿よ、」と、ギムリはいいました。「だが必要とあれば、今すぐ取って来ますよ。」

「あなたに判断していただこう。」と、エオメルはいいました。「黄金の森の奥方のことで、今なおわれら両人の間で解決を見ていない性急なやりとりがありましたね。ところでわたしは今この目で奥方を拝見したのだが。」

「さあ、それで、」と、ギムリはいいました。「殿は今は何といわれますか？」

「残念ながら、」と、エオメルはいいました。「わたしは今この世に在るご婦人方の中で奥方が一番お美しいとは申しあげませぬぞ。」

「それならわたしは斧を取りに行かなければ、」と、ギムリはいいました。

「だがその前に、このようないい訳を弁明として申しあげよう。」と、エオメルがいいました。「あのお方がほかのお仲間とご一緒のところを見たのなら、わたしもおよそあなたの望まれる限りのことを申しあげただろう。しかし今は、宵《よい》の明星、アルウェン王妃をわたしは首位にお置きしたい。そして、わたしの方はわたしの方で、これを否認する者があればだれとでも戦う用意がある。剣を持って来させましょうかな？」

そこでギムリは深々と一礼していいました。「いや、わたしに関する限り、許して差し上げますよ。殿は夕を選ばれたわけですから。しかしわたしの愛は朝に寄せられているのですよ。そしてわたしの心の予感では、まもなくこの朝は永遠に去ってしまうだろうという気がするのです。」

とうとう出発の日が来て、すぐれた美しい人たちの一行が都から北に向かう用意が整いました。そこでゴンドールとローハンの国王はともに聖所の奥津城《おくつき》に赴《おもむ》き、ラス・ディネンにある墓所にやって来ると、黄金の棺台《ひつぎだい》にのせてセオデン王を運び去り、沈黙のうちに都を通り過ぎました。それからかれらはローハンの騎士たちが周りを囲み、セオデン王の王旗を前につけた大きな馬車に棺台を安置しました。そしてセオデン王のお小姓《こしょう》であったメリーがこの馬車に同乗して、王の武器を捧持していました。

ほかの者たちには、それぞれの背丈に応じて、乗馬が提供されました。そしてフロドとサムワイズはアラゴルンと隣り合って馬を進め、ガンダルフは飛蔭《とびかげ》に乗り、ピピンは、ゴンドールの騎士たちとともに、そしてレゴラスとギムリは、いつものように一緒にアロドの背にまたがって行きました。

この旅にはアルウェン王妃も同行しました。そしてまたその民を伴ったケレボルンにガラドリエル、エルロンドにその息子たち、それからドル・アムロスとイシリアンの大公たち、さらに数多《あまた》の大将方や騎士たちも同行しました。マークのいかなる王といえども、未《いま》だかつてセンゲルの息子セオデンがその故国に向かうにあたって同行したこれほどの一行と旅路をともにしたことはありませんでした。

かれらは急ぎもせず、和気藹々《あいあい》のうちにアノリアンにはいり、それからアモン・ディンの麓《ふもと》の灰色森にやって来ました。そしてそこには何一つ生きたものは見られなかったにもかかわらず、一行は山中にドンドンと鳴る太鼓のような音を耳にしました。そこでアラゴルンは喇叭《らっぱ》をいっせいに吹き鳴らさせました。そしてふれ役たちは叫びました。

「見よ、エレスサール王が来られた！　王はドルアダンの森をガン＝ブリ＝ガンおよびその部族に、とことわにかれら自身のものとして与え給う。また今後かれらの許しなしには何人《なんびと》もこの森にはいることなからしめ給う！」

するとと太鼓はドロドロと音高く轟《とどろ》き、それから静まりました。

十五日間の旅の後にようやくセオデン王の棺《ひつぎ》を乗せた馬車は、ローハンの緑の草原を通ってエドラスにやって来ました。そしてここで一行は全員休息しました。黄金館《こがねやかた》は美しい壁掛けで装われ、明かりで満たされました。そしてここで、この館が建造されて以来行なわれたことがないほど盛大な宴会が催されました。三日後、マークの人たちはセオデンの葬儀の準備を整えました。かの王は石室に、武器とかれが所有していたほかの多くの立派な品々と一緒に横たえられ、その上には大きな塚山が築かれて、緑の芝と白い忘れじ草でおおわれました。これで塚原の東側には八個の塚山が並びました。

そのあと王家直属の騎士たちが白馬にまたがって塚山の周りを巡り、王の吟遊《ぎんゆう》詩人グレオヴィネの作った、センゲルの息子セオデンの歌を声を合わせて歌いました。グレオヴィネはこのあと一つも歌を作りませんでした。ゆっくりと歌う騎士たちの声は、この国の言葉を知らない者たちの心まで揺り動かしました。しかしこの歌の言葉は、マークの民の目に光をもたらしました。かれらは今ふたたび遠くに北方の蹄《ひづめ》の轟く音を聞き、ケレブラントの野に繰り広げられた合戦の物音を圧して叫ぶエオルの声を聞きました。そして王たちの物語が進行し、ヘルムの角笛《つのぶえ》が山中に音高く吹き鳴らされ、そして遂《つい》に暗黒がやってきて、セオデン王は立ち上がり、薄闇を抜けて戦火に馬を進め、そして華々《はなばな》しく討ち死にをとげました。その折しも、もう戻らぬと断念されていた太陽が夜明けとともに射《さ》してミンドルルイン山をきらめかしたのです。

疑念から出、暗黒から出て行き、日の上るまで、
王は日を浴びて歌いながら、剣を抜いて馬を駆った。
王は望みの火をふたたび点《とも》し、望みを抱きつつ果てた。
死を越え、恐れを越え、滅びを越えて
人の世の生死をぬけて、永久《とわ》の栄えに上っていった。

しかしメリーは緑の塚山の麓《ふもと》で泣きました。そして歌が終わると、かれは立ち上がって叫びました。

「セオデン王、セオデン王！　さようなら！　しばらくの間とはいえ、殿はわたしには父のようなお方でした。さようなら！」

埋葬が終わり、婦人たちの啜《すす》り泣きが静まって、セオデン王は遂にただ一人塚山に残されました。そのあと人々は大宴会のために黄金館に集まり、悲しみをかたえに置きやりました。なぜならセオデン王は命運を全うして、先祖の最も偉大な王にも劣らぬ誉れを得て亡くなったのですから。そしてマークのしきたりに従い、代々の王たちの霊に捧げて乾杯をする時が来ると、日のように金色で雪のように白い、ローハンの姫君エオウィンが進み出て、なみなみと注がれた杯をエオメルのところに持って行きました。

次いで吟遊詩人《ぎんゆう》で伝承にも通じた者が立ち上がって、マーク代々の君主たちの名前を、それぞれの順に全部挙げていきました。青年王エオル、黄金館《こがねやかた》の建造者ブレゴ、運つたなきバルドールの弟アルドール、ついでフレア、またフレアヴィネ、そしてゴールドヴィネ、次いでデオル、そしてグラム、さらにマークが敵に席巻《せっけん》された時、ヘルム峡谷に隠れひそんだヘルム、これで西側の九つの塚は終わります。というのは、この時王の血脈はとぎれるからです。そしてそのあとに東側の塚が続きました。ヘルムの妹の息子フレアラフ、次いでレオファ、またヴァルダ、そしてフォルカ、次いでフォルクヴィネ、またフェンゲル、そしてセンゲル、そして最後にセオデンでした。そしてセオデンの名がいわれると、エオメルは杯を飲み干しました。そのあとエオウィンは給仕の者たちにいいつけて、全部の杯に酒を注がせました。そして参会者は全員起立し、新王を祝って乾杯して、「マークの王エオメル、万歳！」と、叫びました。

最後に宴も終わりに近づいた時、エオメルが立ち上がっていいました。「さて、これはセオデン王の追悼会《ついとうえ》ではありますが、皆様が退席される前に一言めでたい出来事をお知らせしたいと思います。なぜならセオデン王もわたしがそうすることを恨みにはお思いにならないと思うからで、王はわが妹エオウィンにとっては常に父も同様でありました。では並み居《い》るわが客人方、かつてこの館に集《つど》うたこともないほど、多数の国々の美しい方々よ、聞き給え！　ゴンドールの執政、イシリアンのファラミア大公がローハンのエオウィン姫に結婚を求め、エオウィンは喜んでこれを承諾いたしました。それゆえ両人を皆様方のご面前で婚約いたさせます。」

ファラミアとエオウィンは前に立って手を結び合いました。そして参会者は全員、二人を祝って乾杯し、喜び合いました。「これで、」とエオメルはいいました。「マークとゴンドールの友情は新たなきずなによって結ばれることとなり、これはわたしのいっそう喜びとするところです。」

「エオメル殿、あなたはまったく物惜しみをなさらぬお方だ。」と、アラゴルンがいいました。「お国で一番美しいものを、こうしてゴンドールにくださるのだから！」

するとエオウィンはアラゴルンの目を見ていいました。「わたくしを祝ってくださいませ、わたくしの君主であり癒《いや》し手であるお方よ！」

かれは答えました。「わたしははじめてあなたに会った時から、あなたの幸せを願ってきた。

今こうして喜びに溢《あふ》れたあなたを見てわたしの心も癒された。」

追悼会が終わると、立ち去る者は皆エオメル王に暇乞《いとまご》いをしました。アラゴルンとその騎士たち、ロリアンと裂《さ》け谷《だに》の一族は馬に乗る用意を整えました。しかしファラミアとイムラヒルはエドラスに留《とど》まりました。宵《よい》の明星アルウェンも留まることになり、かの女は兄たちに別れを告げました。かの女が父親のエルロンドと最後の別れを惜しむところはだれも見ていません。なぜなら二人は丘陵の奥深く登って行って、そこで長い間一緒に話していたからです。この世の終わりを過ぎても続くかれらの別れは、何よりつらいものでした。

客人たちが旅立つ前になって、最後にエオメルとエオウィンはメリーのところに来ていいました。「またお会いするまでご機嫌よう、ホビット庄のメリアドク、マークのホルドヴィネよ！一路平安を祈ります。そして遠からずまた戻って来られ、われらの歓迎を受けてください！」

そしてエオメルはいいました。「昔の王たちであれば、ムンドブルグの野でのあなたの功《いさおし》に対し、荷馬車一台に積みきれぬほどの贈り物を差し上げるところなのだろうが、あなたは与えられた武具のほかには何も受け取らないといわれるし、わたしとしてはその気持ちに従うほかない。事実あなたに贈るにふさわしいだけのものをわたしは持ち合わせていないのだから。しかし妹がこの小さな贈り物を、デルンヘルムとそしてあの朝、朝日が射《さ》すとともに吹き鳴らされたマークの角笛《つのぶえ》を記念して、ぜひ受け取っていただきたいと申しておる。」

そしてエオウィンはメリーに古い角笛を与えました。それは形は小型でしたが、全体が美しい銀で巧みに作られており、緑の飾帯がついていました。そして細工師の手によって、尖端から口までぐるぐると線状に速駆ける騎士たちの姿が彫ってありました。そしてそこにはまたすぐれた効力を持ったルーン文字が刻まれていました。

「これはわが王家伝来の宝物です。」と、エオウィンはいいました。「これはドワーフの手になるもので、大竜スカサのためこんだ宝物の中から出てきたものです。青年王エオルはこれを北方から持って来ました。危急の時にこれを吹く者は、敵の心に恐怖を抱かせ、味方の心に喜びをもたらします。そして、味方はこれを聞いて救援に駆けつけるのです。」

そこでメリーは、断ることができず、この角笛を受け取り、それからエオウィンの手にキスしました。そして兄妹はかれを抱きしめ、こうしてかれらはこの度はこれで別れました。（訳註　大竜スカサは、エレド・ミスリンに住み、フラムに退治された。）

さて客人たちの用意も整い、一同は別れの杯を飲み干しました。そしてかれらは大いに讃《たた》えられ、友情の言葉を受けながら旅立って、とうとうヘルム峡谷にやって来ました。かれらはここに二日間滞在して休みました。この時レゴラスはギムリとの約束を果たして、一緒に燦光洞《さんこうどう》に行きました。そしてともに戻って来た時、かれは黙ったままで、この洞窟《どうくつ》のことを話すのにふさわしい言葉が見つけられるのはギムリだけだとしか、いおうとしませんでした。「それに言葉の技を競い合って、ドワーフがエルフに勝ちを制したと主張したことなんか、今までに一度もなかったんだけど。」と、かれはいいました。「だから今度はファンゴルンに行って点を取り返すことにしよう！」

一行は奥谷からアイゼンガルドに馬を進め、エントたちがどんなに忙しく働いたかを目《ま》のあたりに認めました。環状の岩はすっかり破壊され取りのけられていました。そしてその中の土地は庭に変えられ、果樹や木々でいっぱいに埋まっていました。そして小川が一つそこを通って流れていました。しかしその真ん中には澄んだ湖ができていて、その湖の中からオルサンクの塔が今もなお、その高い難攻不落の姿を聳《そび》え立たせていました。そしてその壁面の黒い石が水に映じていました。

しばらくの間旅人たちは、以前アイゼンガルドの古い門があったところに坐っていました。ここには今は丈の高い二本の木が、まるで番兵のようにオルサンクに通じる緑で縁取りされた小道の入口に立っていました。旅人たちは、なされた仕事の成果を感嘆して眺めていましたが、遠くにも近くにも生きたものは何一つ見当たりません。しかしそのうち「ふーむ、ふーむ、ふむ」と、呼ぶ声が聞こえました。そして木の鬚《ひげ》が傍らにせっかちを従えて、旅人たちを迎えに小道をすたすたとこちらにやって来ました。

「ようこそオルサンクの木の国へお越しじゃ！」と、かれはいいました。「あなた方がおいでのことは承知しておったが、わしは向こうの谷間で仕事をしておったもんでな。まだまだすることはたくさんあるんじゃよ。だがあなた方も南や東で怠けてはいなかったそうじゃの、わしの聞いたところでは。それにわしの聞いたことはみんな吉報よ。大した吉報じゃよ。」それから木の鬚は一同の功業を讃えました。かれは一から十まで承知しているように見えました。そしてやっとかれは話しやめると、つくづくガンダルフをうち眺めていいました。

「さてさて！　あんたは最も力ある者ということになったのう。そしてあんたの苦労の多い仕事も全部うまく運んだ。これからあんたはどこに行くつもりかね？　それにここにはなんのために来たんだね？」

「あんたの仕事の進み具合を見に来たんじゃよ。」と、ガンダルフはいいました。「また、こうして成就されたすべてのことにあんたが手を貸してくれたことを、直接あんたに感謝するためだよ。」

「ふーむ、そりゃまあごていねいなことよのう。」と、木の鬚《ひげ》はいいました。「確かにエントはその役割を果したからの。それもここに住んどった、例の、ふーむ、例のいまいましい木殺しのやつを相手にすることだけではなかったからのう。というのも、やつらがどっと流れ込んできたからじゃよ。ブラルムどもよ、あの凶眼《わざわいめ》の・黒手の・蟹股《がにまた》の・薄情の・鉤爪《かぎづめ》の・腹黒の・吸血の、モリマイテ＝シンカホンダ、ふーむ、やれやれ、あんた方はせっかちな衆じゃし、やつらの名前をはじめから終わりまでいおうと思えば、何年も拷問《ごうもん》で苦しめられるほどの時間がかかるからして、一言でいえばやつら無頼のオークどもじゃ。やつらは大河を渡って来おった。それから北から下って来おった。そしてラウレリンドレナンの森の周りのいたるところからやって来おったわ。ここにおいでの偉いお方のおかげで、やつらはあの森にははいり込めなかったのでな。」かれはロリアンの殿と奥方に向かって頭を下げました。

「そしてこの同じ邪悪なやつらが高原に出とったわしらに出会ったもんじゃから、その驚きときたら。なにしろやつらはわしらのことを聞いたこともなかったのじゃからな。ま、わしらのことを聞いたこともないといえば、もっと善良な衆とて同じことかもしれぬが。そして、やつらの中で、これからもわしらのことを忘れないでいる者も多くはなかろうて。というのも、生きてわしらの手から逃れた者は多くないからじゃ。それにそいつらとて、そのほとんどは大河に呑まれおった。しかし、あんた方にとってはこれが好都合じゃったろ。なぜなら、もしやつらがわしらに出会わなんだら、その時は草原の国の王も遠くまでは進めなかったじゃろうからの。もし進めたとしたら、今度は戻るに家なしということになったろう。」

「そのことはわれらもよく承知しています。」と、アラゴルンがいいました。「そしてミナス・ティリスでもエドラスでも、このことはいつまでも忘れますまい。」

「いつまでもとは、わしにとってさえ、ちと長すぎる言葉じゃ。」と、木の鬚はいいました。「あんたの王国が続く間は、といわれるおつもりじゃろう。が、まったくのところ、あんたの王国は、エントにとって長く思われるためには長く長く続かにゃならんじゃろうて。」

「新しい時代が始まったのじゃよ。」と、ガンダルフはいいました。「そしてこの新しい時代、第とになりそうじゃのう。ところで今度は、さあ教えてくれ。わしがあんた方より長続きするということになりそうじゃのう。ところで今度は、さあ教えてくれ。わしがあんたに頼んだ仕事はどうなった？　サルマンはどうしておるね？　かれはまだオルサンクに飽《あ》きないのかね？　というのも、かれは部屋の窓からの眺めが、あんたのお陰でよくなったと考えてるとは思われんのでな。」

　木の鬚は長い一瞥《いちべつ》をガンダルフに与えました。「ああ！」と、かれはいいました。抜け目のない一瞥といってもいいくらいだと、メリーは思いました。「その話が出るじゃろうと思っとったよ。オルサンクに飽きないのかと？　とうとう飽き飽きしちまったんじゃよ。が、自分の塔に飽きたというよりも、わしの声に飽きたんじゃな。ふーむ！　わしはやつに時々長い話をしてやったからな。ともかくあんた方の言葉で長いと思われるやつをな。」

「それでは、なぜかれは留《とど》まってあんたの話に耳を傾けたのかね？　それともあんたがオルサンクにはいって行ったのか？」と、ガンダルフはたずねました。

「ふーむ、そうじゃない。わしはオルサンクにははいらん。」と、木の鬚がいいました。「やつの方から窓辺にやって来て、わしの話を聞くんじゃ。なぜといえば、やつは他の方法では新事実を仕入れることができなかったからな。そしてそれらの新事実をひどく憎んでおったくせして、しきりに知りたがるんじゃ。わしの見たところ、やつは全部聞いておったな。だがわしはその新事実に、やつが考えてみたらいいようなことをいろいろ付け加えてやった。やつはだんだん飽きてきてしまった、いつもせっかちだったからな。それがやつの破滅のもとよ。」

「ファンゴルンさんよ、わしは気がついたんじゃが、」と、ガンダルフはいいました。「あんたはたいそう物いいに注意して、住んどったとか、だったとか、してしまったとかいっておるが、現在はどうなんじゃ？　かれは死んだのかね？」

「いいや、死んじゃいない。わしの知る限りはな。」と、木の鬚《ひげ》はいいました。「が、やつは行ってしまった。さよう、もう七日になる。わしは止め立てはせなんだよ。やつはまるでうらぶれてこそこそ出て行きおった。それからやつの従者の例の蛇みたいなやつ、あいつは色の薄れた影法師みたいにやつにくっついて行ったよ。さて、ガンダルフ、わしがやつを心配ないよう預かっておくと約束したんじゃないかとはいわんといてくれ。そのことならわしも承知しておる。じゃが、あれ以来事態は一変したのでな。わしはやつを心配なくなるまで預かった。というのは、やつがもうこれ以上何も悪さをする心配がなくなるまでということよ。あんたも当然知っとると思うが、わしが何より嫌いなのは、生きものを籠《かご》の中に閉じこめておくことなんじゃ。たとえあいつらみたいな者でも、大した必要なしにこれを閉じこめておくことはしたくないのじゃよ。毒牙《どくが》を抜かれた蛇は好きなように這い回るがよかろう。」

「あんたのいうとおりかもしれん。」と、ガンダルフはいいました。「じゃが、この蛇には牙《きば》がまだ一本残されていると、わしは思うのじゃ。あいつはあの声という毒を持ってるからな。それであいつはあんたを、木の鬚ともあろう者をじゃよ、丸めこんだとにらんだが、あんたの心の中の優しい場所を知っておるのじゃ。さてさて、あいつは行ってしまった。もう別にいうべきこともなしと。じゃが、オルサンクの塔はこれから本来の持ち主たる王の許《もと》に戻ることになる。もっとも王はおそらく必要とされないじゃろうがの。」

「そのことは後ほど考えるとしましょう。」と、アラゴルンがいいました。「しかしこの谷間は全部エントに差し上げるから、好きなように手入れをしていただこう。ただしオルサンクの番をしていただき、わたしの許しなしに何人《なんぴと》もここにはいらぬよう気をつけていただきたいのです。」

「塔には錠がかかっとる。」と、木の鬚はいいました。「わしはサルマンに錠をかけさせ、鍵《かぎ》をこっちに返させたのじゃ。せっかちが持っとるよ。」

せっかちは風にしなう木のような恰好でお辞儀をすると、鉄の環《わ》でつないである二本の複雑な形をした真っ黒い大きな鍵をアラゴルンに手渡しました。「それではもう一度お礼を申しあげるとしよう。」と、アラゴルンがいいました。「そしてお別れ申し上げる。願わくばあなた方の森がふたたび平和に生い繁《おいしげ》らんことを。この谷間が一杯になれば、山脈の西の方、ずっと昔あなた方が歩かれたところに土地は有りあまるほどありますぞ。」

木の鬚の顔は沈みました。「森は生い繁るかもしれん。」と、かれはいいました。「林は伸び広がるかもしれん。じゃがエントは違う。エントっ子がおらんのでなあ。」

「しかしこれからはあなたの捜索にももっと望みがお持ちになれるかもしれない。」と、アラゴルンがいいました。「今まではずっと閉ざされていた東の方も、あなたが自由においでになれる土地がいくらでもあろうから。」

しかし木の鬚は頭を振っていいました。「行くには遠いところじゃ。それに近頃は、あっちのほうは人間が多すぎてなあ。が、わしは作法を忘れるところじゃった！　あなた方はここに滞在して、しばらく休んでいかれますかな？　それにひょっとしたら、喜んでファンゴルンの森を通り抜け、帰りの旅路を短くしたいと思われる方もおいでかもしれん。」かれはケレボルンとガラドリエルに目を向けました。

しかしレゴラス以外の者は皆、これで暇乞《いとまご》いをし、南か西に旅立って行かねばならないといいました。「さあ、ギムリ！」と、レゴラスはいいました。「今度こそファンゴルン殿の許しを得て、わたしはエントの森の奥深いところを訪ね、中《なか》つ国《くに》のどこにも見つからぬような木々を見るつもりだよ。あんたは約束を守ってわたしと一緒に来てくれよ。こうしてわれら二人は、闇の森のわれら自身の国まで、そしてさらにそれを越えて、ともに旅を続けることにしよう。」ギムリはこれに同意しました。もっとも大喜びでというわけにはいかないようでしたが。

「それではとうとうここで指輪の仲間も解散するのか。」と、アラゴルンはいいました。「しかし遠からずあなた方が約束された援助をたずさえて、わたしの国に戻って来てくれることを望んでいるよ。」

「わたしたち自身の主君が許してくだされば、うかがいますよ。」と、ギムリがいいました。「ではご機嫌よう、ホビットさんたち！　あなた方もこれでもう家まできっと無事に帰れるよ。それでわたしも、あなた方の危険を気遣って、目を覚ましてることもないだろうよ。機会があれば便りをするからね。われわれのうちの何人かはこれからも時々会えるかもしれないし。だけど全員が集まることは二度とふたたびあるまいなあ。」

それから木の鬚《ひげ》が一人一人に別れを告げました。そしてかれは、ケレボルンとガラドリエルに非常にうやうやしくゆっくりと三度頭を下げて礼をするといいました。「これはこれは、お会いして以来幾久《いくひさ》しいことでございますなあ。ア ヴァニマール、ヴァニマリオン ノスタリ! こうして終わる時にのみお目にかかれるとは悲しいことですわい。世の中は変わりつつありますからなあ。わしは水の中にそれを感じますのじゃ。土の中に感じますのじゃ。空気の中に感じますのじゃ。またふたたびお目にかかることがあろうとは思えませぬわい。」

そしてケレボルンはいいました。「なんともわかりませんな、始源に生まれたお方よ。」しかしガラドリエルはいいました。「中つ国でお会いすることはありますまい。あるいは波の下に横たわる地がふたたび持ち上げられるまでは。その時はタサリナンの柳生《お》うる草地で、春になればお目にかかれるかもしれませぬ。ではご機嫌よう!」

最後にメリーとピピンが老エントにさよならをいいました。かれは二人を見ているうちに、しだいに快活になっていきました。「ところで、陽気な衆よ、」と、かれはいいました。「お前さんたち、行く前にわしと一緒に一杯飲んでいくかね?」

「もちろんです。」と、二人はいいました。そこでかれはそばにある木立ちの中の一本の木の樹陰に二人を連れて行きました。二人はそこに大きな石のかめが置いてあるのを見ました。木の鬚は三つの椀《わん》になみなみと注ぎ、三人はそれを飲みました。ホビットたちは、かれの不思議な目が椀の縁越しに自分たちをじっと見ているのに気づきました。「気をおつけ、気をおつけ！」と、かれはいいました。「お前さんたち、この前会った時からみても、もう伸びてるからじゃよ。」二人は笑って銘々の椀を飲み干しました。

「それでは、さらばじゃ！」と、かれはいいました。「それから、もしお前さんたちの国でエント女の消息を聞くようなことがあったら、わしに便りをよこすことを忘れんでおくれ。」それからかれは一行全員にその大きな両手を打ち振ると、木立ちの中に歩み去って行きました。

旅人たちは今はもう少し速く馬を進めました。かれらはローハン谷に向かっていました。ピピンがオルサンクの石を覗《のぞ》き込んだほかならぬあの場所に近いところで、とうとうアラゴルンが皆に別れを告げました。ホビットたちはこの別れに心を悲しませました。というのも、アラゴルンは今まで一度としてかれらを見捨てたことがなく、ずっとかれらの道案内として数々の危険をくぐり抜けてきたからです。

「友達全部の姿が見られる石がぼくたち一人一人にあるといいんだけど、」と、ピピンがいいました。「そして遠くからみんなに話をすることができたらなあ！」

「今では使える石は一つしか残っていない。」と、アラゴルンはいいました。「ミナス・ティリスの石の見せてくれるものはあんたも見たいとは思わないだろうからね。だが、オルサンクのパランティアは王が持っていることにする。王国内に生じていること、家来たちが何をしているか見るためにだね。というのも、忘れちゃいけないよ、ペレグリン・トゥック、あんたはゴンドール国の騎士だということをね。そしてわたしはあんたの奉公を解《と》いてはいないのだからね。あんたは今は休暇で帰るところだよ。だけどまた呼び戻すかもしれないからね。それからホビット庄の親しい友人たちよ。わが領土は北にもあることを忘れないように。だからいずれはわたしもそちらに行くことがあるだろう。」

それからアラゴルンはケレボルンとガラドリエルに別れを告げました。奥方はかれにいいました。「エルフの石よ、そなたは暗闇を通り抜けて望みを達し、欲するものをすべて手に入れられました。残る日々を上手にお使いなさい！」

しかしケレボルンはいいました。「縁者よ、ではご機嫌よう！　願わくばそなたの運命はわが運命と異なることを。そしてまたそなたの宝が最後までそなたとともに留《とど》まらんことを！」

この言葉とともにかれらは別れて行きました。もう日の沈む頃でした。しばらくして一行が振り返って見ると、西の国の王が周りに騎士たちを従え、その乗馬に跨《また》がって佇《たたず》むのが見られました。そして沈んでいく夕日がかれらを照らし、一同の鎧《よろい》を赤い金のようにきらめかせていました。アラゴルンの白いマントは一枚の炎になりました。その時アラゴルンは緑の石を取り、これを持ち上げました。するとその手から緑の火が燃え出ました。

やがてしだいに数の減ってきた一行はアイゼン川について西に折れ、ローハン谷を通り抜けて、その先の広漠《こうばく》たる荒れ地にはいって行きました。次いで北に向きを転じ褐色人《びと》の国の国境《くにざかい》を越えました。褐色人たちはかれらを見て逃げ去り、身をひそめました。なぜならかれらはエルフ族を恐れていたからです。といっても今までかれらの国にやって来たエルフは実際にはほとんどいなかったのですが。しかし旅人たちはかれらのことは気にも留めませんでした。減ったとはいえ、一行はまだまだ大世帯でしたし、必要とするものは全部充分に備わっていました。一行はのんびりと旅を続け、好きなところにテントを張りました。

王と別れて六日目、一行は、今はかれらの右手に山並みを連ねる霧ふり山脈の麓《ふもと》にある丘陵からはい下りている林の中を通り抜けました。日の沈む頃、ふたたび開けたところに出て来た一行は杖にすがった老人に追い着きました。かれは灰色の――それとも白が汚れたのかもしれません――ぼろにくるまっていました。そしてそのすぐあとをまたもう一人の乞食《こじき》が肩をまるめ、哀れっぽい声を出しながら歩いていました。

「これは、サルマン！」と、ガンダルフがいいました。「どちらへおいでか？」

「それがお前にどうした？」と、かれは答えました。「お前はまだわしの行動を指図するつもりか？　わしの没落に満足しておらんのか？」

「その答はあんたにわかっていよう。」と、ガンダルフはいいました。「どちらも否じゃ。じゃがいずれにせよ、わが辛酸の時はもう終わりに近づいてきた。重荷は王が引き受けてくれた。あんたもオルサンクで待っておったら、王に会えただろうに。さすれば王が智恵と慈悲をあんたに示されたことじゃろうに。」

「そういうことならなおいっそう早く立ち去ってきた理由があろうというものだ。」と、サルマンはいいました。「なぜならわしは王の智恵も慈悲も欲しくないからだ。本当いうと、お前の最初の質問の答が知りたいのなら、わしは王の領土から出る道を探しておるのよ。」

「では、またまたまちがった方に行くことになる。」と、ガンダルフはいいました。「わしの見るところ、あんたの旅には何の望みもないな。じゃが、あんたはわしらの援助を潔《いさぎよ》しとしないつもりか？　わしらはあんたに援助の手を差し伸べるぞ。」

「わしにか？」と、サルマンはいいました。「いや、どうかわしに微笑《ほほえ》みかけんといてくれ！　わしにはお前の渋面《しぶつら》のほうがまだましだ。してここな奥方はといえば、わしはこのご婦人を信用してはおらん。常々わしのことを憎み、お前の側のために画策しておったからな。今度もわしの零落ぶりを眺めて楽しまんものと、お前をこっちに連れて来たにちがいない。お前が追ってくるのが前もってわかっておったら、わしはその楽しみをお前に与えてやらなかっただろうに。」

「サルマン、」と、ガラドリエルはいいました。「わたしたちにはあなたを追うよりももっと緊急と思われる別の用事や別の心配ごとがあります。あなたはむしろ幸運に追い着かれたといったらいいでしょう。ここで最後のチャンスが与えられたのですから。」

「げにこれが最後なら、喜ばしいことだ。」と、サルマンはいいました。「なぜならもう一度拒絶する手間が省けるだろうからな。わしの望みはすべて潰《つい》えた。が、わしはあんたたちの望みを分かち持とうとは思わんぞ。あんたたちに望みなどがあらばのことだが。」

一瞬かれの目は火が燃えるように輝きました。「行け！」かれはいいました。「わしはいたずらに長い年月をこれらの問題の研究に費やしてきたのではないぞ。あんたたち自身運が尽きたのではないか。あんたたちはそれを知っておる。こうやってさ迷っておっても、あんたたちがわしの家を壊した時に自分たちの家も取り壊してしまったのだと考えると、いくばくかの慰めが得られるというものだ。それに今となれば、いったいどんな船があの広大な海を渡ってあんたたちを連れ戻ってくれるのかね？」かれは嘲《あざけ》りました。「灰色の船で、幽霊《ゆうれい》がいっぱい乗っとるこったろう。」かれは声をたてて笑いましたが、その声はつぶれてぞっとするほどいまわしい声でした。

「立て、この阿呆《あほ》が！」サルマンはもう一人の乞食にどなりました。そちらは地面に坐り込んでいました。そしてサルマンはかれを杖で打ちました。「そっちには行かんぞ！　このご立派な連中がわしたちの行く方に行くのなら、わしたちは別の道を行くまでだ。とっとと行かんか、さもないと夕食にはパンの皮一つやらんからな！」

乞食は向き直ると、肩を丸め泣き声をたてながら通り過ぎて行きました。「グリマはかわいそうに！　グリマはかわいそうに！　いつもぶたれて、罵《ののし》られて。あいつが憎い！　あいつから離れることができたらなあ！」

「それではあいつから離れるがいい！」と、ガンダルフがいいました。

しかし蛇の舌はうるんだ目に恐怖の色をみなぎらせ、ちらとガンダルフを見やっただけで、足をひきずりひきずり、大急ぎでサルマンの後について通って行きました。このみじめったらしい二人連れは一行の傍《かたわ》らを通り過ぎ、ホビットたちのいるところに来ました。サルマンは立ち止って、じっとかれらに目を注ぎました。しかしホビットたちは気の毒そうにかれを見やりました。

「それではお前たちもこのわしを見て楽しもうとやって来たのだな、こわっぱども、え？」と、かれはいいました。「乞食が何に不自由しようと、お前たちは気にもすまい、え？　お前たちには欲しいものは全部あるからな。食べ物だろうと立派な服だろうと、お前たちのパイプに詰める最上の葉っぱだろうとな。おお、そうとも、わしは知っとるぞ！　その草の出所《でどころ》を知っとるぞ。パイプに一回分乞食にくれんかね、え？」

「持ってればあげますよ。」と、フロドはいいました。

「ぼくんところに残ってるのをあげてもいいですよ。」と、メリーがいいました。「ちょっと待っていただければね。」かれは馬から降りて、鞍《くら》につけた袋の中を探しました。そして革の煙草入れをサルマンに渡しました。「あるだけお取りください。」と、かれはいいました。「どうぞご自由に、これはアイゼンガルドの漂流物から出たもんですよ。」

「わしんじゃ、わしんじゃ。そうとも、それは高く買ったんじゃ！」サルマンはこう叫ぶと、煙草入れをむんずと摑《つか》みました。「こんなのは一部返済にすぎんわい。お前はきっともっとたくさん持ってるにちがいないからな。それでも乞食はありがたく押し戴《いただ》かねばならんのよ、自分が持っていたものをほんのちょっぴりでも盗っ人が返してくれるならばな。ところで、お前たち郷里《くに》に帰ってみろ、そして南四《し》が一《いち》の庄に行ってみて思っていたほどよくないことがわかれば、いい気味というもんじゃ。願わくば末長くお前たちの国にはパイプ草が不足せんことを！」

「お世話さま！」と、メリーはいいました。「そういうことなら、ぼくの煙草入れは返してもらいますよ。それはあなたのじゃないですからね。ぼくと一緒にはるばる旅をしてきたんですから。葉っぱはご自分のぼろ布にでも包んでください。」

「盗っ人には盗っ人が相応よ。」サルマンはそういうと、メリーに背を向け、蛇の舌を足蹴《あしげ》にして、森の方に去って行きました。

「へえ、なんて言い草！」と、ピピンはいいました。「盗っ人だとさ！　だけど待ち伏せされて、傷を負わされて、ローハンの端から端までオークどもに引きずられて行ったぼくらの賠償請求はどうなるのだろう？」

「あーあ！」と、サムはいいました。「そしてあいつ、買ったといったただよ。どうやってだろ？それにおらは、やつが南四《し》が一《いち》の庄のことでいってたことがどうも気に入らねえだ。おらたちもう戻らにゃならねえ時ですだよ。」

「確かにそうだ。」と、フロドがいいました。「だが、急ぐわけにはいかないよ。ビルボに会うつもりならね。何が起ころうと、わたしはまず裂《さ》け谷《だに》に行くつもりだよ。」

「そう、そうしたほうがよかろうな。」と、ガンダルフがいいました。「それにしても、サルマンは哀れじゃ！　かれはもうどうしようもないのではないかな。もうすっかり衰えてしまったわい。それでもやはりわしには確かに木の鬚《ひげ》の言葉が正しいとは思えんのじゃ。つまらぬけちな方法で何かわるさをすることがまだできそうな気がするんじゃが。」

次の日一行は褐色人《びと》の国の北部にはいって行きました。そこは青々とした気持ちのいい土地でしたが、今はだれも住んでいませんでした。金色の昼と銀色の夜を伴って九月が始まりました。一行はのんびりと馬を進めてようやく白鳥川に着きました。そして滝の東に昔からの浅瀬があるのを見つけました。川はこの滝のところで急に低地地方に流れ下っていました。はるか西の方は、靄《もや》の中に湖沼や小島が横たわり、川はその間をくねりながら灰色川に注いでいました。一面に広がる葦《あし》の間には無数の白鳥が宿っていました。

こうして一行はエレギオンにはいって行きました。そしてようやく美しい朝が明け、かすかに光る靄の上に暁の光がきらめきました。野営の場所から低い丘を眺めていた旅人たちは、ずっと東の方に、漂う雲を突き抜けて空高くそそり立つ三つの峰に朝日が射しているのを見ました。カラズラスとケレブディルとファヌイゾルでした。ここはモリアの門の近くでした。

一行はこの地に七日間留《とど》まりました。というのは、またもや名残惜しい別れの時が迫っていたからです。まもなくケレボルンとガラドリエルとその一行は東に折れ、それから赤角口《あかつのぐち》を通って、おぼろ谷登り道を下り、銀筋川に出て、かれらの国に戻って行くのです。かれらは山脈の西に出ることによってこのように回り道をしたのですが、それはエルロンドやガンダルフといろいろ話すことがあったからでした。それでここでもかれらは友人たちとの会話が長びいてまだ立ち去れないでいました。ホビットたちが眠りに包まれてしまったあとも、かれらはしばしば長い間ともに星空の下に坐って、あるいは過ぎ去った過去の各時代や、この世で味わったすべての喜びや労苦を思い起こし、あるいは来《きた》るべき時代について話し合いをしたりしました。もしたまたまここを通りかかった旅人がいたにしても、かれはほとんど何も見ず、何も聞かなかったでしょう。そしてかれはただ石に彫られた灰色の像、今は無人の地に滅び去って忘れられてしまった事物の記念物を見たと思ったでしょう。なぜならかれらは動きもせず、あるいは口で話しもせず、ただ互いに心で心を見るだけだったからです。そしてかれらの思いが行きかうにつれ、ただ輝く目のみが動きを見せ、きらきらと燃えるのでした。

しかし遂《つい》にすべてていい尽くされ、かれらはふたたびしばしの別れを告げました。すなわち三つの指輪が去って行く時が来るまでです。山々に向かって馬を進めて行く灰色の衣のロリアンのエルフたちは、岩と薄闇の中にたちまち消えて行きました。そして裂け谷に向かう者たちは丘の上に腰を下ろし、じっと見送っていました。するとやがていよいよ濃くなる靄の中から一閃《いっせん》の光がきらめき、そのあとはもう何も見えなくなりました。これはガラドリエルが別れのしるしにかの指輪を高く掲げたのだということがフロドにはわかりました。

サムは顔をそむけて嘆息しました。「ロリアンに戻れたらなあ！」

とうとうある晩、一行は高原の荒れ地を越えて、旅人たちにはいつもそう思われることながら、突然裂《さ》け谷《だに》の深い谷間の縁に出ました。はるか下にはエルロンドの館《やかた》の灯が輝いていました。そして一行は谷間を下り、橋を渡って、館の入口にやって来ました。エルロンドの帰宅を迎えて、館は明かりと喜びの歌に満たされました。

ホビットたちは食事をしたり、旅の汚れを落としたり、あるいはマントをぬぎすてたりすることさえ惜しんで、何はともあれビルボを探しに行きました。かれはたった一人自分の小さな部屋にいました。部屋には紙やペンや鉛筆が散らかっており、ビルボは明るく燃える小さな煖炉の前で椅子に腰を下ろしていました。ずいぶん年をとって見えましたが、心安らかで眠たげでした。

ホビットたちがはいって行くと、かれは目を開けて、顔を上げました。「やあ、やあ！」と、かれはいいました。「帰って来たか？　それに明日はわたしの誕生日だ。なんて気が利《き》くんだ！　いいかい、わたしは百二十九になるんだよ。命あってあと一年長らえれば、トゥック老人と同い年になるよ。かれを負かしたいが、まあそれはいずれわかるさ。」

ビルボの誕生日の祝いのあと、四人のホビットたちはまだ何日か裂け谷に滞在していました。かれらはその多くの時間をこの年老いた友と一緒に坐って過ごしました。かれは今では三度の食事の時を除いては、ほとんどの時間を自室で過ごしていたのです。食事だけはいまだに原則として大いに時間厳守で、食事にまにあうように目が覚ませなかったというようなことは滅多にあり

ませんでした。煖炉を囲んで坐りながら、四人は代わりばんこに自分たちの旅や冒険の話を思い出す限りかれに話して聞かせました。最初のうちかれはいかにも記録を取っているようなふりをしていましたが、すぐうとうと眠り込んでしまうのです。そして目が覚めると、きまって「すばらしい！　驚嘆おく能《あた》わずだ！　それはそうと、話はどこまで行ったたっけ？」と、いうのでした。そこで四人はかれがうとうとし出したところからまた改めて話を続けるのでした。

かれの目を本当に覚まさせ、終わりまでその注意を惹《ひ》きつけずにおかなかったように思われるただ一つの個所は、アラゴルンの戴冠《たいかん》式と結婚式の話でした。「もちろんわたしも結婚式に招《よ》ばれたさ、」と、かれはいいました。「それにこれはわたしが久しく待ち望んできたことだったしね。だが、いよいよその時が来てみると、どういうわけだか、ここでやらなきゃならないことがたくさんでてきてしまったんだ。それに荷物をこしらえるのはたいそう面倒だからねえ。」

二週間近くたった時、フロドは窓の外を眺め、夜のうちに霜が降りていて、くもの巣が白い網のように見えるのに気がつきました。すると突然かれはビルボにさよならをいってもう行かなければならないことを知りました。この夏は人々の記憶にある限りのもっともすばらしい夏の一つだったのですが、その夏が過ぎたあとも、ずっと穏やかな晴天が続いていました。しかしもうすでに十月でしたから、まもなく天気が崩れ、また雨が降ったり風が吹いたりし始めるにちがいありません。それにまだまだ長い道程《みちのり》を行かねばならないのです。といっても、かれが気持ちを動かしたのは、本当は天気のことを考えたからではありません。かれはもうホビット庄に戻ってい い時だという感じを持ったのです。これはサムも感じたことでした。ついその前の晩もかれはいったのです。

「ところで、フロドの旦那、おらたちはずいぶん遠いとこまで行って、いろいろ見てきましたが、それでもここよりいい場所があったとは思えねえですだ。ここには何もかも少しずつあります。わかってくださるだか。ホビット庄もあるし、黄金の森もあるし、ゴンドールもあるし、王宮もあるし、旅籠《はたご》屋もあるし、牧草地もあるし、山もあるし、みんなまじってますだ。それでもどういうわけだか、おら、早く帰らなきゃなんねえような気がしますだよ。本当のことというと、おら、とっつぁんのことが心配なんで。」

「そう、何もかも少しずつあるね、サム。無いのは海だけだ。」と、フロドは答えました。そして今度は独り言のように繰り返しました。「無いのは海だけだ。」

その日フロドはエルロンドに話をしました。そして四人は翌朝出発することに話が決められました。ところがガンダルフがこういってみんなを大喜びさせました。「わしも一緒に行こうと思う。少なくともブリー村まではな。バタバーに会いたいのじゃ。」

夕方一同はビルボにさよならをいいに行きました。「さてさて、行かにゃならんものなら、行かにゃなるまいて。」と、ビルボはいいました。「残念だな。お前さんたちがいなくなるとわたしもさびしくなるな。お前さんたちがこの辺にいるということがわかってるだけでうれしいんだがね。だがわたしはとても眠くなってきたよ。」それからかれはフロドにミスリルの鎖かたびらとつらぬき丸を与えました。もう前に与えたことを忘れているのです。それからかれはまたかれがいろいろな時に書き留めておいた三冊の伝承の本もかれに与えました。かれの細くのたくったくもの糸のような書体で書かれていて、赤い背に「エルフ語からの翻訳　B・Bによる」というラベルがはってありました。

サムには金貨のはいった小さな袋が与えられました。「これはスマウグ葡萄酒の最後の一滴といってもいいよ。」と、かれはいいました。「役に立つかもしれないよ、もしお前が結婚を考えているならばね、サム。」サムは顔を赤くしました。

「お前さんたち若い者にはたいしてあげるようなものもないんだよ。」かれはメリーとピピンにいいました。「よき忠告のほかはね。」そしてかれはよき忠告なるものの結構な見本を二人に与えた後、ホビット庄式流儀で最後に一つ付け加えていいました。「お前さんたち、自分の帽子がかぶれなくなるほどでっかち頭になるんじゃないよ！　だが早いとこ大きくなるのをおしまいにしないと、帽子も服も高いものにつくことになろうて。」

「だけどあなたがトゥック翁を負かしたいと思っておられるなら、」と、ピピンはいいました。「なぜぼくたちが牛うなりを負かそうとしちゃいけないのか、わかりませんね。」

ビルボは笑いました。そしてポケットから真珠の吸い口がついていて、精巧な細工の銀で巻いてある二本の美しいパイプを取り出しました。「これで一服《いっぷく》する時は、わたしのことを思い出してくれ！」と、かれはいいました。「エルフたちが作ってくれたんだけど、わたしは今はもう吸わないのでね。」それから突然かれは頭をこくりこくりさせ、ちょっとの間寝いってしまいました。そしてふたたび目を覚ますといいました。「話はどこまで行ったっけな？　そうだ、もちろんそうだ、贈り物をやってるところだったな。それで思い出した。わたしの指輪はどうなったかね、フロド？　お前が持ってったやつだよ？」

「失《な》くしてしまいましたよ、ビルボ。」と、フロドはいいました。「ご承知でしょ、始末してしまったんですよ。」

「何て惜しいことを！」と、ビルボはいいました。「もう一度見たいところだったけれどねえ。いやいや、われながら何てばかなことをいってるんだ！　そのためにこそお前は行ったんだっけね、あれを始末しにさ？　だけど何もかもひどくややこしいよ、ほかのいろんなことがこれとごっちゃになってしまったみたいに思えるのでね。アラゴルンの仕事とか、白の会議とか、ゴンドールとか、騎士とか、南方人とか、じゅうとか——お前は本当にじゅうを見たのかね、サム？——それから洞窟《どうくつ》とか、塔とか、金色の木々とかね。そのほかあれこれ言ったってだれぞ知るだ。

「わたしのあの旅の時は、わたしはどうも少しまっすぐ帰ってしまったようだね。ガンダルフがもう少し回り道をさせてくれてもよかったんじゃないかと思うよ。しかしそうすると、わたしが戻るまでに競売は終わってしまっていただろうし、もっと厄介《やっかい》なことになっただろうよ。ともかく今となってはおそすぎる。それに本当のところ、ここに坐ってて、旅の話をすっかり聞かせてもらうほうがずっとらくだと思うんだよ。ここは煖炉がとても気持ちがいいし、食べものも非常に上等だ。それにエルフに会いたきゃエルフはいるし。これ以上何が望めるだろう？

道は続くよ、先へ先へと、
戸口より出て、遠くへ続く。
道は続くよ、さらに先へと、
辿《たど》れる者は、辿って行けよ。
新たな旅へ、踏み出して行けよ。
でも私はとうとう足が弱って、
灯ともる宿へ、向かうのさ。
夕べの憩《いこ》いと眠りを求めて。」

最後のいくつかの言葉を呟《つぶや》くように口の中でいっているうちに、ビルボの頭は胸まで垂れてきて、かれはもうぐっすり寝込んでしまいました。

部屋には夕闇が深まり、煖炉の火はますます明るく燃えていました。一同は眠っているビルボに目を注ぎ、その顔に微笑が浮かんでいるのを見ました。しばらくの間かれらは黙って坐っていました。やがてサムが部屋を見回し、壁にちらちら揺らぐ影を見ながら、低い声でそっといいました。

「フロドの旦那、ビルボ旦那はおらたちが留守してる間《ま》にあまり書き物をしなさらなかったのじゃないですかね。おらたちの話ももう書きなさらんでしょう。」

サムがこういうと、ビルボはまるでその言葉が聞こえたかのように片目を開けました。それからかれは眠気をさましていいました。「ほらね、ひどく眠くなるんだよ。それに書く時間のある時には、本当にやりたいことといったら詩を書くことだけなんだ。ねえ、フロド、どうだろうか、お前、行く前にちょっとその辺片づけてくれないだろうか？ わたしのメモしたものとか、書いたものとか、それから日記もだ、そういうのをみんな集めて、かまわなきゃ持ってってくれないかねえ。ね、わかるだろ、わたしには選んだり整理したりなんかする時間があまりないんだよ。サムに手伝ってもらって、どうにか恰好がついたら、また帰って来ておくれ。そしたら、わたしがざっと目を通すから。あんまりうるさいことはいわないつもりだから。」

「もちろんいたしますとも！」と、フロドはいいました。「そしてもちろんすぐに戻って来ますよ。道ももう危険ではないでしょうからね。今は本当の王もおられるんだし、王はすぐに道を全部ちゃんと安全なものになさるでしょうからね。」

「ありがとうよ！」と、ビルボはいいました。「これでほんとにほっとしたよ。」こういうと同時にかれはふたたびぐっすりと眠りこんでしまいました。

次の日、ガンダルフとホビットたちはビルボの部屋に出向いてビルボに暇《いとま》を告げました。というのも、外は寒かったからです。それからかれらはエルロンドとその家中《かちゅう》の者たちに別れを告げました。

フロドが戸口に立っていると、エルロンドがよい旅路を祈り、かれを祝福していいました。

「フロドよ、おそらくあなたはここに戻って来る必要はあるまい。時間を置かないですぐにやって来るのなら別だが。木々の葉が落葉前に金色に色づくちょうど今頃、ホビット庄の森にビルボを探すがよい。わたしもビルボと一緒にいるだろう。」

この言葉を聞いた者はほかにはだれもいませんでした。そしてフロドはそれを自分の心にひとりしまっておきました。

七　家路

　ようやくホビットたちは故郷に足を向けました。今はふたたびホビット庄を見たいという気持ちがしきりでした。しかしはじめのうちはあまりはかばかしく進むことができませんでした。というのも、フロドがどうも落ち着かなかったからでした。一行がブルイネンの浅瀬まで来た時、かれは馬を止めて、流れに乗り入れるのが気乗りしないように見えました。そして一同はしばらくの間自分たちの姿もかれの周囲の事物もかれの目には映っていないらしいことに気づきました。この日は一日中かれは黙っていました。十月の六日のことでした。

「苦しいのかね、フロド？」フロドの傍《かたわ》らに馬を進めながら、ガンダルフが静かにたずねました。

「ええ、まあそうなんです。」と、フロドはいいました。「肩のところが、傷が痛んで、それに闇の記憶がわたしを苦しめるのです。一年前の今日でした。」

「いかんせん！　完全には癒《い》えぬ傷というものがあるのじゃ。」と、ガンダルフがいいました。

「わたしの傷もそうじゃないかと思います。」と、フロドはいいました。「本当に元に戻るということはできませんね。たとえホビット庄に戻っても、わたしには前と同じホビット庄には見えないでしょう。わたしが同じわたしじゃないでしょうから。わたしは短剣の傷と毒針の傷と歯の傷を負うているのです。そして長い間担っていた重荷の傷も。どこにわたしは休息を見いだしたらいいのでしょう？」

ガンダルフは答えませんでした。

次の日の暮れるまでに痛みも不安感も消え失《う》せました。そしてフロドはふたたび快活になりました。まるで前日の暗澹《あんたん》たる気持ちを記憶に留《とど》めていないような快活さでした。そのあとの旅路は恙《つつが》なく、日はたちまち過ぎ去っていきました。というのもかれらはのんびりと馬を進め、秋の陽光に赤く黄色く木の葉の照り映《は》える美しい林があれば、しばしば足を止めたからでした。ようやく一行は風見が丘にやって来ました。その時はもうかれこれ夕暮れに近く、この丘の影が街道の上にも暗く伸びていました。するとフロドは一同に急いでくれるように頼み、丘の方には目を向けようともせず、頭を垂れ、マントの前をしっかりと合わせ、その影を通り抜けました。その日は夜になって天気が変わり、雨を伴った風が西から吹いてきました。風は冷たくビュウビュウと吹き、黄ばんだ木の葉が小鳥のように空中を舞いました。チェトの森まで来ると、木々の枝はもうほとんど裸も同然で、雨の大幕が一行の視界からブリー村を隠していました。

こうして十月の最後の日、雨の降る荒れ模様の夕暮れももう終わり近い頃、五人の旅人たちは登り坂の道を進んでブリー村の南門にやって来ました。門は堅く閉まっていました。みんなの顔には雨が吹きつけ、暗くなりまさる空には低い雲が足を速めて通り過ぎていきます。もう少し暖かく迎えられるだろうと期待していただけに、一同はいささか意気消沈するのを覚えました。

一同が何度も呼ばわった挙句《あげく》、やっと門番が出て来ました。見るとかれは棍棒《こんぼう》を手に持っています。かれは恐れと疑いの色を目に浮かべてかれらを見ました。しかしガンダルフがいるのを見ると、そしてガンダルフの連れが、異様ないでたちをしているとはいえ、みんなホビットたちであることに気づくと、かれはほっと顔を明るくして、一同を迎える挨拶《あいさつ》をしました。

「おはいりなされ！」かれは門の錠をはずしながらいいました。「お互いに外のこんな寒い雨の降るとこで、いろいろ話を聞くために立っちゃおれねえ、ひでえ晩だ。だが小馬亭《てい》に行けば、大麦じいさん（訳註　バーリマンのこと）があんた方を喜んで迎えることまちげえねえさ。そこ行けば、聞けそうなことは全部聞かせてもらえるこったろうよ。」

「そしてあんたもあとからあそこでわしらのいったことを全部、そしてそれ以上のこともな、聞かせてもらえるこったろうよ。」ガンダルフは笑っていいました。「ハリーはどうしてるね？」

門番は顔をしかめました。「いなくなったよ。」と、かれはいいました。「だがバーリマンにきくがいいよ。じゃ、お休みよ！」

「お休み、お休み！」みんなもそういって門を通り過ぎて行きました。それからかれらは道路わきの生け垣の背後に横長の低い小屋が建てられているのに気づきました。男たちが何人も出て来て垣根越しにかれらをじろじろ見ていました。しだ家のビルの家のところまで来ると、垣根は破れ放題に荒れ果て、窓は全部板で囲ってありました。

「お前の投げたりんごでやつが死んじまったと思うかい、サム？」と、ピピンがいいました。

「おらそこまでうまくゆくと思っちゃいねえですが、ピピン旦那。」と、サムはいいました。「だけど、あのかわいそうな小馬はどうなったか、それが知りてえですよ。あいつのことはしょっちゅう心にかかってましただ。それに狼《おおかみ》の吠《ほ》える声や何かもですだ。」

とうとう一行は躍る小馬亭にやって来ました。この宿屋は少なくとも外観に関する限り少しも変わっていないように見えました。そして下の方の部屋部屋の窓には赤いカーテンの背後に明かりがともっていました。一行が呼び鈴《りん》を鳴らすと、ノブが玄関にやって来て、僅《わず》かに扉を開き、そこから外をすかして見ました。外灯の下に一行が立っているのを見ると、かれは驚きの叫び声をあげました。

「バタバーの旦那！　旦那あー！」と、かれはどなりました。「戻って来ましただよ！」

「おう、戻って来たか？　ひとつ懲《こ》らしめてやるべえ。」バタバーの声が聞こえてきたと思うと、片手に棍棒《こんぼう》を握った本人が走り出て来ました。しかし一行がだれであるかがわかると、かれは急に立ち止まり、険悪な渋面《しぶつつら》を一転させて満面に驚きと喜びの色を浮かべました。

「ノブ、このもじゃもじゃ足ののろまやい！」と、かれは叫びました。「おめえ、昔のお馴染《なじみ》様方のお名前がいえねえのかい？　きょう日《び》みてえな時に、こんなふうにわしをどきっとさせんといてくれ。これは、これは！　どちらからお着きで？　それにしてもお客様方のうちお一人として、わしは二度とお目にかかることはあるめえと、実は思ってたようなわけでごぜえまして。あの馳夫《はせお》とかちゅうやつと荒野に出て行かれたのに加え、黒いやつらが周りをうろうろしていたことでもごぜえますで。それにしても、皆様方に、それにガンダルフ日那にもご同様に、こうしてお目にかかれますのは、祝着至極《しゅうちゃくしごく》なことでごぜえますだ。さあ、さあ、おはいりくだせえ！前と同じお部屋がよろしうごぜえますか？　空《あ》いておりますで。実のところ、近頃たいていの部屋が空室になってるようなわけでごぜえます。皆様方にもすぐおわかりのことでごぜえますから、隠しはいたしませんです。それから夕食には何が差し上げられますか、ちょっくら見てめえります。なるたけ早いほうがよろしうごぜえますな。したどもただいまは手不足でごぜえまして。おい、ノブののろまやい！　ボブにいっておくれ！　ほい、また忘れたぞ。ボブはいねえんだった。今は日が暮れると自分の家族のとこに戻ってますんで。それじゃ、ノブ、おめえ、お客様の小馬を厩《うまや》に連れて行け、それからガンダルフ旦那、あなたのお馬はあなたがご自分で多分厩まで連れて行かれるこってしょうな。立派なお馬さんですわい。はじめてこのお馬を見た時にもわしがいったとおりで。さてさて、おはいりくだせえ！　どうぞおくつろぎなすって！」

ともかくバタバー氏の話し方だけは変わっておらず、かれは今でも昔のままかれ一流の息もつかせぬせわしなさの中に暮らしているように見受けられました。とはいえ、あたりにはほとんどだれの姿も見られず、森閑《しんかん》と静まっています。集会室からはせいぜい二、三人の低い囁《ささや》くような話し声が聞こえてくるだけです。そして蠟燭に火をつけ、それを持って一行の案内に立った宿の亭主の顔は二本の蠟燭の明かりを受けて近くで見ると、心なしか皺《しわ》が寄り、心配にやつれたように見えました。

かれは一年以上も前のあのおかしな夜、ホビットたちが泊まったあの同じ客室にかれらを案内するために、先に立って廊下を進んで行きました。一同はいくらか気がかりなものを感じながら、そのあとについて行きました。というのも明らかにバーリマンには何か心配ごとがあるらしいのに、何でもないような顔をして見せているように思われたからです。いろんなことが昔のとおりではなくなってしまったのです。しかしかれらはこちらからは何もいわず、待っていました。

かれらの思っていたとおり、夕食のあと、バタバー氏は万事客たちのお気に召したかどうかを見るために、客室にやって来ました。客たちは正直何もかもお気に召しました。ともかく小馬亭のビールにも食物にも、今のところ何一つ悪い方への変化は起こっていません。「ところで今夜は集会室にお越しくださるようお勧めはいたさねえつもりでごぜえます。」と、バタバーはいいました。「お疲れでごぜえましょうし、今晩はどっちみちあすこには大勢集まってはいねえことでごぜえますで。したどもお休み前に三十分ほどお時間をいただくことができますれば、ぜひとも皆様方とちいっとばかしお話をさせていただきてえのでごぜえますだ。お客様方とわしとだけで内々に静かにということで。」

「それはわしたちもちょうど望むところじゃ。」と、ガンダルフはいいました。「わしらは疲れておらん。のんびりやって来たのでな。雨にぬれたし、寒くもあったし、腹も空いとったが、これはみんなお前さんに癒《いや》してもろうた。さあ、掛けなされ！　それから、パイプ草を少々もらえれば、わしたち一同、あんたに大感謝じゃ。」

「やれやれ、ほかのものをご所望《しょもう》でごぜえましたら、ありがてえんでごぜえますが。」と、バタバーはいいました。「これだけはちょうどわしらが不自由しているもんでごぜえますだ。わしらの手にはいるものはわしらが栽培しておるもんだけでごぜえまして、これだけでは足りねえんでごぜえます。近頃はホビット庄からは一つもはいって来ねえのでごぜえます。したども、ひとつ手を尽くしてみますで。」

かれは戻って来た時、五人で使っても一日か二日はたっぷり持つと思われる刻んでない葉っぱを一束持って来ました。「南丘辺印《おかべじるし》でごぜえます。」と、かれはいいました。「わしらんとこで最上のもんでごぜえますが、常々わしの申してまいったとおり、南四が一《いち》の庄産の葉には所詮《しょせん》かないっこねえでがす。失礼ながら、たいていのことではブリー村びいきのこのわしが申しますんで。」

一同はかれを薪の燃える煖炉のそばの大きな椅子に坐らせました。そしてガンダルフが煖炉の反対側に座を占めました。ホビットたちは二人の間の低い椅子に坐りました。そのあとかれらは三十分の何倍もの時間しゃべり込んで、バタバー氏が聞かせたい聞きたいと思っている新事実を全部交換し合いました。一同が話すことの大半はかれらの宿のあるじにとっては驚きと困惑の種でしかなく、かれの想像力をもってしては及びもつかぬ事柄ばかりでしたから、これらの話を聞いてかれが口にした反応といえば、ほとんど「とんでもねえ、」の一点ばりでした。自分の耳ではっきり聞いたことを無視するかのようにたびたびこれを繰り返すのです。「まあ、とんでもねえ、バギンズ様、それとも山の下様でごぜえましたかな? もうごじゃごじゃになってしめえますですよ。とんでもねえ、ガンダルフの旦那! まさか! 今の世にそんなことだれが信じますかね!」

しかしかれは自分の方の話になるととたんに多弁になりました。現状はとてもとてもいいなどといえる状態ではないと、かれはいうのでした。商売はまあまあというところまでもいかない、まったくの不景気だというのです。「今はもうよそからはどなたさんもブリー村の方にはおいでごぜえませんですし、」と、かれはいいました。「村の衆はといえば、たいていもう家ん中に閉じこもって、戸口に閂《かんぬき》をかけとくちゅうありさまでごぜえます。これもみな、皆様方もご記憶のことと思うんでごぜえますが、昨年からぽつぽつ緑道《みどりみち》を上って来始めたよそ者やならず者のせいでごぜえますすで。それも近頃になってもっと大勢やって来るようになりましたんで。中には戦乱を逃れて来たお気の毒な難民の方々もおありでごぜえますが、たいていは悪いやつらで、盗みやよからぬことで明け暮れてるやつらでごぜえます。そしてほかでもねえこのブリー村でも騒ぎがごぜえました。たちの悪い騒ぎで。なにしろ、本当のなぐり合いがごぜえましたんで。殺された者もいたんでごぜえます。殺されて死にましたんで! 信じてくださるかどうか。」

「むろん信じるとも。」と、ガンダルフはいいました。「何人じゃ？」

「三人と二人で。」と、バタバーはいいました。大きい人と小さい人とに分けてこういったのでした。「ビースの足指のマットに、ぶんぶんりんごのローリーに、丘の向こうの突っつき茨のトムに、それからあっちの土手家のウィリーに、元村から来た山の下の一人でごぜえますだ。どれもいいやつばかりで、みんなさびしがっているんでごぜえます。それから以前西門におりました山羊葉《やぎ》のハリー、それと例のしだ家のビル、この二人はよそ者の側に立って、やつらと一緒にずらかりました。わしの考えじゃ、この二人が手引きしたんでごぜえますだ。乱闘のあった晩のことを申してるんでごぜえますよ。よそもんのやつらをわしらが門から追い出してやったあとのことで、これは年の暮れる前のことでごぜえましたが。そして乱闘のあったのは正月早々のことで、大雪が降ったあとのことでごぜえました。

「それでやつらは追いはぎになって、外で暮らし、アーチェト村の先の森ん中にひそむやら、ずっと向こうの北の荒野に出没するやらというありさまで。まあいってみれば、昔の怖い時代の話に出てくるようなことになりましただ。街道も安全じゃごぜえませんで、だれも遠くにはめえりません。そしてみんな早くから戸締まりをしてしまうんでごぜえます。村では生け垣の周りにはぐるっと見張りを置き、両方の門には夜になると、大勢の男たちを置くことにしてますんで。」

「おやおや、ぼくたちは何の目にも遭わなかったけどねえ。」と、ピピンがいいました。「それにぼくたちは別に警戒もせず、ゆっくりやって来たんだけど。面倒な騒ぎは全部あとに置いて来たと思ってたのになあ。」

「おや、旦那様、なおさら残念なことに、そうはめえりませんですよ。」と、バタバーはいいました。「したども、やつらがあなた様方に手出しをせなんだのは、不思議もねえことで。やつらは、刀やら兜《かぶと》やら盾《たて》やらなんやらで武装してる衆には向かっていかねえのでごぜえます。皆様方のいでたちを見れば、やつらも考え直すちゅうわけで。あなた様方を拝見した時わしをちいっとばかしぎょっとさせたのもそのせいだと申しあげねばならねえ仕儀でごぜえますだ。」

そこでホビットたちは、人々が唖然《あぜん》として自分たちを見たのは、自分たちが戻って来たのを見て驚いたというよりは、自分たちのいでたちに驚いたのだということに突然思いいたりました。かれら自身は戦争状態にもまた武具甲冑《かっちゅう》に身を固めた人々にまじって馬を進めることにも、すっかり慣れきってしまっていましたので、マントの下からのぞく輝く鎧《よろい》や、ゴンドールとマークの兜《かぶと》や、盾の面にほどこされた美しい紋章などが、自分たち自身の国では場違いに見えるだろうということをすっかり忘れてしまっていたのです。そしてガンダルフもまた、今は丈高い灰色の愛馬に跨《また》がり、全身を白い衣に包み、その上に青と銀の大きなマントを羽織り、腰には長剣グラムドリングを帯びているのですから。

ガンダルフは呵々《かか》と笑っていいました。「これは、これは、たった五人しかおらぬわしらを怖がるとはな、わしらの方は旅の途中もっと手強《てごわ》い敵に遭ってきたんじゃ。じゃが、ともかくわしらのいる間は、お前さん方も枕を高くして眠れるじゃろう。」

「それもいつまででごぜえましょうか？」と、バタバーがいいました。「あなた様方がそばにいてくださるのがありがたくねえなどは毛頭《もうとう》申すつもりはねえのでごぜえますが。なにせ、わしらはこのような騒がしい出来事には慣れておらねえものでごぜえますで。みなの話じゃ、野伏《のぶせ》たちもみんな行っちめえましたそうで。あの人たちがわしらにしてくれたことを、わしらは今の今までどうも正しく理解しておらなんだように思えますわい。と申しますのも、追いはぎどもより悪いもんがうろうろしてますで。この冬には生け垣の周りを狼《おおかみ》どもが吠えおりましたのでごぜえます。それから森には黒っぽい姿の者たちがおりましたです。考えただけで血の凍るような身の毛のよだつ者たちでごぜえます。わかっていただけましょうか、たいそう不穏な状態が続いてきたというわけでごぜえまして。」

「さもあろう。」と、ガンダルフはいいました。「昨今はほとんどすべての国が不穏な状態にあった。たいそう不穏な状態じゃった。じゃが、元気を出せ、バーリマン！　あんたはあわやどえらいごたごたに巻き込まれんばかりでおったのじゃが、それ以上深くはまり込まんですんだと聞いて、わしもただうれしいわい。しかし、よい時代がやって来るぞ。おそらくあんたの記憶にあるどの時代よりもよい時代がな。野伏たちも戻って来た。わしらはかれらと一緒に帰って来たんじゃ。それにふたたび王おわす世になったんじゃよ、バーリマン！　王はまもなくこっちの方にもお心を向けられるじゃろう。

「そうなれば緑《みどり》道《みち》もふたたび開かれ、王の使者たちが北方にもやって来よう。そして往来が頻《しき》りとなり、悪《あ》しきものも荒れ地の国々から追い払われよう。それどころかそのうち荒れ地はもはや荒れ地ではなくなり、かつて無人の荒野であったところに人が住みついて、沃野《よくや》と変わろう。」

バタバー氏は頭を振っていいました。「然《しか》るべき立派な旅の衆がいくらかおいでなさる分には、何の害もねえでごぜえましょうが、あばれ者やごろつきの類《たぐい》はもう結構でごぜえますだ。ブリー村にもブリー村近辺にもよそ者はもうぜんぜん来てほしくねえでがす。わしらはそっとしといてもらいてえので。よそのやつらがどっとやって来て、こっちに小屋をおっ立て、あっちに住みつき、この未開の地をずたずたにしてもらっては困るんでごぜえます。」

「お前さんたちはそっとしといてもらえるじゃろうよ、バーリマン、」と、ガンダルフはいいました。「アイゼン川と灰色川の間にも、あるいはブランディワイン川の南の沿岸地方にも王国がいくつもはいるほどの余地が充分空いておる。ブリー村から何日も馬に乗って旅をしても人っ子一人見つからぬくらいじゃからな。それに、昔大勢の者が住みついておったのは、ずっと北の方じゃ。ここから百マイルかそれ以上も北になる。緑道の向こうのはずれであり、北連丘のあるところ、あるいはイヴンディム湖のほとりじゃ。」

「ここからずっと北に上った死者の丘のそばのことで?」いっそう胡散《うさん》げな様子で、バタバーはいいました。「幽霊《ゆうれい》の出るところだちゅう話でごぜえます。追いはぎのほかにはだれ一人行く者もねえところでして。」

「野伏たちは行くぞ。」と、ガンダルフはいいました。「死者の丘、とあんたはいったな。もう長い間その地はそう呼ばれてきたのじゃが、その正しい名前はじゃな、バーリマン、フォルノスト・エライン、すなわち北方王都の意なのじゃ。そして王はそのうちふたたびその地を訪れられよう。その時にはここを美しい人たちが馬に乗って通り過ぎて行くことじゃろう。」

「いかさま、そりゃ少しは望みありげなお話でごぜえますな、たしかに。」と、バタバーはいいました。「そうなれば、まちがいなく商売にもいいことでごぜえましょう。王様がブリー村をそっとしておいてくださる分にはでごぜえますが。」

「そうしてくださるじゃろう。」と、ガンダルフはいいました。「王はブリー村を知っておられるし、愛しておられるからの。」

「知っておられますと？」バタバーは怪訝《けげん》な顔でいいました。「したども、王様が何でブリー村を知っとられるか、わしにはさっぱりわかりませんでごぜえますなあ。ここから何百マイルも離れたとこの大きなお城で、大きなお椅子に坐ってござるお方が。そして多分金の杯で葡萄酒をお飲みになるお方がでごぜえますよ。そんなお方に小馬亭が何でごぜえます？　ジョッキ一杯のビールが何でごぜえます？　手前どものビールがよくないというんじゃねえので、ガンダルフの旦那。今年は常にないくらいいい出来でごぜえました。これもあなた様が去年の秋に見えました時、いいまじないをかけてくださいましたおかげでごぜえますよ。まあ、これだけが憂き日々の慰みといえば慰みでごぜえました。」

「ああ！」と、サムはいいました。「だけど王様はここのビールはいつもうまいといってられますだ。」

「王様がいってられますと？」

「もちろんいってられますとも。王様って馳夫《はせお》さんですだよ、野伏《のぶせ》の首領の。お前《めえ》さんまだそうとは気がつかなかったのですかね？」

やっとそうとのみこめたバタバーの驚きの顔はちょっとした見ものでした。たっぷりした顔の中の目はまんまるくなり、口が大きく開いて、息が止まるほどでした。「馳夫が！」ようやく息をついでかれは叫びました。「あの人が冠かぶったりなんぞして、金の杯を持ってですと！　はてさて、いったいどういうことになったものやら？」

「いい時代になったのじゃよ、ともかくブリー村にとってはな。」と、ガンダルフはいいました。

「そうであってほしいと思いますわい、確かに。」と、バタバーはいいました。「はてさて、こんな結構なおしゃべりをさせていただきましたのは絶えて久しくねえことでごぜえました。今夜は少しは肩の重荷をおろし、ゆっくり眠れることでごぜえましょうて。皆様方のおかげでしこたま考えごとができましたが、それは明日までお預けにいたしましょう。わしは休ませていただきますでごぜえます。多分皆様方もお休みになりてえと思《おぼ》し召しでごぜえましょう。おーい、ノブ！」かれはドアのところまで行って、どなりました。「ノブののろまやい！」

「ノブ！」かれは独り言をいって、ピシャリと自分の額を叩《たた》きました。「さあて、これで思い出すことはと？」

「また忘れた手紙があるんじゃないですか、バタバーさん？」と、メリーがいいました。

「まあ、まあ、ブランディバックの旦那、あのことはもう思い出させねえでくだせえまし！　したども、ほれ、あなた様のおかげで考えが跡切《とぎ》れちまいましただよ。さあて、わしは何をいってましたろう？　ノブ、厩《うまや》、ああ！　それ、それ、それ。わしはお客様方のお品を一つお預かりしてるのでごぜえます。お客様方はしだ家のビルと馬の盗難のことを憶《おぼ》えておいでで？　あの時お買いになられましたあいつの小馬が、実はここにいるのでごぜえます。自分ひとりで戻ってめえりました。そうなんでごぜえます。したども、どこに行ってたのか、それは皆様方のほうがわしよりよくご存じのことで。そりゃまあ老いぼれ犬のように毛はぼさぼさ、そして衣紋《えもん》掛けのようにやせさらばえておりましたが、生きて戻ってめえりました。ノブがずっと世話をしとります。」

「何と！　おらのビルがかね？」と、サムは叫びました。「さても、さても、ついとるだな、たとえとっつぁんが何といおうともよ。またまた願いがかなったぞ！　どこにいますかね？」ビルを厩に訪ねるまでは、サムは寝に行こうとはしませんでした。

旅人たちは次の日もずっとブリー村に滞在しました。それでともかくその晩はバタバー氏も商売不振の文句はいえませんでした。どんな恐れも好奇心には勝てず、宿屋は満員の盛況となりました。ホビットたちは礼儀上、夕方になるとちょっとの間集会室に顔を出し、いろいろな質問に答えました。ブリー村人士はもの憶えがよく、フロドは何度も、もう本を書いてしまったかどうかたずねられました。

「まだなんです。」と、かれは答えました。「これから郷里《くに》へ帰って、いろいろ書き留めたことを整理するところなんです。」かれはブリー村で起こった驚くべき事件の数々を扱うことを、そしてそうすることによって、「ずっと南」で起こった関係のうすい、あまり重要でもない出来事を主として扱っているらしい本にいくばくかの興趣を添えることを約束しました。

その時若い衆の一人が歌を所望しました。ところがそのとたんにみんなぷつりと黙り込み、若者は顰蹙《ひんしゆく》を買って、その頼みは二度と繰り返されませんでした。奇怪な出来事をこの集会室に再現させたいという望みは明らかにないものと見えました。

旅人たちが留まっている間は、昼にはどのような騒ぎも、夜にはどのような物音も、ブリー村の平和を乱そうとはしませんでした。次の朝、一行は早く起き出しました。というのも、天気は相変わらずの雨降りで、一同は夜にならないうちにホビット庄に着きたいと思ったからです。それに道程《みちのり》もありました。ブリー村の住民たちは総出でかれらを見送りました。そしてこの一年の間覚えのないほど陽気な気分になっていました。この旅人たちが武具装束に身ごしらえしたところをまだ見てなかった者たちは感嘆のあまり口をぽかんと開《あ》けてかれらに見とれました。ガンダルフは白い顎鬚《あごひげ》を垂らし、身内から輝き出ると見える光がその身を包んでいて、青いマントが陽光をおおう雲にすぎぬかのようでした。そして四人のホビットたちはといえば、ほとんど忘れられたお話の中から抜け出した、武者修行に旅立つ騎士たちのようでした。王様について語られたいろいろな話をばかにして笑った連中も、これを見ては、その話の中に幾分の真実があるかもしれぬと考え始めました。

「それでは、首尾よく旅を終えられ、首尾よくお郷里《くに》に帰られますように！」と、バタバー氏はいいました。「もっと前にご注意申しあげるはずのことでごぜえますが、もしわしらの聞き及んでますことが本当でごぜえましたら、ホビット庄もことなくというわけにはいってねえようでごぜえます。おかしなことが行なわれておるという話でごぜえます。したども次から次へと考えることが出てめえりますし、わしはわしで悩みごとをかかえてるもんでごぜえますんで。ところが厚かましくもいわせていただきますれば、皆様方は別人のごとくなられて旅からお帰りで、今では困った問題があってもたちまち片づけてしまえる方々のようにお見受けしますです。多分皆様ですぐに何もかも元どおりに直しておしまいになりますでごぜえましょう。ご幸運を祈りあげます！　たびたびこちらにお出かけいただければ、ますますありがたき仕合わせで。」

一行はバタバーに別れを告げると馬を進めて去り、西門を通り抜けてホビット庄に向かいました。小馬のビルも一緒でした。そしてこの前の時のようにかなりの荷物をかれが運んだのですが、かれはサムの傍《かたわ》らを速足で歩きながら、いたって満足しているように見受けられました。

「バーリマンじいさんがほのめかしたことはいったいどんなことだろう？」と、フロドはいいました。

「おらにはいくらか見当がつきますだ。」サムが憂鬱《ゆううつ》そうにいいました。「ガラドリエル様の鏡の中で見たことですだ。木が切り倒されてたりなんかして、年とったとっつぁんが袋小路から追ん出されておりましただ。おらもっと早いとこ急いで帰らにゃいけなかったのですだ。」

「それに南四《し》が一《いち》の庄にはどうみても何かおかしなことがあるらしい。」と、メリーがいいました。「パイプ草がどこでも不足してるもの。」

「それが何であるにしろ、」と、ピピンがいいました。「その一番底にいるのはロソだよ。それは確かさ。」

「深いところにおるじゃろうが、底ではないな。」と、ガンダルフがいいました。「お前さんたちはサルマンを忘れとる。かれはモルドールがそうするより先に、ホビット庄に関心を抱き始めたからな。」

「まあ、それでもあなたが一緒にいてくださるから、」と、メリーはいいました。「そうすれば、いろんなこともすぐに片づいちまいますよ。」

「わしは今のところはお前さんたちと一緒におるが、」と、ガンダルフはいいました。「まもなくいなくなるぞ。わしはホビット庄には行かぬのじゃ。ホビット庄のことはお前さんたちが自分で解決しなければならぬ。それこそお前さんたちが今まで仕込まれてきたことなんじゃ。お前さんたちにはまだわかっておらんのかな？　わしの時は終わったのじゃよ。ことを正すことも、あるいはみなに力を貸してそうさせることも、もはやわしの任務ではないのじゃ。それにわが親愛なる友人方よ、あんた方についていえば、あんた方はいかなる助けも必要としないじゃろう。あんた方は成長した。実に大きくなった。あんた方は偉大な者たちの数にはいっておる。わしはもはやあんた方のうちの一人としてなんら心配を抱いておらんのじゃ。

「ともあれ、わしはまもなく道をそれるじゃろう。ボンバディルとゆっくりしゃべろうと思っとるのじゃ。わしが今までの一生にしゃべらなかったくらいしゃべるのじゃ。かれは苔《こけ》むすほどの不動石じゃが、わしは転がるべく運命づけられた石じゃった。じゃが、わしの転石の日々も終わろうとしておる。わしらには互いに話すことが山ほどあるじゃろう。」

しばらくすると一行は、東街道の、前にホビットたちがボンバディルと別れた地点にやって来ました。ホビットたちはボンバディルがそこに立っていて通り過ぎる自分たちに挨拶《あいさつ》をしてくれる姿が今にも見えるのではないかと空《から》望みを抱き、半ば期待もしました。しかしかれのいそうな様子はぜんぜんありませんでした。そして南の塚山丘陵には灰色の靄《もや》がかかり、遠くの古森《ふるもり》は分厚いヴェールでおおわれていました。

一行は立ち止まり、フロドはなつかしそうに南に目をやりました。「ぜひもう一度あの方にお会いしたいですねえ。」と、かれはいいました。「どうしていらっしゃるでしょうかね?」

「むろん変わりはないさ。」と、ガンダルフはいいました。「まったく心を煩《わずら》わすことなく、そしてまたわしの推測じゃ、わしらのしたり見たりしたことにはたいした関心も寄せずにおることじゃろうて。まあわしらがエントを訪問したことにはひょっとしたら興味を持つかもしれんがね。お前さんはまた後でかれに会いに行く機会もあろう。ともあれ、わしがお前さんなら、今は家路を急ぐがね。でないと、門が閉まるまでにブランディワイン橋に行きつけなくなるじゃろうよ。」

「でも門なんてありませんよ。」と、メリーがいいました。「街道にはね、それはよくご存じでしょ。もちろんバック郷《ごう》にはいる門はありますがね。でもそこならどんな時間でもぼくを通してくれますよ。」

「あんたは門なんてなかったというんじゃろう。」と、ガンダルフがいいました。「今は門があるだろうとわしは思うんじゃ。それにバック郷の門だって、お前さんが思っとるほどすんなりと通してはくれんかもしれんぞ。じゃが、お前さんたちはだいじょうぶうまくやってのけるじゃろう。ではさらばじゃ、親しい友人たちよ！　まだまだこれが最後ではないが、さらばじゃ！」

かれは飛蔭《とびかげ》の馬首を道から転じ、そしてこの大きな馬はここでは道の傍《かたわ》らを走っている緑の土手をひらりと跳び越え、ガンダルフが一声発するや、その姿はもうここにはなく、まるで北から吹いてきた一陣の風のように塚山丘陵の方を目指して疾駆して行きました。

「さあ、これでぼくたちだけになった、一緒に出発した四人だけだ。」と、メリーはいいました。「ほかの人たちはみんな、次々とあとに残して来たんだね。まるでゆっくりと醒《さ》めていく夢みたいだな。」

「わたしにとってはそうじゃないね。」と、フロドがいいました。「わたしはもう一度眠りに落ちていくような感じだよ。」

八　ホビット庄の掃蕩《そうとう》

　雨にぬれ、疲れ果てた旅人たちがようやくブランディワイン川に辿《たど》り着いたのは、日もすっかり落ちてからでした。ところが道は塞《ふさ》がれていたのです。橋の両側に忍び返しをつけた大きな門があり、川の向こう側には新しい建物がいくつか建っていて、その狭い真っ直な窓のついた二階建ては窓にカーテンもなく、薄暗い明かりが点《とも》り、どれも非常に陰気でホビット庄らしからぬ風《ふ》情《ぜい》でした。

　一同は橋の外側の門をガンガン叩《たた》いて呼ばわりましたが、最初のうちはまったく応答がありませんでした。ところがそのあとみんなの驚いたことに、だれかが角笛《つのぶえ》を吹いて窓の明かりがいっせいに消えたのです。暗闇でどなる声がしました。

「だれだ？　失《う》せろ！　中にははいれんぞ。掲示が読めんのか？　『日の入りより日の出まで入門を禁ず』だぞ。」

「こんな暗闇でもちろん読めるわけがねえだよ。」サムがどなり返しました。「第一ホビット庄のホビットが、今日みたいな夜、雨ざらしで放っておかれるんなら、そんなお前《めえ》の掲示なんか、見つけ次第引っぱがしてやるぞ。」

サムがそういうや、窓がバタンと閉まり、左側の建物からランターンを持ったホビットたちがぞろぞろと出て来ました。かれらは向こうの門を開け、その中の何人かは橋を渡って来ました。かれらは旅人たちを目にして、怯《おび》えたようでした。

「早く来いよ！」ホビットたちのうちの一人を認めて、メリーがいいました。「家畜番のホブ、もしお前がぼくを知らないなんていうんなら、知らせてやるぞ。ぼくはメリー・ブランディバックだ。それからこっちが知りたいね、これはいったいみんな何のまねなのか、そしてお前のようなバック郷《ごう》の里人《さとびと》がここで何をしてるのかをね。お前は以前には高垣門におったじゃないか。」

「あんれまあ！　こりゃ確かにメリー坊っちゃんだわい。おまけにすっかり討ち入りの身ごしらえまでなさって！」ホブじいさんはいいました。「なにしろ、あなた様は亡くなられたちゅうことでしたで！　だれの話でも、古森《ふるもり》で行方不明になられたちゅうことでしたでな。結局ご無事で何よりでしたわい！」

「それなら柵《さく》の間から口を開けてぼくを見るのはやめて、門を開けてくれ！」と、メリーはいいました。

「お気の毒ですが、メリー坊ちゃん、命令が出てますんで。」

「だれの命令かね？」

「袋小路のお頭《かしら》ですだ。」

「お頭？　お頭だって？　ロソのことをいってるのかい？」と、フロドがいいました。

「多分そうだと思いますだ、バギンズ様。けど、近頃はただ『お頭』としかいっちゃなんねえで。」

「とは驚きだね！」と、フロドはいいました。「まあ、ともあれ、バギンズ姓を捨ててくれたのはうれしいよ。だが今は確かに一族の者がかれを相手どって身のほどを思い知らせてやるしおどきのようだぞ。」

門の向こうのホビットたちはしーんと黙り込みました。「そんなふうな口利《き》くとためにならんでしょうぜ。」と、一人がいいました。「お頭のお耳にはいるようになるだろうし、それに、そんな大きな音をたてると、お頭とこのでかいのが目を覚ますだろうからな。」

「そいつがぎょっと驚くようなやり方でその目を覚まさせてやるぞ。」と、メリーはいいました。「お前たちのおえらいお頭《かしら》が、荒れ野からやって来たごろつきどもを雇い入れているというんなら、ぼくたちの帰り方は早すぎたわけではないな。」かれは小馬から跳び降り、ランターンの明かりで掲示に気がついて、それをひっぱがして門越しに放り投げました。ホビットたちはじりじりと後ずさりするばかりで、門を開けようとする動きはありません。「さあ、ピピン！」と、メリーがいいました。「二人で充分だ。」

メリーとピピンは門をよじ登りました。ホビットたちは逃げて行きました。またもや角笛《つのぶえ》が吹き鳴らされました。右側の大きい方の建物から、体の大きながっしりした人影が入口の明かりを背にして現われました。

「何の騒ぎだ。」かれは罵《ののし》りながら進み出て来ました。「関所破りか？　とっとと失《う》せやがれ。さもねえと、そのきたねえけちな首根っこをへし折ってやるぞ！」そこでかれは立ち止まりました。きらりと剣が光るのを認めたからです。

「しだ家のビルだな、」と、メリーがいいました。「十秒以内にこの門を開けぬと、後悔するぞ。いったとおりにしないと、一太刀くらわせるからな。そして門を開けたら、お前はそこから出て行き、二度と戻って来るな。このごろつきの追いはぎが。」

しだ家のビルはたじろいで足を引きずりながら門のところに来ると、錠をはずしました。「鍵《かぎ》をこっちによこせ！」と、メリーはいいました。しかしかのならず者はかれの頭めがけて鍵を投げつけると、脱兎《だっと》のごとく暗闇の中に飛び出して行きました。かれが小馬たちのそばを通った時、その中の一頭が後ろ足でぱっと蹴《け》上げて、走って来る男をうまい具合にひっかけました。かれは悲鳴をあげて夜の闇の中に逃げて行き、その後どうなったか二度と消息が聞かれませんでした。

「うまくやったぞ、ビル。」と、サムはいいました。もちろん小馬のことです。

「お前たちのでかい方はこれでよしと、」メリーがいいました。「お頭にはあとで会うことにしよう。さしあたってわれわれは今夜泊まるところが欲しいんだがね。どうやらお前たちは橋宿を取り壊して、その代わりにこの陰気くさい建物を建てたようだから、われわれを泊めてくれなければいけないだろうね。」

「お気の毒ですだが、メリー様、」と、ホブがいいました。「それは許されていねえこって。」

「何が許されていないんだって?」

「調べもせずにすぐに人を泊めたり、余分な食べ物を出したりなんかするこってごぜえますだ。」と、ホブはいいました。

「この土地はどうかしたのかね?」と、メリーがたずねました。「不作か何かだったのかい? この夏も秋の収穫期もいい天気だと思ってたけどね。」

「ええーと、そうじゃねえんで。今年は充分豊作でごぜえましただ。」と、ホブがいいました。「食べものはたくさんとれましたが、それがどうなったか、わしらにはよくわからねえんで。みんなあの『集めや』と『分けや』のやつらが回って来て、数えたり量ったりして、倉庫に持ってってしまうらしいんで。やつらは分けるより集めるほうが多いんで、わしらはとれた食べものには、お目にかかれっこねえんでさ。」

「さあさあ!」ピピンがあくびをしながらいいました。「こんなことは何もかももう今夜はごめんだ。食べものは袋の中に持っている。横になれる部屋さえくれればいいんだよ。それだって、今までぼくが見てきた多くの場所よりましだろうからね。」

門のところにいるホビットたちはそれでもやっぱり落ち着かなげでした。明らかに何かの規則が破られようとしているのですが、四人のこんなにえらそうな旅人たちにたてつくことはできません。四人とも武具に身を固めていますし、その中の二人は並みはずれて体が大きく強そうに見えます。フロドは門にふたたび錠をおろすように命じました。ともかく見張りを置くことは無意味ではありません。ごろつきどもがまだ徘徊《はいかい》していたからです。それから四人の仲間たちはホビットの門衛詰所《つめしょ》にはいり、せいぜいくつろぎました。この詰所は殺風景なむさくるしい場所で、なかなか火の燃えない、みすぼらしい小さな炉がついていました。二階の部屋部屋には固いベッドが小さい列を作って並んでおり、どの壁にも掲示と、規則表がはられていました。ピピンはそれらを全部ひきちぎりました。ビールは全然なく、食べものもほんの僅《わず》かしかありませんでしたが、持って来たものを分け合って、四人ともまずまずの食事を取ることができました。そしてピピンは次の日の分として決められている薪《まき》をほとんど煖炉にくべることによって規則の第四条を破りました。

「やれやれと、それで一服やりたいんだがね？　ホビット庄に起こったことをぼくらに話してくれてる間にさ。」と、かれはいいました。

「このところパイプ草がとんと手にはいりませんでな。」と、ホブがいいました。「あったにしても、お頭《かしら》お抱えの人間たちにばかりで。在庫の品は全部どっか行っちめえましたわい。わしらが確かに聞いたとこじゃ、パイプ草を積んだ荷馬車が南四《し》が一《いち》の庄を出て、古い街道をどんどん南の方に下って、サルンの浅瀬を越えて行ったたちゅうこってすだ。それは去年の暮れのことのようですだ。お前様方がいなくなられたあとのこって。だが、それ以前にも目立たないよう少しずつ出て行っとったんで、あのロソさんが！」

「おい、黙らんかい、家畜番のホブ！」ホビットたちの数人が叫びました。「そういったことを話すのは許されてねえぐれえ、わかってるだろうが。そのことがお頭のお耳にはいれば、わしらみんな罰をくらうんだぞ。」

「こっちのだれかが告げ口しなけりゃ、あっちの耳にはいりっこねえよ。」むきになってホブがいい返しました。

「わかったよ、わかったよ！」と、サムがいいました。「もうたくさんだ。これ以上は聞きたかねえだよ。喜んで迎えてくれるでなし、ビールはなし、一服もだめ、あるのはたくさんの規則にオーク式のやりとりだ。ゆっくりひと休みできるこったろうと思っとったのに。だがどうやらまだこれからひとっ働きしなきゃなんねえらしいし、ごたごたもありそうだぞ。今は寝て、明日までこのことは忘れることにしよう！」

新しい「お頭」は確かに情報を手に入れる手段を持っているようでした。橋から袋小路までは四十マイルはたっぷりありますが、だれかが早馬を飛ばせたものとみえました。それでフロドとフロドの友人たちはすぐに見つけ出されてしまいました。

フロドたちは別にこれといってはっきりした計画は立てておらず、ただ漠然と、まず一緒に堀窪に行き、そこでしばらく休もうと思っていたのです。しかし今こうして目下の状況を知ると、一同はまっすぐホビット村に行くことに決めました。それで次の日一行は街道沿いに出発し、小馬に揺られながらあわてずに進んで行きました。風は落ちていましたが、空は灰色でした。四囲の地はどちらかというと陰気くさく侘《わ》びしげに見えました。しかしつまるところ今日は十一月の一日で、秋ももう末つかたでした。それにしてもばかに方々で焚火《たきび》を燃やしているものとみえて、十里四方から煙が立ち昇っていました。煙でできた大きな雲が、遥か遠く末つ森の方向に昇っているのです。

夕暮れる頃、かれらはすぐ街道沿いの蛙村《かわず》に近づきました。橋から約二十二マイルのところでした。一行はこの村で泊まるつもりでした。蛙村の浮木亭《うきぎてい》はいい宿屋でした。しかし村の東の外《はず》れまで来ると、道は柵《さく》でさえぎられ、大きな板に『通行禁止』と書いてありました。そして柵の背後には、手に棒を持ち、帽子に羽根をつけた庄察隊のかなりの一団が立っていました。かれらはいかにももったいぶった様子をしていましたが、同時にいくらか怯《おび》えてもいるようでした。

「これはいったい何の真似《まね》だね?」フロドは思わず吹き出したくなっていいました。

「これはお見かけどおり、庄察隊でありますよ、バギンズ殿。」庄察隊の隊長である、二本羽根のホビットがいいました。「貴公らを関所破り、制札破棄、門番襲撃、無断侵入、および無許可にて庄の建物に泊まり、食物をもって警備人たちを買収した科《とが》によって逮捕する。」

「それからまだほかに何があるかね?」と、フロドがいいました。

「さしあたってはこれだけあれば充分というもの。」と、庄察隊長はいいました。

「よければ、あといくつか足してやれるだよ。」と、サムがいいました。「お前《めえ》らのお頭《かしら》の悪口をいったこと、やつのにきび面《づら》をなぐりたいと思っとること、お前ら庄察どもがたいそうな阿呆《あほう》ぞろいに見えるわいと思ってることよ。」

「おい、こら、貴公、もうそれでよろしい。静かに出頭せよとのお頭のご命令だ。わが輩たちは貴公らを水の辺村まで連行し、それからお頭お抱えの人間たちに貴公らを手渡すことになっている。貴公らはお調べの際、いいたいことがあればいわれるがよろし。だが、留置穴に必要以上長くいたくないと思われるならば、わが輩だったら、いい分をはしょりますな。」

フロドとその仲間たちはこれを聞くと、どっと笑い出し、庄察隊一同を大いにあわてさせました。「ばかなことをいうんじゃない！」と、フロドがいいました。「わたしは自分の行きたいところに、自分の都合のいい時に行くつもりだよ。わたしはたまたま用事があって袋小路に行くところだが、君たちが自分たちもどうしても行くというのなら、それはまあ君たちの勝手だ。」

「よろしいですよ、バギンズ殿、」隊長はそういって、柵《さく》をわきへ押しやりました。「しかし、貴公らはわが輩に逮捕されているのだということをお忘れなく。」

「忘れないよ。」と、フロドはいいました。「絶対にね。だけど、あんたのことは許してあげてもいい。ところでわたしは今日はもうこれ以上行かないから、もしあんたが浮木亭《うきぎてい》までわたしを護送してくれるなら、ありがたいけどね。」

「それはできません、バギンズ殿。あの宿屋は店じまいしましたぞ。この村の向こうの外《はず》れに庄察署があるからして、そこに貴公らをお連れすることにします。」

「結構、」と、フロドはいいました。「どんどん行ってくれ、わたしたちは後について行くから。」

サムはそれまで庄察隊員たちをしきりに眺め渡していましたが、その中に見知った顔を一つ見つけて、呼びかけました。「おい、小穴家のこまどり、こっち来いや、一言お前にいうことがあるからな。」

庄察隊員の小穴どんはおどおどした目を隊長に向けました。隊長はひどく怒っているようでしたが、あえて止め立てしようとはしませんでした。小穴どんは後ろに下がってきて、小馬から降りたサムと並んで歩きました。

「まあ聞けや、こまどりどんよ！」と、サムはいいました。「お前はホビット村育ちじゃねえか、もっと分別があってよさそうなもんよ、フロドの旦那やなんかを待ち伏せなんかしやがってよ。それに、宿屋が店じまいしたっちゅうのはいったいどういうことなんだ？」

「宿屋はどれも店じまいしただよ。」と、こまどりどんはいいました。「お頭はビール飲むことには賛成なさらんのよ。ともかくはじめはそういうことだったが、おらの考えじゃ、お頭の大きい人たちがみんなビールをせしめちまってるのよ。それにあの人はみんなが動き回ることにも賛成なさらねえ。それでもしどっか行こうとか、行かなきゃならんとかちゅう時には、庄察署さ行って、用向きを説明せにゃならねえだ。」

「お前、こんなばかばかしいことにかかわり合って、恥ずかしいと思わねえだか。」と、サムがいいました。「そういうお前自身昔は旅籠《はたご》屋の外にいるより中に入りびたってるほうが好きだったじゃねえか。しょっちゅうひょこひょこへえって来よったぜ、勤務中だろうと勤務中でなかろうとおかめえなしに。」

「おら今だってできれば、そうしてえよ、サム。だが、きついことといってくれるなよ。おらに何ができるだよ？　お前、知ってるだろ、おらが七年前に庄察にはいったいきさつをよ、こんなことが始まる前のことだが。国じゅうを歩き回って、いろんな衆に会えて、いろんな出来事が聞けて、どこにうめえビールがあるかがわかって、そんなようなことのできる機会に出っくわすと思ったださ。だが、今は違うわ。」

「だが、お前やめることができるだぞ、庄察隊員をやめればいいだよ。庄察隊がまともな仕事をするのをやめちまったのならな。」と、サムがいいました。

「おらたちやめることが許されていねえだよ。」と、こまどりどんがいいました。

「これ以上たびたび、『許されていねえ』て聞かされたら、」と、サムがいいました。「本当に怒っちまうぞ。」

「怒るって気持ちがわかるで、残念だとはいえねえけど、」こまどりどんは声を落としていいました。「もしおらたちがみんなして怒れば、何かやれるかもしれねえ。けども、あの人間どもだよ、サム、お頭《かしら》とこの人間どもだよ。あの人がやつらを方々回らせてな、もしおらたち小さいもんのだれかが自分たちの権利を守ろうとでもすれば、そいつを留置穴にしょっぴいて行っちまうでよ。やつらは肥《ふと》っちょ庄長の小足家のウィルおやじを真っ先に捕めえただ。それから今までにたくさん捕まってな。近頃は一段とひどくなってきただよ。今じゃやつらになぐられることもたびたびさ。」

「それじゃ、なぜお前はやつらのために仕事をしてやってるのかね?」サムが怒っていいました。

「だれがお前たちを蛙《かわず》村に送り込んだだね?」

「だれでもねえ。おらたちはここの大きな庄察署に駐在《ちゅうざい》してるだよ。今じゃ東四《し》が一《いち》の庄第一中隊でな。庄察隊の隊員は全部合わせると何百人もいるだが、まだふやすつもりでな、新しい規則があんなにたくさんあるだでよ。庄察隊の隊員のほとんどはいやいやながらへえってるだ。だが全部が全部いやがっとるわけじゃねえ。ホビット庄にだって、人のことに口出して、偉そうな口を利《き》きたがるやつらがいるだよ。中にはそれよりひどいやつらもいる。お頭とその人間どもの探偵《いぬ》になってるやつらも何人かいるからな。」

「ははあ! それでお前たち、おらたちのことを知ったというわけだな?」

「そのとおりよ。おらたちは今じゃそれで手紙を送ることは許されていねえけど、やつらは昔からの速達便業務を利用して、いろんなとこに特別の飛脚を置いてるだ。昨夜小畦《こあぜ》村から『密書』を持って一人やって来た。そして別の飛脚がここからそれを引き継いでいった。そして、今日の午後使いが戻って来て、お前たちを逮捕し、まっすぐ留置穴に連れて行かないで、水の辺村に連れて来るようにいってきただよ。多分、お頭は今すぐお前さんたちに会いたいんだぜ。」
「あいつもフロドの旦那にすっかり縁を切られちまったら、そう熱心に会いたがりはしねえだろうぜ。」と、サムはいいました。

蛙村の庄察署はそのお粗末さにかけて、橋の詰所と変わりませんでした。たった一階しかないのですが、同じような狭い窓がついていていて、それに見苦しい生焼け煉瓦《れんが》が下手に積んであるのでした。建物の中は湿っていていて陰気くさく、夕食は、何週間もこすり洗いしたことがないようなむき出しの長いテーブルの上で供せられました。食べものもこの食卓に似合ったものでした。旅人たちはこの建物を出て行くのを喜びました。水の辺村までは約十八マイルあります。一行は朝の十時に出発しました。かれらはもっと早く出かけてもよかったのですが、ただぐずぐずしていると、庄察隊の隊長がはた目にもいらいらしてくるのがよくわかりました。西風はだんだん北に変わり、しだいに寒くなってきましたが、雨はやんでいました。

蛙村を出たのは多少おかしみを誘う行列でした。もっとも旅人たちの「いでたち」を見ようと出て来た僅《わず》かな村人たちも、ここで笑ってもいいのかどうかあまり自信はなさそうに見えました。「囚人」たちの護送に十二人の庄察隊員が割り当てられていたのですが、メリーはかれらに前を歩かせました。一方フロドとその友人はその後を馬に乗って行きました。メリーとピピンとサムがのんびりと鞍《くら》に腰を落ち着け、笑ったり、しゃべったり、歌ったりしているのに反し、庄察隊員たちはいかにもいかめしく偉そうに見せようとしながら、とぼとぼと歩いて行きます。けれどもフロドは黙ったまま、どっちかというと悲しげで、思いに沈んでいるように見えました。

一行が最後に通りすがった村人は、生け垣に鋏《はさみ》を入れているがっしりした老爺《ろうや》でした。「やい、やい！」かれはからかっていいました。「だれがだれを逮捕したんじゃね？」

隊員の中から二人がすぐに列を離れ、老爺の方に向かって行きました。「隊長！」と、メリーがいいました。「部下に命じて、すぐ元の場所に戻らせるのだ。あんたがぼくにかれらの相手をさせたくなければ！」

二人のホビットたちは、隊長から鋭《するど》い制止の言葉を聞いて、むっつりと戻って来ました。「さあ、どんどん行くんだ！」と、メリーがいいました。そしてそれからあと、帰郷者たちは、小馬の足並みを速め、おかげで庄察隊員たちがそれにせき立てられて精いっぱい速く歩かねばならないようになりました。日が射してきて、隊員たちはやがて、風は冷たいのに息を切らし、汗をかき始めました。

境石《さかいいし》のところまで来ると、庄察隊員たちはすっかりへたばってしまいました。かれらは昼に一回休憩しただけで、ほとんど十四マイル近くを歩き続けて来たのですから。今はもう三時です。かれらは空腹の上に、足の痛みがひどく、とてもこの速さについては行けませんでした。

「じゃ、都合のいい時にやって来給え！」と、メリーがいいました。「ぼくたちはこのまま行くから。」

「あばよ、こまどりどん！」と、サムがいいました。「緑竜館の外で待ってるからな、あの場所をお前が忘れてなけりゃよ。途中でぐずぐずするなよ！」

「貴公らのやってることは縄脱《なわぬ》けと同じですぞ。」隊長がうらめしそうにいいました。「わが輩は責任を負うことはできんです。」

「ぼくたちはこれからもいろいろ破るからね。そしてあんたに責任を負ってくれとは頼まないよ。」と、ピピンはいいました。「ではご機嫌よう！」

旅人たちは速足で馬を進めました。そして太陽がはるか西の地平線上の白が丘連丘に向かって沈み始める頃、一行は広い池のほとりの水の辺村にやって来ました。そしてここではじめてかれらは真に骨身にこたえる衝撃を受けたのです。ここはフロドとサムの故郷でした。そして二人は自分たちが世界中の他のどの場所にも増してこの場所を気にかけていることを今改めて悟ったのでした。二人の知っていた家の多くが今はなくなっていました。焼け落ちたと思われるのも何軒かありました。池の北側の堤にいかにも住み心地よげに並んでいた昔からのホビット穴は廃屋と化し、かつては色も鮮やかに水際までだらだらと下っていたその小さな庭々も、今は雑草の伸びるにまかせてありました。なお悪いことに、池の堤に接近してホビット村の村道が走っている池の畔《ほとり》一帯に、見るからに不恰好な新しい建物がずらりと並んでいるのです。この村道には以前は並木がありました。それが今は一本残らずなくなっていました。がっかりして村道の上って行く先の袋小路の方を見上げた旅人たちは、遠くに煉瓦《れんが》造りの高い煙突を見ました。その煙突は夕暮れの空に、もくもくと黒い煙を吐き出していました。

サムは思わずかっとなって、「おらこのまま行ってみますだ、フロドの旦那！」と、叫びました。「何がおっぱじまってるのか見て来ますだ。とっつぁんも見つけてえし。」

「ぼくたちは何が待ち構えているのかをまず見つけ出さなきゃいけないよ、サム、」と、メリーがいいました。「その『お頭《かしら》』とやらは、きっとごろつきどもを身辺に置いてるにちがいない。だれかこの辺の事情がどうなってるか話してくれる者を探したほうがいいよ。」

しかし水の辺村では、家という家、穴という穴は全部表戸を閉ざし、だれ一人旅人たちに挨拶《あいさつ》をする者がいませんでした。かれらはこれを不思議に思いましたが、すぐにその理由を悟りました。ホビット村寄りの最後の建物、今は人気《ひとけ》がなく、窓も破れ放題の緑竜館のところまでやって来ると、かれらはこの旅籠《はたご》屋の壁に、六人ばかりの図体《ずうたい》の大きな人相の悪い人間たちがだらしなくよりかかっているのを認めて、心を騒がしました。この男たちは目つきが悪く、土気色の顔をしていました。

「ブリー村にいたしだ家のビルの例の友達に似てますだ。」と、サムがいいました。

「アイゼンガルドでぼくがたくさん見たやつらに似てる。」と、メリーが呟《つぶや》きました。

ごろつきどもは手に棍棒《こんぼう》を持ち、ベルトに角笛《つのぶえ》をはさんでいましたが、目につく限りでは、他に何も武器は持っていませんでした。旅人たちが馬に乗ったまま近づいて行くと、かれらは壁を離れ、道に出て来て、一行の行く手をさえぎりました。

「お前《めえ》ら、どこに行こうというつもりだい？」連中の中でも一番図体が大きく、一番人相の悪い男がいいました。「お前《めえ》ら、もうこれ以上先には進めねえぜ。それにあのできのいい庄察のやつらはどこにいやがるんだ？」

「ちゃんとやって来ますよ。」と、メリーがいいました。「少し足が痛そうだがね。ぼくたちここで待ってるって約束したんです。」

「けっ、おれは何といった？」ごろつきは仲間たちにいいました。「シャーキーにいったんだ、あのちびの抜け作どもをあてにしてもむだだとな。おれたちの中から行かせるべきだったんだ。」

「そうすれば、どういう違いが生じたとおっしゃるんですかね？」と、メリーがいいました。「この国じゃ、ぼくたちは追いはぎなんてものにこそ慣れちゃいませんが、相手の仕方は心得てるんでね。」

「追いはぎだと、え？」男はいいました。「それがお前《まえ》の口の利《き》きようか？　口の利き方を変えねえと、こっちが代わって変えてやるぜ。お前《まえ》ら小せえやつらはだんだんつけ上がってきやがる。お頭のおやさしい気持ちをあまりあてにすんなよ。今じゃシャーキー様がおいでだからな、お頭もシャーキー様のいうがままよ。」

「それはどういうことかね？」フロドが静かにいいました。

「この国はちいっと目を覚ましてな、世直しする必要があるってことよ。」と、ごろつきはいいました。「シャーキー様がそれをしてくださろうってんだ。それもお前《めえ》らの出方次第で、あの方をその気にさせると、もっときびしいものにならあ。お前《めえ》らにはもっとでけえ親分が入用なんだ。これ以上何かごたごたを起こすてえと、この年が終わらねえうちに、そういうきつい親分を一人いただくことになろうぜ。そうなりゃ、お前《めえ》ら、ちびのねずみ野郎どもも少しはこたえるこったろうぜ。」

「なるほど。お前たちの計画を聞かせてもらってよかったよ。」と、フロドがいいました。「わたしはこれからロソ殿を訪ねるところだ。ロソ殿もそれを聞かれたら興味を持たれるかもしれぬ。」

ごろつきは、げらげら笑いました。「ロソか！　ロソ殿は承知してるとも。心配するな。ロソはシャーキーのおっしゃることをするんだからな。親玉が世話を焼かすようだったら、そいつを取っかえることができるというわけだ。わかったかい？　そして小せえやつらが来いともいわれねえのに押し入ってくれれば、そいつらをわるさのできねえところにぶちこむこともできるのよ。わかったかい？」

「ああ、わかったよ。」と、フロドはいいました。「まず一つは、お前たちはここにいて、新しい時代にも出来事にも遅れてしまっていることがわかるね。お前たちが南を去ったあと、さまざまなことが起こったのだ。お前たちの時代は終わった。ほかのごろつきども全部の時代が終わったんだ。暗黒の塔は崩壊し、ゴンドールには王がおられる。そしてアイゼンガルドは打ち壊され、お前たちの大事な主人は荒れ野をさまよう乞食《こじき》となった。わたしは旅の道でかれに行き遇《あ》った。これからは王の使者が緑道《みどりみち》を上って来るだろう。アイゼンガルドから来た弱い者いじめの悪党どもではなく。」

男はかれをじろじろと見て薄笑いを浮かべました。「荒れ野をさまよう乞食となった！」かれは口真似をして嘲《あざけ》りました。「ほんとうかい、そりゃ？　まあ、せいぜい肩を聳《そび》やかすがいいや、このちびのうぬぼれやめ。だが、そんなことじゃお前《めえ》たちが長いことのらくら暮らしとったこの肥えた小せえ国におれたちが住むのをやめさせるわけにはいかねえぜ。それに」——かれはフロドの顔にパチリと指をはじいてみせました——「王の使者だと！　くそくらえだ！　使者の一人にでも会ったら、ま、一応見知りおいてやってもいいぜ、多分な。」

ピピンにとってはこれはもう我慢ならないことでした。かれの思いはコルマルレンの野に戻って行きました。そしてここでは目つきの悪いならず者が指輪所持者をつかまえて、「ちびのうぬぼれや」と呼んでいるのです。かれはさっとマントを後ろに回して、きらりと剣を抜き放ちました。かれが馬を進めて行くと、銀と黒のゴンドール国の制服がかすかにきらめきました。

「わたしは王の使者だ、」と、かれはいいました。「お前が話をしているのは王の友人であり、西方世界でもっとも功名高い人々の一人なのだぞ。お前はごろつきの上にばかだ。大道に膝《ひざ》をついて許しを乞《こ》え。さもないとトロルをやっつけたこの剣をお前に向けるぞ！」

西に傾いた日射《ひざ》しに、剣がきらりと光りました。メリーとサムも剣を抜いて、ピピンの助太刀《すけだち》をしようと馬を進めました。しかしフロドは動きません。ごろつきどもは退きました。ブリー郷《ごう》の農夫たちをおびえさせたり、うろたえるホビットたちをおどしたりするのが、かれらの仕事でした。輝く剣を持ち、不敵な面魂《つらだましい》をした、恐れを知らぬホビットたちがいるとはまったく予想外のことでした。それにこの新参者たちの声には、かれらが以前に聞いたことがないような語気がありました。それを聞くと、かれらは恐怖のあまりぞくっと寒気を覚えました。

「行け！」と、メリーがいいました。「二度とこの村を騒がすと、後悔するぞ。」三人のホビットたちは突き進んで行きました。するとごろつきどもは踵《くびす》を返して逃げ出し、ホビット村の村道を一目散に駆け上って行きました。しかしかれらは走りながら角笛《つのぶえ》を吹き鳴らしました。

「やれやれ、ぼくたちの帰り方はけっして早すぎはしなかったね。」と、メリーがいいました。

「一日たりと早すぎはしない。多分おそすぎたろう。少なくともロソを救うにはね。」と、フロドがいいました。「あわれな愚か者とはいえ、気の毒なことだ。」

「ロソを救うんですって？　いったいどういう意味なんですか。それは？」と、ピピンがいいました。「あいつをやっつけるためにって、ぼくならいうところなんだけど。」

「あんたにはすっかりわかってないようだね、ピピン。」と、フロドはいいました。「ロソもこんなことになるとはまったく思ってもいなかったんだよ。かれは性根《しょうね》の曲がった愚か者ではあったが、今はやつらの手中にあるんだよ。ごろつきどもが上にいて支配しているのだ。かれの名前で収奪し、威張り散らし、自分たちの思いのままに世の中を動かしている。いや、ほろぼしているのだ。遠からずかれの名前を使うことさえしなくなるだろう。かれは多分今は袋小路に囚《とら》われの身になっているのではないか。そしてたいそう怖い思いをしているだろう。わたしたちはかれを救出する努力をしなきゃいけない。」

「やれやれ、ぼくはもう茫然《ぼうぜん》自失というところだよ!」と、ピピンはいいました。「ぼくたちの旅がこんな終わり方をするなんて、およそ考えてもみなかったもの。ほかならぬホビット庄の中で半オークどもやごろつきどもと戦わなければならないなんて――それもにきび面《つら》のロソを助け出すために!」

「戦う?」と、フロドがいいました。「そりゃ、まあ、そういうことになるかもしれない。だが、これは憶《おぼ》えててくれ。絶対にホビットを殺しちゃいけない。たとえ敵側につこうとも。というのは、本当に向こうについた場合でもということだよ。おどかされてただごろつきどものいうなりになっているのではなしに。ホビット庄では今まで一人だってホビットが、故意に同じホビットを殺したことはなかった。それがこれから始まってはならない。そして、もし避けられるものなら、だれも殺されてはならないのだ。最後のぎりぎりまできみたちは我慢して、はやる手を押さえてくれ給え!」

「しかし、あのようなごろつきどもがたくさんいるようなら」と、メリーがいいました。「必ず戦うことになりますよ。親愛なフロドさん、ただびっくりして悲しんでいるだけじゃ、ロソを救うことにも、ホビット庄を救うことにもなりませんよ。」

「そうですとも。」と、ピピンがいいました。「もう今度はそう簡単にあいつらを怖がらすことはできませんよ。連中は不意をつかれたのですから。角笛《つのぶえ》を吹いてたのを聞いたでしょう？ どこか近くにほかにもごろつきどもがいるとみえますよ。もっと仲間が加われば、やつらはもっとずっと大胆になりますよ。ぼくたちは夜の間どこかに隠れることを考えなくちゃ。いくら武装してるといっても、結局四人しかいないんですからね。」

「考えついたことがありますだ。」と、サムがいいました。「南小路のトム・コトンじいさんのところに行きましょう！ いつも変わらず剛毅《ごうき》なじいさんだし、息子がたくさんおって、みんなおらの友達ですだ。」

「いや、それはいけない！」と、メリーがいいました。「『隠れること』は何にもならない。それこそみんなのやってきたことだし、あのごろつきどもの好むところだ。かれらは大挙して押し寄せ、ぼくたちを追いつめて、揚句《あげく》はぼくたちを外に追い出すか、でなきゃ、中に入れたまま火をつけるだけのことだよ。だめだ。ぼくたちは今すぐ何かしなければいけない。」

「するって、何を？」と、ピピンがいいました。

「ホビット庄を立ち上がらすのだ！」と、メリーがいいました。「さあ！ われらの同胞を奮起させるのだ！ みんなこんなことをひどくいやがっている。見てもわかるとおりだ。中にはおそらく一人二人悪党もいるだろうし、偉そうにしたがるくせに、実際に行なわれている事態がまるでわかっていないばか者も何人かいるだろうが、それ以外の者はみんなこんなことはいやなんだ。

しかしホビット庄の連中はあんまり長い間とてもぬくぬくと暮らしてきたもんだから、どうしていいかわからないんだよ。だけど、かれらに必要なのはただ火縄《ひなわ》だけだ。そうすりゃ火と燃えるだろう。お頭《かしら》のお雇い人間たちはこのことを知っているにちがいない。やつらはわれわれを踏みつけて、早いとこ火の手を消そうとするだろう。ぼくたちにはもうごく短い時間しかない。

「サム、もしそうしたきゃ、コトンの農場まで一走り行ってきてもいいよ。かれはこのあたりの主要人物だし、一番土性骨《どしょうぼね》もすわっている。さあ！　ぼくはこれからローハンの角笛を吹いて、みんなが今まで一度も聞いたことがないような音楽を聞かせてやるつもりだ。」

四人は村の中ほどまで馬を進めて戻りました。サムはそこで一人道をはずれ、コトンの家に通じている南にはいる路地をどんどん馬を走らせて行きました。あまり遠くまで行かないうちに、かれは突然澄んだ角笛の音が空に鳴り響くのを聞きました。丘を越え、野を越えて遠くまで、それは響き渡りました。そしてその呼び声には人を引き寄せずにはおかない力がありましたので、サム自身も思わず飛んで引き返しそうになったくらいです。かれの小馬は後肢《あとあし》で立って嘶《いなな》きました。

「はいどう、はいどう、馬っ子や！　このまま行くんだ！」かれは叫びました。「すぐに戻るからな。」

その時かれはメリーが角笛の調べを変えたのに気がつきました。大気を震わせて、バック郷《ごう》の角笛の呼び声が空に上って行きました。

起きろ！　起きろ！　事故だ！　火事だ！　敵だ！　起きろ！
火事だ！　敵だ！　起きろ！

サムは自分の後ろで、人々のやかましい話し声や騒々しい物音、そしてドアを開閉する音を聞きました。かれの行く手には、薄闇の中に明かりが次々に点《とも》されました。犬が吠え、駆けて来る足音がします。路地の向こうまでかれが行き着かぬうちに、お百姓のコトンが長男のトムとジョリーとニックの三人の息子をつれて、かれの方に走って来ました。かれらは手に手に斧を持ち、サムの行く手をさえぎりました。

「違うぞ！　これはあのごろつきどもの一人じゃないわい。」サムはお百姓がそういうのを聞きました。「大きさからみるとホビットじゃ。だが妙な身なりをしとるぞ。おい！」と、かれはどなりました。「だれじゃ？　そしてこの騒ぎは何じゃ？」

「サムですだよ、サム・ギャムジーですだ。おら、戻って来たんですよ。」

お百姓のコトンは近々と寄って来て、薄明かりの中でじろじろとサムを眺めました。「これはこれは！」かれは驚きの声をあげました。「声はまさしくそうじゃ。それにお前の顔も別に前以上悪くはなっとらんわ、サム。だが、そんな恰好しとると、道で行き会っても、通り過ぎちまうわい。お前、どうやらよその土地に行っとったようだなあ。わしらはお前がもう死んだんじゃないかと心配しとったんじゃ。」

「死んじゃいませんだ！」と、サムはいいました。「フロドの旦那もです。旦那はここに来ておられます。それに旦那のお仲間も。騒ぎというのはそれですだよ。ホビット庄を立ち上がらせようというわけですだ。あのごろつきどもを追っ払っちまおうというのですだ。やつらのお頭《かしら》も一緒に。これから始めようというんです。」

「そうか、そうか！」お百姓のコトンは叫びました。「いよいよ始まったか！　わしは今年になってからずっと事あれかしと待っとったんだが、みんな手伝おうとはせんのでなあ。それにわしは家内とロージーのことも考えにゃならんかったのでなあ。やつらは何についても容赦しねえで。だが、行こうじゃねえか、さあ、お前《めえ》たち！　水の辺村は立ち上がったわい！　わしらも加わらにゃいかん！」

「奥さんとロージーはどうしますだかね？」と、サムはいいました。「二人だけで残しとかれるのは、今んところまだ安全じゃねえですだ。」

「二人にはニブズのやつがついとるだが、お前そうしてもいいと思うんなら、行ってやつの手助けをしてくれてもいいぜ。」お百姓のコトンはにっと笑っていいました。それからかれとかれの息子たちは村の方に走り去って行きました。

サムは家の方に急ぎました。広い前庭から上っていく石段の上の大きな丸い玄関のドアのかたわらに、コトンのおかみさんとロージーが立っていました。そして二人の前にはニブズが干し草用の熊手を握りしめて立っていました。

「おらだ！」速足で馬を近づけながらサムはどなりました。「サム・ギャムジーだよ！　だから突っつかんといてくれよ、ニブズ。どっちみち、鎖かたびらは着けとるけどなあ。」

かれは小馬から跳び降り、階段を登って行きました。三人はものもいわず、かれを見つめていました。「今晩は、コトンのおばさん！」と、かれはいいました。「やあ、ロージー！」

「今晩は、サム！」と、ロージーはいいました。「どこに行ってたの？　あんたは死んじゃったって、みんなはいってたわ。でも、わたしは春からずっと、あんたが帰って来るだろうと心待ちにしてた。ゆっくりだったわねえ？」

「そうだったかもしれねえな。」サムはどぎまぎしていいました。「けど、今は急いでるだよ。ごろつきどもをやっつけるところだで、それで、おら、フロド旦那のとこに戻らなきゃなんねえだ。おら、ただ、コトンのおばさんがどうしてるか、それからロージー、お前もよ、ちょっくら会ってみようと思ったのよ。」

「わたしらは元気にやってますよ、ありがとう。」と、コトンの奥さんはいいました。「それもあの盗っ人のごろつきどもがいなければのことだがね。」

「じゃ、とっとと行っといで！」と、ロージーがいいました。「今までずっとフロド旦那のお世話をしてたんなら、またなんであの方を置いて来ちまったのよ？　様子が危なくなった時も時に、さ？」

これはサムにはちょっと酷《こく》というものでした。これに答えるには一週間かかります。でなければ答はなしです。かれはくるっと爪先《つまさき》を転じて、小馬にまたがりました。しかしかれが馬の手綱を取ると、ロージーが階段を駆け降りて来ていいました。

「あんた、立派に見えるわよ、サム。さあ、行ってらっしゃい！　でも、気をつけてね。そして、ごろつきどもを片づけたら、またすぐに戻って来てよ！」

サムが帰ってみると、村じゅうが奮い立っていました。大勢の年若の少年たちを別にしても、もうすでに百人以上のがっしりしたホビットたちが、手に手に斧や重い槌《つち》や、長いナイフや、頑丈な棒などを持って、集まっていました。狩猟用の弓を持っている者も何人かいました。村の外に散らばった農家からもまだ続々とやって来ます。

村人たちの中には大きな焚火《たきび》を燃やしている者もいました。ただ活気をそえるためだったのですが、一つには、これもお頭《かしら》から禁じられていることの中にはいっていたからです。夜が迫るにつれ、焚火は赤々と燃えました。また中には、メリーの指揮で、村をはさんで道の東西に障害物を築いている者たちもいました。庄察隊の一行が、下手《しもて》の障害物のところまでやって来た時、かれらは一瞬あっけにとられていましたが、事態をのみこむや、そのうちの大部分は頭の羽根を取りはずして、反乱に加わりました。残りはこそこそと逃げて行きました。

サムはフロドとその友人たちが焚火のそばで、トム・コトンじいさんと話をしているのを見つけました。そしてその周りには、感嘆の色を浮かべた水の辺村の村人たちが、かれらをまじまじと眺めながら立っていました。

「それで、次にはどういう手を打ちますのじゃ？」と、お百姓のコトンはいいました。

「もう少し事情がわかるまで、何ともいえない。」と、フロドがいいました。「あのごろつきどもは何人くらいいるのだね？」

「そりゃなかなかわからねえです。」と、コトンはいいました。「やつらは転々と住む場所を変えおるし、行ったり来たりしてますでなあ。上のホビット村にあるやつらの小屋には、時には五十人もいることもありますが、やつらはそこから出かけて、あちこちうろつき回り、物を掠《かす》め取って行くんで。それをやつらは『集める』といってますわい。それでも親分の周りには常時二十人はおりましょう。親分ちゅうのは、やつらがお頭につけた呼び名ですのじゃ。かれは袋小路にいます。いや、おりましたわい。だが、かれは今では屋敷の外には出て来ませんでな、実のところこの一週間か二週間、だれ一人見かけた者はおりませんわい。人間どもがだれもそばに近寄せねえです。」

「やつらがいるのはホビット村だけではないんだね？」と、ピピンがいいました。

「さようで。なおさらくやしいことですがのう。」と、コトンはいいました。「南の方の長窪とサルンの浅瀬のそばにかなりの人数がおると聞いとります。それから末つ森にもひそんどるし、追分にも小屋を建てとります。それに留置穴がありますわい。これはやつらがそう呼んどるが、大堀町にある貯蔵用トンネルで、やつらが自分たちに刃向かう者をぶちこむ牢屋《ろうや》に変えてしまいましただ。それでもわしの計算じゃ、全部合わせても、ホビット庄には三百人以上はいねえと思いますわい。多分それより少なめでしょう。わしらが力を合わせれば、やつらを征服できますだよ。」

「やつらは何か武器を持っているのだろうか?」と、メリーがたずねました。

「鞭《むち》に、ナイフに、棍棒《こんぼう》、やつらのきたねえ仕事にはこれで充分ですじゃ。今までんところ、やつらが見せたのはこれだけですわい。」と、コトンはいいました。「だが、戦いちゅうことになると、多分やつらはほかの道具も持ち出すこってしょう。ともかく弓を持っとるやつはいますぞ。わしらの中から一人二人射殺されたのがいますで。」

「そらごらんなさい、フロド!」と、メリーはいいました。「戦わなければならないことになるだろうって、ぼくにはわかってたんですよ。それじゃ、やつらは殺すことを始めたんだ。」

「必ずしもそういうわけではねえです。」と、コトンはいいました。「少なくとも先に射かけたわけではねえので。始めたのはトゥックの衆ですのじゃ。ペレグリンさん、そら、あなたのおとっつぁまは、あのロソとは、はじめっからまったくつき合っておられなかった。それでこういわっしゃった。今この際にだれかがお頭役《かしらやく》をするというのなら、それはホビット庄の正統なセインがなるはずのもんで、成り上がり者なんかにはさせられねえとな。それでロソがお雇い人間たちをよこしても、おとっつぁまの気を変えることはできなかったですだよ。トゥックの衆は運がいいことに、緑山丘陵にあんな深い穴、つまり大スミアルやなんかを持ってなさるからの。ごろつきどもも向かって行くことができねえし、トゥックの衆もやつらを自分たちの土地に寄せつけねえというわけですわい。もしやつらが近づいて行こうものなら、トゥックの衆に追いつめられてしめえますわい。うろうろして盗みを働きよったやつらが三人、トゥックの衆に射殺されたことがござってな、それからあと、ごろつきどもはいっそうあくどくなりよりました。それでやつらはトゥック郷《ごう》をずいぶんと厳重に見張っとります。今じゃ、だれ一人はいることも出ることもできませんわい。」

「でかしたぞ、トゥック一党!」と、ピピンが叫びました。「だが、だれかがここでふたたびはいりこむのだ。ぼくはスミアルに行ってくる。だれか、トゥック郷まで一緒に来るかい?」

ピピンは小馬に乗った少年たちを六人ばかり連れて出かけました。「すぐに帰って来るからな!」と、かれは叫びました。「ここの畑を渡って行けば、たったの十四マイルかそこらだからね。朝になったら、トゥックの一連隊を連れて戻って来るよ。」深まる闇の中に馬を乗り進めて行く一行の後ろから、メリーが角笛《つのぶえ》を一声吹き鳴らし、みんなは声援の言葉を送りました。

「それでもやっぱり、」近くに立っている者たちにフロドがいいました。「わたしは殺すことは望まない。たとえ相手がごろつきどもであったにしても。かれらがホビットを殺傷するのを防ぐために、どうしてもやむを得ぬ場合は仕方がないとして。」

「わかりましたよ！」と、メリーがいいました。「しかし、もういつ何時《なんどき》ホビット村の一味がおいでなさるかわかりませんよ。やつらとてただ話し合いに来るわけではないでしょうからね。まあせいぜい上手に相手をするつもりですが、最悪の場合にも備えておかなくてはいけません。ぼくには一つ計画があるんです。」

「そりゃ結構だ。」と、フロドはいいました。「その手筈《てはず》を整えてくれ給え。」

ちょうどその時、ホビット村の方に偵察にやらされていたホビットたちが駆けて来ました。

「やって来るぞ！」と、かれらはいいました。「二十人か、それとももう少し多いぞ。だがそのうち二人は西の方に行きよった。」

「追分へ行ったんじゃろう。」と、コトンがいいました。「仲間をもっと連れて来るつもりじゃろ。そうさな、片道十五マイルあるでな。今んところはそっちの方は心配するにあたらんわい。」

メリーは指図をするために大急ぎでその場を去りました。お百姓のコトンはみんなを家の中に追い帰して、通りから人影をなくしました。残ったのは何らかの武器を持っている壮年のホビットたちだけでした。待つ間もなく、やがて声高な話し声が聞こえ、ついでドタドタと重い足音が聞こえてきました。まもなくごろつきどもの一団が道を下って来ました。かれらは障害物を見てげらげら笑いました。自分たちのような男が二十人一緒にいるところに立ち向かってくる者が、このちっぽけな土地にいようとは予想しなかったのです。

ホビットたちは障害物を取り除いて、わきに立ちました。「ありがとさんよ！」男たちは嘲《あざけ》りました。「さあ、鞭《むち》で打《ぶ》たれる前にとっとと家へ帰って寝ろ。」それからかれらは通りを練り歩きながらどなりました。「明かりを消せ！　家ん中にひっこんで外へ出るな！　さもねえと、お前らの中から五十人しょっぴいて、一年間留置穴にぶちこんでやるからな。はいりやがれ！　親分がそろそろ癇癪《かんしゃく》を起こしなさるぞ。」

だれ一人としてかれらの命令に注意を払う者はなく、代わりにみんなは、ごろつきどもが通り過ぎると、音もたてずその背後を囲むようにかれらの後について行きました。男たちが焚火《たきび》のところに行き着くと、そこにはお百姓のコトンがただ一人両手を火にあぶって立っていました。

「お前《めえ》はだれだ？　それにいってえ何をしてやがるんだ？」ごろつきの隊長がいいました。

お百姓のコトンはのろのろとかれに目を向けました。「わしはちょうどそのことをお前《めえ》にたずねようとしてたんじゃ。」と、かれはいいました。「ここはお前《めえ》らの国じゃねえ。お前《めえ》たちには来てもらいたくねえわい。」

「ほほう、ともかくお前《めえ》には来てもらおうぜ。」と、隊長がいいました。「手前《てめえ》たち、こいつをひっとらえろ！　留置穴送りだ。そして、何かこいつをおとなしくさせるものをくらわせるがい！」

男たちは一歩足を踏み出して、急に立ち止まりました。周りじゅうからどっと声があがり、不意にかれらはお百姓のコトンがただ一人でいたわけではないことに気づかせられたからです。かれらは包囲されていました。焚火の光のとどく際《きわ》の暗闇に、いつのまにか真っ暗な物陰から抜け出して忍び寄って来たホビットたちが輪を作って立っていました。二百人近くもいましょうか、皆てんでに何か武器を握っています。

メリーが前に進み出て来ました。「さっき会ったな。」かれは隊長にいいました。「そしてここに戻って来るなと警告したはずだ。もう一度警告する。お前は明るいところに立っている。射手たちの矢はお前に向けられている。このお百姓に、あるいはだれにでも、指一本ふれてみろ、すぐに射殺されるからな。身に着けている武器は何なりと下に置け！」

隊長は見回しました。かれはまんまと罠《わな》にかかったのです。しかしかれは怖がりませんでした。二十人の子分が後ろに控えている間は怖がることはないのです。自分の危険を悟るには、かれはホビットのことを知らなすぎました。愚かにもかれは闘うことに決めました。破って出ることはやさしいでしょう。

「子分ども、いいか、かかれ！」と、かれは叫びました。「こいつらを懲《こ》らしめてやれ！」

左手に長いナイフを持ち、右手に棍棒《こんぼう》を握って、かれは囲みの輪をめがけ突進して行きました。ここを突破しホビット村に向かって駆け戻ろうというのです。かれは行く手に立つメリーめがけて猛烈な一撃を浴びせかけようとしました。四本の矢を一時《いちどき》に受けて、かれはばったり倒れ息絶えました。

残る者にはもうこれだけで充分でした。かれらは降参しました。武器は没収され、数珠繋《じゅずつな》ぎになって、かれらは自分たちが建てた空屋《あきや》の小屋に行進して行きました。そしてそこで手と足を縛られ、監視つきで閉じ込められてしまいました。死んだ隊長は引きずられていって埋められました。

「結局あっけねえくれえ簡単にすみそうじゃねえですか？」と、コトンはいいました。「わしらでもあいつらを押さえちまうことができると、いいましたろう。だがわしらには呼びかけが必要じゃった。メリー様、あなたはちょうどうまい時に戻っておいででしたわい。」

「まだまだすることはたくさんある。」と、メリーはいいました。「あんたの計算が合ってるとしたら、ぼくたちはまだやつらの十分の一も始末してないことになる。しかしもう暗くなった。次の仕事は朝まで待たなければならないと思う。朝になったらお頭《かしら》を訪問しなきゃならない。」

「なぜ今じゃいけませんかね？」と、サムはいいました。「まだ六時をたいして回ってねえです。それにおらはとっつぁんに会いたいと思いますだ。コトンさん、とっつぁんがどうなったか知ってなさるかね？」

「とっつぁまはな、あまり元気でもねえが、そうかといって、それほど具合が悪いってわけでもねえ。」と、お百姓はいいました。「やつらは袋小路を掘り起こしちまったんじゃ。こりゃとっつぁまにとっちゃ、いたわしい災難じゃった。それでとっつぁまはな、お頭のお雇い人間どもが、まだ焼いたり盗んだり以外の仕事もやっとった時分に建てた新しい家の一つにおるんじゃよ。水の辺村のはずれから一マイルも上らんとこじゃ。だが、とっつぁまはな、折があると、わしのとこに遊びにやって来るで、わしは、とっつぁまがあそこの気の毒な衆よりは少しは腹を空《す》かせんですむように気いつけとるのよ。むろん、こんなことは全部規則違反なんじゃがね。わしはよっぽど、とっつぁまを引き取りたかったんじゃが、許されなかったでなあ。」

「ほんとにありがてえこってした。コトンさん、おら、ご恩はけっして忘れねえだ。」と、サムはいいました。「だが、おらはとっつぁんに会いてえです。あの親方とシャーキーとかいうやつが、朝までにあそこでひどいことをするかもしんねえで。」

「よしよし、サム、」と、コトンはいいました。「若いのを一人か二人選んで、とっつぁまを迎えに行ってこい。そしてわしんとこに連れて来るんじゃ。川の向こうの元のホビット村の近くまで行かなくてもええぞ。ここにいる息子のジョリーが案内するからな。」


サムは出かけました。メリーは夜の間村を見回る見張りと、村の入口の障害物のところに立つ番人を決めました。そのあと、かれとフロドはお百姓のコトンと一緒に立ち去りました。二人はコトンの家族と一緒に暖かい台所に腰を下ろしました。コトン一家の者たちはかれらの旅について慇懃《いんぎん》にいくつかの質問をしましたが、二人の答にはほとんど耳を傾けていませんでした。かれらにはホビット庄の出来事のほうがずっと気がかりだったのです。

「何もかもわしらがにきび面《つら》と呼んどる者《もん》から始まりましたのじゃ。」と、コトンはいいました。「それも、フロド様、お前様が出かけられたらすぐにでのう。おかしな考えを持ちよりましてな、にきびっ面は。何もかも自分で独り占めにして、ほかの者はこき使ってやろう、こういう了見《りょうけん》ですわい。まもなくわかったところでは、あいつはそれまでにも自分じゃ使いきれねえくらい、たんまり持っておったらしいですがの。それでも年がら年中もっとふんだくってやろう、もっとふんだくってやろうとしおったのですわい。もっともかれがその資金をどこで手に入れたのかは謎《なぞ》ですがの。製粉所にビール醸造所に、旅籠屋《はたご》に、農場にたばこ栽培場と、次々せしめていきましたんじゃ。どうやら袋小路にやって来る以前に、サンディマンの製粉所も買収しちまったようですわい。

「むろんかれはもともと親から譲られなすった財産を南四《し》が一《いち》の庄にたんと持っておいでたわけだし、また最上の葉っぱをたくさん売っておったようで、それも一年か二年の間に人知れず国外に送り出しとったらしいですだ。だが去年の終わり頃には葉っぱだけではなく、いろんな物資をたくさん荷馬車に積んでどんどん送り始めました。物はだんだん不足してくる、冬はやってくる、みんなはかんかんに腹立てましたわい。だがかれにはかれの答がありましたんじゃ。人間どもが大勢、ごろつきどもが大半でしたがのう、大きな荷馬車をもってやって来よりました。物資を南に運ぶために来たのもおれば、そのまま居ついてしまったのもおりましたわい。それからまだもっとやって来ましたんじゃ。そしてあれよあれよと思ううちに、やつらはあっちにもこっちにも、ホビット庄のいたるところに住みついて木を伐《き》ったり、勝手に小屋や家をおっ建て始めました。はじめのうちは品物の代金や、損害の補償はにきびっ面から支払われておったのですが、まもなく、やつらは主人顔してのさばり始め、欲しい物はふんだくるようになりましたんじゃ。

「やがてちょっとしたもめごとが起こりました。だが一揆《いっき》とまではいかなんだのですわい。庄長のウィル老が抗議のために袋小路に出かけたのですがの、目的地にはけっして行き着きませんでしたわい。ごろつきどもがウィル老を襲ってひっ捕え、大堀町の穴ん中に閉じ込めおったからで。今もそこに閉じ込められたままですのじゃ。それでその後は、あれは新年になって間なしでしたがのう、庄長はもうなくなってしまいましてな、にきびっ面《つら》が自分から庄察頭、あるいはただお頭《かしら》と名乗って、したい放題のことをするようになりました。もしだれかが、やつらの言種《いいぐさ》の『つけ上がる』ようなことがあると、そういう者はみんなウィルのあとを辿《たど》ることになりましたんじゃ。こうして何もかも悪くなる一方でしてな。葉っぱも人間用は別としてまったくなし、ビールを飲むことも人間はいいけど、わしらはまかりならん。そして旅籠《はたご》屋は全部店じまいさせられてしまいましたのじゃ。そして、ふえるのは規則ばかりで、ほかの物は何もかもだんだん不足してきました。ただ、ごろつきどもが物資を調達にやって来おった時に、自分とところの品物を少しでも隠すことができた者はまだましですがのう。やつらはこの調達を『公平に分配するため』だといいよりましたが、何のことはねえ、みんなやつらが取り、わしらの取り分はなしということですだ。わしらがもらえるものといえば残り物で、むりに喉を通すようなもんなら、庄察署でもらえますのじゃ。何もかもたいそうひどいことになっとったのですが、シャーキーが来てからというものは、もうこりゃまったく無茶苦茶でしたわい。」

「そのシャーキーというのはだれなんだろう？」と、メリーがいいました。「ごろつきの一人がそいつのことを話しているのを聞いたけど。」

「どうやらごろつき一味の大将のようですわい。」と、コトンは答えました。「わしらがはじめてそいつのことを聞いたのは、今年の刈り入れの頃、たしか九月の末頃でしたわい。わしらはそいつを一度も見てねえのですが、袋小路にいましてな、わしの推量じゃ、今はそいつが本当のお頭になってますのじゃ。ごろつきどもはみんなそいつにいわれたことをやってますで。そいつのいいつけというのは、だいたいがめった切り、焼き払い、ぶち壊しでな、今はそれが人殺しになりましたわい。そこにはもはや、意味らしいものは悪い意味さえありゃしません。木は切り倒して寝かせっぱなしだし、家は焼き払ったまま、あとは建てない。

「サンディマンの粉ひき場を例にとってみますとな。にきびっ面があれを取り壊したのは、かれが袋小路に来て早々のことでしたわい。それからかれは人相の悪い人間どもをごっそり連れて来て、もっと大きいやつを建てさせ、その中に機械《からくり》とか見たこともねえような珍妙な仕掛けをいっぱい入れましたのじゃ。それを喜んだのは、あのテドの阿呆《あほう》だけで、やつは人間どものために機械の掃除をしながら今もそこで働いておりますわい。自分の父親が粉ひきで、自分が主人であった場所でな。にきびっ面の考えたことは、もっとたくさんもっと速くひくこって、ともかく自分じゃそういいおりました。かれはほかの粉ひき場もこれと同じにしよりました。ところがひくためにはまず穀物がなきゃならんわけでな、新しい粉ひき場のする仕事は古いものとちっとも変わりはなかったちゅうこってすわ。しかしシャーキーが来てからというものは、粉ひき場はもうまったく穀物をひかなくなってしまいましてな、そこでは四六時中《しろくじちゅう》ガンガン金槌《かなづち》を叩《たた》く音がしよるし、煙といやな匂《にお》いが立ち昇って、ホビット村じゃ、夜でも安眠どころではなくなりましたんじゃ。そしてわざときたないものを排出して、川下《かわしも》をすっかり汚してしまい、この水が今度はブランディワイン川に流れ込んどるんですからな。もしやつらの考えとることがホビット庄を砂漠にしてしまいたいというのであれば、やつらのやっとることはまちがってねえことになりましょうがの。あのばかなにきびっ面がこういったことの背後にひかえてござるとは思えねえ。こりゃあなた、シャーキーですわい。」

「そのとおりだとも！」長男のトムが口をはさみました。「なにしろ、やつらはにきびっ面のお袋さんのあのロベリアばあさままで捕《つか》めえちまったですもの。にきびっ面はお袋さんのこと好きだったでな。ほかにはだれ一人好く者のなかったあのばあさまをよ。ホビット村の住民の中で、現に目にしたやつがおりますだ。ロベリアばあさまは例の古いこうもりを持って道を下りて来た。そこへごろつきどもが何人か大きな手押し車を持って下から上って来た。

「『どこへおいでだい？』ばあさまはいった。

「『袋小路へ』やつらはいった。

「『何しに？』

「『シャーキー様に小屋をいくつか建てるのよ。』

「『だれが建てていいといっただ？』

すだよ。」

いっぱいいますだが、このばあさまがたいていのもんより勇気を示したことだけはうそでねえで

っちめえました。そこでやつらはばあさまをひっとらえましただ。あの年で、留置穴さ引きずられて行

やつによ。留置穴に連れてかれた者の中にはわしらにとっちゃもっとなつかしいやつらが

はいって、こうもり振り上げて、頭立《かしらだ》ったやつに向かっていきました。自分の背丈の二倍もある

『シャーキーはお前らにくれてやるわ、このきたねえ盗っ人のごろつきどもが！』とばあさま

「『シャーキー様よ。』と、やつら。『だから道をあけねえか、このくそばばあ！』

この話の最中にサムがとっつぁんを連れて飛び込んで来ました。老ギャムジーはたいして老い込んだようには見えませんでしたが、前よりもいくらか耳が遠くなっていました。

「お晩です、バギンズの旦那！」と、かれはいいました。「ご無事にお戻りなすってまことに喜ばしいこってごぜえますわい。けども旦那、わしは不躾《ぶしつけ》ながら、一言お前様にまあいってみますれば文句をいわせていただきてえのです。お前様はいつもわしが申し上げとったように、けっして袋小路屋敷を売られちゃなんなかったんでごぜえますよ。それがそもそもの災いの始まりでごぜえましただ。それでお前様がよその国をほっつき歩いていなさる間に、サムの話じゃ、黒い男どもを山の方まで追っかけて行きなすったそうで、それが何のためかは、サムもはっきりいいよりませんが、ともかくその間に、やつらがやって来て袋小路を掘っくり返し、わしのじゃがを滅《め》

茶苦茶《ちゃくちゃ》にしよりましたんじゃ！」

「本当に気の毒なことしたねえ、ギャムジーさん。」と、フロドはいいました。「しかしこれでわたしも帰って来たんだから、せいぜい償いはさせてもらうよ。」

「さてさて、これ以上結構なお言葉はねえでがす。」と、とっつぁんはいいました。「フロド・バギンズの旦那は本当の紳士だとわしがいつもいってたとおりじゃ、失礼ながら、同じバギンズの名をもった別の者《もん》たちのことをお前様方がどう考えておられるにせよ。それでうちのサムは行儀ようして、ご満足のいくご奉公をいたしましたかい？」

「申し分なしだよ、ギャムジーさん。」と、フロドはいいました。「それどころか、あんたが信じてくれるかどうか知らないが、サムは今ではあらゆる国々で最も高名な人たちの仲間入りをしたんだよ。ここから海にいたるまで、そして大河のかなたまで、人々はサムの功《いさおし》を歌に作っているんだよ。」サムは顔をあからめながらも、フロドに感謝のまなざしを向けました。というのも、ロージーが目を輝かせ、かれににっこり微笑《ほほえ》みかけたからです。

「そりゃなかなか本当とは思えねえこってすわい。」と、とっつぁんはいいました。「もっともこいつが変わった仲間とつきあっとったちゅうことは、見ればわかりますがね。こいつの胴着はどうなりましたんじゃ。わしは金物を身に帯びるのはたとえ長持ちしようとしまいと、不賛成ですわい。」

次の朝は、コトン一家も客たちも早く起床しました。夜の間は何の騒ぎも聞こえませんでしたが、日の高くならないうちに、面倒なことがもっと起こるにきまっています。「袋小路にはもう一人もごろつきは残っておらんようですのう。」と、コトンはいいました。「でもいつ何時《なんどき》追分からの一隊がやって来るかわかりませんわい。」

朝食のあと、トゥック郷《ごう》から使者が一人馬を乗り入れて来ました。かれは意気軒昂《けんこう》としていました。「セインの呼びかけでわれわれの地方はすっかり立ち上がりました。」と、かれはいいました。「そしてこの噂《うわさ》は野火のように四方に広まっています。われわれの里を見張っていたごろつきどもは南に逃げて行きよりました。生きて逃れたやつはです。セインはやつらの後を追ってます。そっちにおるごろつきの大集団を寄せつけないためです。しかしセインは一族の中から割《さ》けるだけの人数をつけてペレグリンさんをこちらに帰されました。」

次の知らせはこれほどいいものではありませんでした。一晩中出ていたメリーが十時頃戻って来たのです。「四マイルばかり先にごろつきの一隊がいます。大勢です。」と、かれはいいました。「追分から街道をやって来ます。しかも仲間からはぐれたごろつきどもがかなりたくさんかれらに合流しましたからね。おおよそ百人くらいはいるにちがいありませんよ。それにやつらは道々火をつけてるんですからね、ちくしょう！」

「ああ！　あの連中は話すために待ったりはしませんですわい。殺せれば殺すでしょうて。」と、お百姓のコトンがいいました。「トゥックの一党がもし先に来なきゃ、わしらは遮蔽物《しゃへいぶつ》の陰に隠れて、問答なしに矢をぶっぱなすに限りますわい。これが片づくまでにはどうしても一合戦《ひと》なきゃ、おさまりませんぜ、フロドの旦那。」

ところでトゥックの一党の方が先にやって来ました。待つ間もなく、ピピンを先頭に、トゥック郷や緑山丘陵から総勢百人の部隊が進軍して来たのです。メリーはこれでごろつきどもを相手に戦うのに充分屈強なホビット部隊を手に入れたのです。斥候の報告では、敵は互いにぴったりくっついてやって来るということでした。かれらはこの地方の住民が蹶起《けっき》したことを知っており、その中心地水の辺村で情容赦なくこの反乱を鎮圧するつもりでいることは明らかです。しかしいかにかれらの決意が頑強でも、かれらの中には戦いの仕方を心得ている指揮者はいそうにもありませんでした。かれらは何の警戒もせずにやって来ました。メリーは手早く作戦を立てました。

ごろつきたちは重い足音をたてて東街道をやって来ました。そしてそのまま立ち止まらないで、水の辺村の村道にはいって来ました。この道はかなりの距離の間、頂に低い生け垣のある高い土手の間をだらだら坂が続いていました。街道から八分の一マイルほどはいったところの曲がり目を曲がった時、ごろつきたちは、農家で使う古い手押し車を何台も逆さに置いた、堅固な障害物に行き当たりました。これはかれらの足を止めました。同時にかれらは両側の生け垣、これはちょうどかれらの頭の上くらいの高さだったのですが、その生け垣にホビットたちがずらっと居並んでいるのに気づきました。ごろつきたちの後ろには今度はまた別のホビットたちが畠《はたけ》に隠してあった車をさらに何台も押し出して来て、退路を塞《ふさ》いでしまいました。その時頭上からかれらに話しかける声がありました。

「どうだ、お前たちは罠《わな》の中にはいり込んだのだぞ。」と、メリーはいいました。「ホビット村からやって来たお前たちの仲間も同じことをした。そして一人が死に、残りは捕えられた。武器を置け！　それから二十歩後《うし》ろに退いて腰を下ろせ。囲みを破って出ようとする者はだれであろうと射殺《いころ》すぞ。」

しかしごろつきたちはそうやすやすと怯《おじ》けづきはしません。中にはいわれたとおりにした者も幾人かはいましたが、すぐに仲間に襲われてしまいました。二十人ばかりがさっと退き、車の障害物に突進して行きました。そのうち六人は射殺され、残りはホビットを二人殺して脱出し、それから末つ森の方向に散り散りに逃げて行きました。逃げて行く途中、さらに二人が倒れました。メリーは高らかに角笛《つのぶえ》を吹き鳴らしました。すると遠くからそれに答える呼び声がいくつも聞こえてきました。

「遠くまでは逃げられないよ。」と、ピピンがいいました。「あのあたりは今やこっちの追っ手でいっぱいなんだから。」

後ろの道では、まだ八十人くらい残っている罠にかかった男たちが障害物や土手をはい登ろうとしていましたので、ホビットたちはやむなくその多くを弓で射殺したり、斧で斬《き》り殺したりしなければなりませんでした。しかしかれらの中でも一番強くて命知らずの者たちの多くは西側に脱け出したのですが、今度は、逃げるよりも殺すことに心を傾けて猛然と撃ってかかりました。幾人かのホビットたちが倒れ、残りの者がたじろいだちょうどその時、東側にいたメリーとピピンが道を横切って来て、ごろつきたちに撃ってかかりました。メリー自身は、一味の首領で図体《ずうたい》が大きく目つきの悪い、見たところ大型のオークにも似た無頼漢を討ち取りました。それからかれは手勢を撤退させ、人間たちの残党を射手たちの大きな円陣の中に包み込みました。

遂《つい》にすべてが終わりました。ごろつきたちの七十人近くが死んで畠《はたけ》に横たわり、十人余りが捕虜となりました。十九人のホビットが殺され、三十人ほどが負傷しました。死んだごろつきたちは荷車に積まれ、近くの砂坑に運ばれていって、そこに埋められました。それは後に戦《いく》さ坑《あな》と呼ばれました。討ち死にしたホビットたちはお山の山腹の一つの墓に一緒に葬られました。そこには後に大きな墓石が建てられ、その周りに庭園が配置されました。こうして一四一九年の水の辺村の戦いは終わりました。ホビット庄で戦われた最後の戦いであり、一一四七年に遠く北四《し》が一《いち》の庄緑野で行なわれた戦い以後ただ一つの戦いでもありました。その結果、幸運にもこの戦いによって失われた命の数こそは非常に少なかったとはいえ、それは赤表紙本の中の一章を占め、またこれに加わった者たち全員の氏名が巻きものに記録され、庄の歴史家たちはそれを諳《そら》んじていました。コトン一族がその声望と繁栄を少なからず高めたのはこの頃にさかのぼるのです。しかし名簿の一番上にあったのは何といっても指揮官のメリアドクとペレグリンの名前でした。

フロドも戦場に身を置いてはいたのですが、とうとう剣は一度も抜きませんでした。かれの主な役目は、ホビットたちが味方の陣営の損失を怒って、武器を投げ出した敵をも討ち取ろうとするのを止めることでした。戦闘が終わり、後片づけの仕事を命ずると、メリーとピピンとサムはフロドに合流し、四人はコトンの家に戻りました。一緒におそい昼食をすますと、フロドは吐息をついていいました。「やれやれ、どうやら『お頭《かしら》』を相手にする時が来たようだな。」

「ほんとにそうだ。早ければ早いほどいいですよ。」と、メリーがいいました。「それからあんまり優しくしちゃいけませんよ！　あのごろつきどもを連れ込んだのも、やつらが働いた悪事もみんなかれに責任があるんですからね。」

お百姓のコトンは二十五人ばかりのたくましいホビットたちの護衛を集めてくれました。「袋小路に一人もごろつきが残っていなかろうちゅうのは推測にすぎんわけですからのう。」と、かれはいいました。「わかりませんぜ。」それから一同は歩いて出かけました。フロドとサムとメリーとピピンが先に立って歩いて行きました。

これはかれらがその生涯に経験した最も悲しい時の一つでした。前方には大きな煙突がそそり立っています。そして一行が川向こうの昔からの村に近づいて行くにつれ、道の両側に並んだ新しいみすぼらしい家々の間から、新しい製粉工場がその威圧するようなくすんだ醜さをさらけ出して見えてきました。川の流れにまたがるように立つ煉瓦《れんが》造りの大きな建物で、そこから湯気を立てて流れ出す悪臭のする排出物が川の水を汚していました。水の辺村の村道沿いの並木は一本残らず伐《き》られていました。

橋を渡り、お山を見上げた四人は息も止まるほど驚きました。サムがガラドリエルの鏡の中で見た幻影さえ、今見たものの備えにはならないくらいでした。西側にあった古い穀倉は取り壊され、代わりにタールを塗った小屋が幾列も並んでいました。栗の木は一本もありませんでした。土手は崩れ、生け垣は破れています。芝生もなくむき出しの踏み固められた地面には、大きな荷車がいくつも乱雑に置かれていました。袋枝路《えだみち》は砂地が大きく口を開け、砂利採取場と化していました。その先の袋小路はごたごたと並んだ大きな小屋の群れにさえぎられて、ここからは見えませんでした。

「切り倒しちめえましただよ！」と、サムが叫びました。「誕生祝いの木を伐り倒しちめえましただよ！」かれはその下でビルボがお別れの演説をしたあの木が立っていた場所を指さしました。木は枝を切り払われ、死んで原っぱに横たわっていました。これがサムにはもはや耐えきれない最後の打撃となって、かれはどっと涙を溢《あふ》れさせました。

その時笑い声が聞こえて、サムの涙を止めました。製粉工場の前庭の低い塀《へい》に傲慢《ごうまん》そうな顔つきのホビットが一人もたれかかっていました。うす汚れた顔と真っ黒な手をしています。「お前、どうだ、気に入らねえのかい、サムよ？」かれは嘲《あざけ》りました。「だが、お前はいつもお優しくておいでだったからな。おれはまたお前は行っちまったもんと思ってたぜ、お前がいつもべちゃくちゃしゃべってたやつらの船に乗ってどんどん行っちまったとよ。何でおめおめ帰りたくなったんだ？　ホビット庄にゃ今はおれたちのやる仕事があるのよ。」

「そうらしいな。」と、サムはいいました。「顔洗う時間もねえくせに、塀にもたれて油を売る時間はあるちゅうのかよ。だが、おい、サンディマンの親方よ、おらはこの村にたくさん勘定がたまってるんだ、恨みの数々がよ、ひやかしはその辺でやめねえと、お前の財布にはちいとでかすぎる勘定を払うことになるだぞ。」

テド・サンディマンは塀越しにペッと唾を吐きました。「けっ！　おれに指一本ふれてみろ、おれはお頭《かしら》の友達なんだからな。これ以上お前が生意気な口を利《き》きやがったら、お頭が手際よくあつかってくださるぜ。」

「そんなばか者に何をいってもむだだよ、もうやめておけ、サム！」と、フロドはいいました。「こんなふうになったホビットがほかにはあまりいないといいがね。人間たちが与えたどんな損害よりも始末におえないだろうからな。」

「お前は卑劣で無礼だ、サンディマンよ、」と、メリーはいいました。「そのうえお前のあては大はずれだ。わたしたちはこれからちょうどお山に行くところだ、お前の大事なお頭を取り除くためにな。かれのかかえていた人間たちはもう片づけた。」

テドは口をあんぐり開けました。というのもその時かれは、メリーの合図で橋を渡って来た護衛の一隊にはじめて気がついたからです。かれは脱兎《だっと》のごとく工場の中に駆け戻ると、角笛《つのぶえ》を手に走り出て、高らかに吹き鳴らしました。

「息を浪費するなよ！」メリーは笑っていいました。「ぼくにはもっといいのがあるんだ。」そこでかれは銀の角笛を手に持ち上げて吹き鳴らしました。朗々と澄んだその呼び声はお山を越えて響き渡りました。するとホビット村の穴という穴、小屋という小屋、みすぼらしい家という家からホビットたちがそれに答え、続々と姿を現わし、歓声と高らかな叫び声を発して、一行のあとに従いながら、袋小路への道を登って行きました。

道を登りつめたところでみんなは立ち止まりました。そしてフロドとその友人たちだけが、そのまま進み、とうとう昔なつかしい場所にやって来ました。庭は掘っ立て小屋で埋まり、その中には昔ながらの西向きの窓に近々と建てられたものもいくつかありましたので、西の窓にはいる光はすっかりさえぎられてしまっていました。そしてどこにもかしこにもごみの山ができているのです。玄関のドアには傷がついています。呼び鈴《りん》の鎖はだらりと垂れ下がり、鳴らしても鳴りません。ドアを叩《たた》いても返事はありません。とうとう痺《しび》れを切らして押すと、ドアはその力で開きました。四人は中にはいりました。なかはいやな匂《にお》いがし、汚れ放題、散らかり放題の雑然たるありさまで、ここしばらくはだれも住んでいなかったとしか見えませんでした。

「あの卑怯《ひきょう》なロソはどこに隠れているんだろう？」と、メリーがいいました。四人は部屋は片っぱしから全部探したのですが、見つかった生きものといえばねずみしかいません。「みんなに助けてもらって小屋を全部探してみましょうか？」

「これはモルドールよりひどい！」と、サムがいいました。「おらたちにとっちゃ、こっちのほうがずっとひどい。よく肺腑《はいふ》をつくっていいますだが、ほんにそうです。ここはわが家で、ここがこんなに荒れ果ててしまう前のことをよく覚えてるからですだ。」

「そう、ここはモルドールだ。」と、フロドはいいました。「まさにその仕事の一つだよ。サルマンは終始モルドールの仕事を代行していた。自分では己自身のために働いていると思っている時ですらそうだった。そしてサルマンがだまして手先に使った連中も同じことだ、ロソのように。」

がっかりして胸をむかつかせながら周りを見回していたメリーは、「出よう！」と、いいました。「あいつが惹《ひ》き起こしたあらゆる害悪を前もって知っていたら、サルマンの喉首《のどくび》にぼくの持ってたたばこ入れを押し込んでやったのに。」

「ごもっとも、ごもっとも！　だが、お前はそうしなかった。おかげでわしはようこそお帰りとお前さん方をここに迎えることができたわけだ。」玄関のドアのところに、ほかならぬサルマン自身が立っているではありませんか。栄養も充分ゆきわたり、いかにも満足げな様子で、その目には悪意がひらめき、おもしろくてたまらぬようにきらきらと光っています。

突然光が射すように、フロドには事の真相が見えてきました。「シャーキーか！」と、かれは叫びました。

サルマンは声たてて笑いました。「それじゃその名前を聞いてたんだな？　アイゼンガルドじゃわしの家来どもがみんなわしのことをそう呼んでおったようだ。おそらく愛情のしるしだろうて。だがどうやらお前さんはここでわしに会うとは予期しておらなかったようだのう。」（原註　シャーキーは、語源的にはおそらくオーク語のシャーク、すなわち「老人」から出ているのであろう。）

「予期してはいなかった。」と、フロドはいいました。「だが、そうじゃないかと思ってもよかったのだ。卑劣なやり方でちょっとした悪事をなす。あんたにはまだそれくらいのことはできると、ガンダルフが警告してくれたのだから。」

「充分できるとも、」と、サルマンはいいました。「それもちょっとしたどころか。お前たちには笑わせられたぞ、このホビット族の成り上がりどもめ、えらい人たちと一緒に馬に乗り、ちっぽけな己に自信満々、満足しきったざまは。お前たちは、やれやれこれでうまく片がついた、のんびり郷里《くに》に帰って、田舎で静かに暮らせるわいと思っとったな。サルマンのすまいはすっかりこわしてもよし。サルマンは追い出してもよし。だが自分たちのすまいにはだれも手をふれることができぬとな。ああ、そうとも！　自分たちのことはガンダルフが見てくれるだろうとな。」

サルマンはふたたび声をあげて笑いました。「あいつが見てくれるもんか！　道具に使った連中が任務を終えれば、あとはぽいと捨てるだけだ。だがお前たちはやつのあとに腰巾着《こしぎんちゃく》みたいにくっついて行かなきゃならん。ぶらぶら時をつぶし、べちゃべちゃしゃべり、必要な距離の二倍も回り道をしてな。『よし、』と、わしは考えた。『やつらがこれほど阿呆《あほう》なら、やつらを出し抜いて、ひとつ肝に銘じさせてやろう。悪には悪をもってせよ。』となお前たちがわしに今少しの時間ともう少し多くの人間を与えてさえくれれば、この懲罰ももっときびしいものになったろうがの。それでもわしはすでに多くのことをなした。お前たちが一生かかってもこれを繕い、あるいは元に戻すことが困難と思えるほどのことをな。このことを考え、それとわしの受けた損害とを比較するのは愉快だろうて。」

「そうか、あんたの見つける楽しみの種がそういうことなら、」と、フロドはいいました。「わたしはあんたを気の毒に思う。ただ思い出だけを楽しむことになるだろうから。さあ、すぐに立ち去れ。二度と戻るな！」

この村のホビットたちは小屋の一つからサルマンが出て来たのを見て、すぐに袋小路屋敷の玄関に寄り集まって来ていたのですが、このフロドの命令を聞くと、怒ってぶつぶつと文句をいいました。

「行かせちゃならねえ！　殺しちまえ！　そいつは悪者で人殺しだ。殺しちまえ！」

サルマンは敵意に燃えた村人たちの顔をぐるっと見回して、微笑を浮かべました。「殺しちまえか！」かれは嘲《あざけ》るように口真似《まね》をしました。「勇敢なホビットさんたちよ、充分な人数があると思えば、殺すがいい！」かれは背を伸ばして真っ直に立ち、その黒い目で薄気味悪く村人たちを見つめました。「だが、わしが全所有物を失ったからといって、持てる力のすべてを失ったとは思うな！　わしを打つ者はだれであろうと呪《のろ》われるであろうぞ。また、わが血がホビット庄を汚すなら、この地は衰え、二度とふたたび癒《いや》されることはないぞ。」

ホビットたちはあとずさりしました。しかしフロドはいいました。「かれのいうことを信じてはいけない！　かれはその声を除いてすべての力を失ってしまったのだ。かれの声は、ほしいままにしゃべらせれば、未《いま》だにあなたたちを怯《ひる》ませも、たぶらかせもできる。だが、わたしはかれを殺させない。あだをもってあだに報いても何にもならない。何も癒しはしない。行け、サルマン、最も速やかな道をとって！」

「蛇！　蛇！」サルマンが呼ぶと、近くの小屋から蛇の舌が出て来ました。這うようによぼよぼと歩いて来るところはまるで犬のようでした。「蛇よ、また旅に出るぞ！」と、サルマンはいいました。「ここにおいでのご立派な方々、殿様方がまたわしらをさすらいの旅に追いやるんだ。さあ早く来い！」

サルマンはくるっと踵《くびす》を返し、蛇の舌は足を引きずってその後を追いました。しかしサルマンがフロドのすぐ近くを通った時、その手に短剣がひらめいたと思うと、すばやくフロドを刺しました。刃は隠された鎖かたびらに当たってそれ、ポキッと二つに折れました。サムを先頭にした十人余りのホビットたちが声をあげて飛びかかり、悪者を地面に投げ倒しました。サムは剣を抜きました。

「いけない、サム！」と、フロドはいいました。「それでもかれを殺してはいけない。わたしは傷を負わなかったのだから。それにいずれにしろ、わたしはこのような凶悪な気分のままでいるかれを殺したくはない。かれはかつては偉大だった。おいそれと手が振り上げられない高貴な者だった。かれは堕《お》ちた。そしてその救済はわたしたちの力には及ばぬ。しかしそれでもわたしはかれがそれを見いだすことを望んで、命を助けたいと思う。」

サルマンは起き上がって、まじまじとフロドを見つめました。その目には感嘆と敬意と憎しみのまざりあった奇妙な表情が見られました。「あんたは成長したな、小さい人よ。」と、かれはいいました。「そうとも、あんたはたいそう成長した。あんたは賢明にして残酷だ。あんたはわしの復讐《ふくしゅう》から甘美さを奪った。そしてわしはこれからはあんたの慈悲を恩に着て、苦い思いを抱きながら行かねばならん。あんたの慈悲を憎む、あんたを憎む！　では、わしは行く。そしてもうこれ以上あんたを悩ませはせぬ。だがわしがあんたに健康と長寿を祈るとは思い設けるな。あんたにはそのどちらも与えられぬだろう。でもそれはわしのせいではない。わしはただ予言するだけだ。」

かれは歩き去って行きました。ホビットたちはかれが通る道をあけましたが、みんなの指の関節は武器を握りしめる力に白くなるほどでした。蛇の舌は一瞬ためらいを見せましたが、やがて主人のあとについて行きました。

「蛇の舌よ！」と、フロドが叫びました。「お前はかれの後について行くには及ばない。わたしの知る限りお前はわたしに何も悪いことはしていない。ここでしばらく休息と食物を取ってゆくがよい。もっと元気が出て自分の好きなようにできるまで。」

蛇の舌は立ち止まって、フロドを振り返り、喜んで留まる様子を見せました。サルマンは振り向いて、甲高《かんだか》い声でいいました。「何も悪いことはしとらんと？　ああ、しとらんとも！　こいつが夜中にこっそり出て行く時も、ただ星を見るためなのさ。だが、だれかがたずねているのを聞いたように思ったがの、哀れなロソはどこに隠れているのかとね。蛇よ、お前は知ってるだろ？　やつらにいってやらないかね？」

蛇の舌はへたへたとおじけづいて、泣き声を出しました。「いやだ、いやだ！」

「それではわしがいってやろう。」と、サルマンがいいました。「お前たちのお頭《かしら》、気の毒なちび、お前たちのご立派な小さい親分はな、この蛇に殺されたのよ。蛇め、そうだろ？　たしか眠っている間に刺したのだな。死体は多分埋めてくれたものと思うがの。もっとも蛇はこのところずっとえらく腹を空《す》かせておるが。そうとも、蛇は悪いことをしないわけではないぞ。こいつのことはわしに委《まか》せておいたほうがよかろう。」

凶暴な憎しみの色が蛇の舌の血走った目に浮かびました。「あんたがいいつけたんだ。あんたがさせたんだ。」かれは怒った声でいいました。

サルマンは声をたてて笑いました。「お前はシャーキーのいいつけどおりにするんだ。いつだってな、蛇よ、そうだろうが？　さてと、次のシャーキーのいいつけはこうだ、『ついて来い！』」かれは腹ばっている蛇の舌の顔を足で蹴《け》ると、背を向けて歩き出しました。しかしその時何かがはじけました。蛇の舌が突然起き上がると、隠していた短剣を抜き、それから犬のような唸《うな》り声をあげて、サルマンの背中に飛びかかるや、その頭をぐいと後ろに引いて、喉首《のどくび》をかき切り、大声で喚《わめ》きながら道を駆け降りて行きました。フロドがわれに返って口を利《き》くより早く、ホビットたちの矢が三本弦音《つるおと》高く放たれ、蛇の舌は死んで倒れました。

居合わせた者たちを驚かせたことは、サルマンの亡骸《なきがら》の周りに灰色の靄《もや》がしだいに立ちこめ、まるで焚火《たきび》の煙のように非常な高さにまでゆっくりと上っていくと、屍衣《しい》でおおわれたおぼろな人の姿をとってお山の上にぼうっと浮かび出たのです。一瞬それはゆらゆらと揺らめいて、西の方に面を向けましたが、西から冷たい風が吹いてくると、それはたわんで運び去られ、微風とともに薄れ去って、何一つ痕《あと》をとどめませんでした。

フロドは死骸《しがい》に目を落としながら憐憫《れんびん》と恐怖を覚えました。というのは、見ているうちに、死骸には突然長い死の年月が露呈《ろてい》されたように思われたからです。みるみるそれは縮み、しなびた顔はおぞましい頭蓋骨をちぎれちぎれにおおう皮膚の断片となり果てました。死骸《しがい》の傍《かたわ》らにぶざまに広がった汚れたマントの裾《すそ》を持ち上げて、死骸をおおうと、フロドは背を向けて立ち去りました。

「そうして、これが、このことのおしめえですだ。」と、サムがいいました。「後口《あとくち》の悪い終わり方ですわい。見ねえですめばよかっただが。でもこれで厄介払いにはなりましただが。」

「そして今度の戦争もこれで本当に終わったんであればいいね。」と、メリーがいいました。

「わたしもそうであることを望むね。」フロドはそういって、吐息をつきました。「まったく最後

の一撃だった。だけど考えてもごらん、それがここに落とされるとはねえ、よりもよって、袋小路屋敷の玄関に！　ずいぶんいろいろと望みをいだき、心配もしたが、これだけは予想もしなかったよ。」

「汚れたところや散らかったところをすっかり片づけるまでは、終わったとはいえねえです。」サムが憂鬱《ゆううつ》そうにいいました。「時間も労力もずいぶんかかるこってしょう。」

九　灰色港

すっかり後片づけをするのは、たしかに大仕事でしたが、時間はサムが心配したほどかかりませんでした。戦いの次の日、フロドは大堀町に行って、囚人たちを留置穴から解放しました。みんなが真っ先に見いだした者の中に、かわいそうにフレデガー・ボルジャーがいました。もうでぶちゃんではありませんでした。かれはその率いる反徒の群れとともに岩村の丘陵に近い穴熊スミアルに隠れていたところをごろつきたちにいぶり出され捕えられたのでした。

「かわいそうに、フレデガー、君はやっぱりぼくたちと一緒に来たほうがよかったよ！」自分の足で歩けないくらい弱っているかれをみんなが運び出した時、ピピンがいいました。

かれは片目を開け、気丈にもにっこり微笑《ほほえ》みかけようと努めながら、囁《ささや》くような声でいいました。「大きな声をしたこの若い大男はだれなんだい？　ちびのピピンのはずはなし！　きみ、帽子のサイズ、いくらになった？」

次にロベリアがいました。暗くて狭い穴蔵から救い出された時、かわいそうにロベリアはすっかり年をとり、やつれ果てて見えました。それでもかの女は片足をひきひき自分の足で出て来るといってききませんでした。そしてかの女がフロドの腕によりかかり、相変わらず例の傘《かさ》を握りしめたまま、姿を現わした時、みんなは拍手と歓呼の声で暖かくかの女を迎えましたので、ロベリアはすっかり心を動かされ、滂沱《ぼうだ》と涙を溢《あふ》れさせて立ち去りました。かの女はそれまでの生涯に一度としてみんなに好かれるという経験を持たなかったのです。しかしかの女はロソが殺されたという知らせを聞くと、すっかり打ちのめされ、袋小路屋敷に戻ろうとはしませんでした。かの女はそれをフロドに返し、自分はその一族である堅屋《かたや》村の袴帯《こおび》家の許《もと》を頼って行きました。

翌春この気の毒な老女が死んだ時——結局百歳の齢《よわい》は越えていたのですが——フロドは驚きもし、非常に感動もしました。かの女は自分の財産とロソの財産のうち残ったものを全部フロドに遺贈し、今度の事件で家を失ったホビットたちを助けるのに使ってくれるよう言い残したのです。これで永年の確執にも終止符が打たれました。

小足家のウィル老はだれよりも長く留置穴にはいっていました。かれは一部の者たちほどひどい仕打ちは受けていなかったかもしれませんが、それでも庄長の役柄にふさわしく見えるようになるまでには、おいしいものをうんと食べて太る必要がありました。そこで小足氏がふたたび健康を回復するまで、フロドがその助役を勤めることを承諾しました。助役としてかれがしたことは、庄察の機能と人数を本来の適正な規模に縮小したことだけでした。ごろつきたちの最後の残党を狩り出す仕事はメリーとピピンに委《ゆだ》ねられました。そしてこれは直ちに遂行されました。南の方のごろつき一味は水の辺村の合戦の知らせを聞くと、国外に逃げ出し、セインにはほとんど抵抗らしい抵抗も示しませんでした。その年の暮れるまでに僅《わず》かに生き残った者たちも森の中で逮捕され、降伏した者は国境《くにざかい》まで連行されました。

その間にも修復作業が速やかに進み、サムは多忙を極めました。ホビットたちは気分が乗り、必要に迫られると、働き蜂《ばち》のように働くことができるのです。今や何千という年齢もさまざまな働き手たちが喜んでその手を貸しました。若者や娘たちの小さいけれど敏捷《びんしょう》な手から、老爺《ろうや》や老婆の充分働いてきた荒れた手まで、加わりました。ユールまでには、例の新しい庄察署やそのほか「シャーキーの人間たち」が建てた建物は煉瓦《れんが》一つ残さず壊されました。しかし煉瓦はたくさんの古い穴を修理するのに使われました。もっと居心地よく乾いたすみかにするためです。そしてまたいろいろな物資や食糧やビールが山のように見つかりました。ごろつきたちが物置き小屋や納屋やホビットたちの住まなくなった穴など、とりわけ大堀町のトンネルや岩村の石切り場などに隠しておいたものなのです。こういうわけでこの年のユールにはだれ一人思い設けなかったほどのご馳走《ちそう》ぶるまいになりました。（訳註　ユールとは、ホビット庄暦ではその年の大晦日《みそか》とあくる元日とをあわせていう。）

ホビット村でまず第一に着手されたことの一つは、新しい製粉工場の撤去よりも何よりも、お山と袋小路屋敷の大掃除と、袋枝路の復元でした。新しくできた砂坑の前面はすっかり地ならしされ、風を防いだ一大庭園と化しました。そして南向きに新しい住居穴がいくつもお山の奥の方に向けて掘られ、それは全部煉瓦で敷きつめられました。元と同じ三番地に戻してもらったとっつぁんは、聞く者がいようといなかろうとおかまいなしに、口を開けばこういうのでした。「わしがいつもいうとおり、だれの得にもならん悪い風というのは、ないんじゃよ。それにな、終わりよければ、すべてよしじゃ！」

新しい路地につける名前のことではいろんな意見が出されました。「合戦小路」という名前も考えられましたし、また「スミアル改正街」という名前も出ました。しかししばらくすると、分別あるホビットの流儀で、ただ「新小路」と呼ばれることになりました。これを「シャーキー末路」と呼ぶのはただ水の辺村だけに通用するだじゃれでした。

樹木の受けた損失と損害は何よりも大きいものでした。シャーキーのいいつけでホビット庄じゅういたるところでむやみやたらにたくさんの木が切り倒されてしまったのです。サムは何にも増してこのことを悲しみました。一つにはこの損害を癒《いや》すのには長い時間がかかり、自分の曾孫《ひまご》くらいになってやっとあるべきすがたのホビット庄が見られるのではないかと思われたからでした。

すると突然ある日のこと、というのもサムは何週間もの間あまり忙しくて、自分のしてきた冒険のことを考える暇もなかったのです。かれはガラドリエルの贈り物のことを思い出しました。かれはあの箱を取り出してきて、ほかの旅人たち（今ではみんながかれらのことをこう呼んでいるのでした）にこれを見せ、意見を求めました。

「わたしはまたいつになったらお前がこのことを思い出すのかと思ってたんだよ。」と、フロドがいいました。「開けてごらん！」

中にはやわらかくて細かな灰色の粉末がいっぱいつまっていました。そしてその真ん中には銀色の殻《から》をもった小さな木の実のような一粒の種子《たね》がありました。「これをどうしたらいいでしょう？」と、サムがいいました。

「風のある日に空中に撒《ま》いて、あとはその働きにまかせたら？」と、ピピンがいいました。

「どこに撒きますか？」と、サムがいいました。

「どこか一個所を苗床に選んで、そこの植物にどんなことが起こるか見てみたら？」と、メリーがいいました。

「けどおらがこれを自分の庭のためだけに独り占めすることは奥方様の思《おぼ》し召しにそいっこねえに決まってます。こんなに大勢の者が辛《つら》い思いをしてきたんですから。」と、サムがいいました。

「お前が自分で持っている智恵や知識をある限り使ってごらんよ、サム、」と、フロドがいいました。「そしてそのあとでこの贈り物を使うのだ、お前の仕事を助けてもらい、それをよりよく向上させるためにね。それからこれはけちけち使いなさい。たくさんあるわけではないし、この粉末の一粒一粒に値打ちがあると思うから。」

そこでサムは特に美しかった木や皆から愛されていた木が切り倒された場所に全部若木を植え、その根元の土にそれぞれ一粒ずつ、この貴重な粉末を置きました。かれはこの仕事のためにホビット庄をあちこちと往来したのですが、かれがホビット村と水の辺村に特別の配慮を払ったとしても、かれを責める者はいませんでした。そして最後に、かれはまだ粉末がいくらか残っているのを知りました。そこでかれはだいたいホビット庄の中心にあたる境石《さかいいし》のところまで行き、その粉末を祝福の言葉とともに空中に撒きました。小さな銀色の木の実は、例の木のあった誕生祝いの原に植えました。そしてこれからいったい何が生えてくるのかと思いました。冬の間じゅうできるだけ辛抱強く待ち、ともすれば何か起こってないか絶えず見に行きたくなる気持ちを押さえようと努めました。

春はかれの最も野放図な望みを上回るものになりました。かれの植えた木々はずんずんと伸び始め、大きくなっていきました。まるで時が先を急ぎ、一年に二十年分の仕事をさせたがっているかのようでした。誕生祝いの原には美しい若木が一本すっくと伸びてきました。その木は銀色の木肌《はだ》と長い葉を持ち、四月になると、金色の花が一度にぱっと花開きました。これはほかでもないマルローン樹でした。そして木は近隣の嘆賞の的になりました。後年、この木が優雅さと美しさを増すにつれ、その存在はあまねく広く知られるようになり、人々はこれを見ようと遠路はるばるやって来るようになりました。霧ふり山脈から西、そして大海の東にあるただ一本のマルローン樹であり、世界でもっとも立派なマルローン樹の一つとなりました。

全体としてもホビット庄の一四二〇年は驚くべき年でした。照るにしろ、降るにしろ、適切な時を得て、申し分ない量を持った恵光慈雨のせいだけではなく、何かそれ以上のものがあるように思えました。それは豊かさと生成の気であり、この中つ国をゆらゆらと束《つか》の間《ま》通り過ぎて行く現世《うつしよ》の夏の恵みを超えた美のきらめきでありました。この年に生まれた、あるいは儲《もう》けられた子供たちは——その数は大勢でしたが——皆見るからに美しくまた丈夫でした。そしてこの子供たちの大部分が従来ホビットの間では滅多に見られなかった豊かな金髪の持ち主でした。果物はあり余るほどとれ、ホビットの子供たちは苺《いちご》とクリームにとっぷりつかるくらいでした。そして苺の後には李《すもも》の木陰の芝生にすわって、せっせとその実を食べては、小さなピラミッドか征服者の積み上げたしゃれこうべの山のように種の山をいくつもこしらえて、それからまた先へ動いて行くのでした。だれ一人病気にかからず、芝生を刈らねばならない者以外はみんなが満足していました。

南四《し》が一《いち》の庄では葡萄がたわわに実り、「パイプ草《ぐさ》」は驚異的な出来高を記録しました。そしてどこでも穀物は非常な豊作で、収穫時には納屋という納屋がいっぱいになりました。北四が一の庄の大麦も非常に出来がよく、一四二〇年醸造のビールはその後長くみんなの記憶に残り、通り言葉になったほどでした。ほんとうに一世代後になっても旅籠《はたご》屋へ行けば聞けたかもしれません、一日の汗を流す一杯のビールを飲み干したあとで、ジョッキを置きながら満足の吐息とともに一人の老爺《ろうや》のいう言葉を。「ああ！　これぞ一四二〇年もの、まちがいなし！」

サムは最初フロドと一緒にコトン家に滞在していました。しかし新しい通りができ上がると、とっつぁんと一緒に引っ越して行きました。いろいろ仕事があるところへもってきて、かれは袋小路屋敷の清掃と修理を指図するのに追われました。それにかれは木の世話をする仕事のために、ホビット庄内をたびたび遠くへ出かけました。それで三月の初旬には家を留守にしていたので、フロドが病気になったことを知りませんでした。その月の十三日にお百姓のコトンさんがベッドに臥《ふ》しているフロドを見つけたのです。かれは頸《くび》に下げている鎖に下げた白い宝石をぎゅっと握りしめて、半ば夢を見ている人のようでした。

「永遠に失《な》くなったんだ。」と、かれはいいました。「そして今はすべてが暗く空虚だ。」

しかし発作は去り、二十五日にサムが戻って来た時には、フロドはもう回復しておりました。そしてかれは自分のことについては何もいいませんでした。そうこうしているうちに袋小路屋敷も片づき、メリーとピピンが堀窪から古い家具や什器《じゅうき》の類を持ち帰って来ましたので、古い住居穴はまもなく以前とほとんど変わらない様子を取り戻しました。

やっとすっかり住めるようになると、フロドはいいました。「お前はいつわたしのところに引っ越して来るつもりかね、サム？」

サムはちょっと、ばつの悪そうな様子をしました。

「来たくなきゃ、まだ来なくてもいいんだよ。」と、フロドはいいました。「だけど、おとっつぁんはすぐそばだし、ランブルの後家さんがよく面倒を見てくれるだろうからね。」

「そのことじゃねえのです、フロドの旦那、」サムはそういって真っ赤になりました。

「じゃ、何なのかね？」

「ロージーです。ローズ・コトンです。」と、サムはいいました。「かわいそうに、あの娘《こ》はおらがよその国に出かけて行ったのがまったく気にくわなかったようですだ。けどもおらは別に気持ちを打ち明けたわけではねえので、あの娘もそれを口にすることができなかったのですだ。おらにはまずやる仕事があったので、打ち明けなかったのです。けど、今はもう打ち明けましただ。するとロージーはこういうのですだ。『そうねえ、あんたは一年もむだにしたわ。なのにどうしてもっと待つの？』『むだにしたと？』おらはいいました。『そうは思わねえだが。』と。それでもおらにはあの娘《こ》が何をいおうとしてるのかわかりますだ。おらは、いってみれば二つに引き裂かれるような思いですだ。」

「わかったよ。」と、フロドはいいました。「お前は結婚したいんだね。それでいて袋小路でわたしと一緒に暮らしたいとも思ってるんだろ？　だけど、お前、そんなこととても簡単じゃないか！　できるだけ早く結婚して、それからロージーと一緒に引っ越しておいで。袋小路にはお前が欲しいと思うだけの大家族が住める場所が充分あるんだから。」

そこで話は決まり、サム・ギャムジーは一四二〇年の春にローズ・コトンと結婚しました（この年はこの婚礼があったことでも有名です）。そして二人は袋小路に来て暮らしました。そしてサムが自分のことを運がいいと思ったとすれば、フロドは自分のほうがもっと運がいいことりました。なぜならかれほどゆきとどいた世話を受けているホビットはホビット庄じゅうには一人もいなかったからです。修復作業の計画がすっかり立てられ、軌道に乗ってくると、かれは静かな生活を好むようになり、たくさん書き物をし、覚え書にすっかり目を通しました。かれはその年の夏至《げし》の自由市で助役の職を辞し、小足家のウィル老がさらに七年宴会の司会を勤めることになりました。

メリーとピピンはしばらくの間堀窪に一緒に住んでいて、バック郷《ごう》と袋小路の間には頻繁《ひんぱん》に往来《ゆき》が行なわれました。二人の若い旅人はその歌と美しい装いと、さらにはよく開くすばらしいパーティで、ホビット庄の耳目を欹《そばだ》たせました。「殿様のようだ」みんなは二人のことをこういいました。これにはちっとも悪い意味はありませんでした。なぜなら、二人が鎖かたびらを輝かせ、見事な盾《たて》を光らせて、遠い国の歌を歌ったり笑いさざめきながら馬で通り過ぎるのを見ることはみんなの心を暖めましたから。そしてたとえ二人とも今は体が大きく堂々としているとはいえ、その他の点では昔と変わっていませんでした。ただ二人とも以前にも増して言葉づかいが美しく、いっそう快活で、陽気な気分に満ち満ちているのでした。

しかしフロドとサムは、必要があって長い灰色のマントを着る時以外は普段の服装に戻っていました。そのマントは目の細かな織物で、衿元《えりもと》を美しいブローチで留めてありました。そしてフロド氏は鎖をつけた白い宝石をいつも身につけていて、始終それを指でさわっていました。

今や万事が順調で、さらによくなる一方という期待があるだけでした。サムはホビットとしても望めないくらい忙しく、そして喜びに溢《あふ》れていました。主人のことである漠然とした気がかりがあるほかは、かれにとってこの一年間をいささかなりと翳《かげ》らすものは何一つありませんでした。

フロドはホビット庄の表立った活動のすべてから目立たないように離脱していきました。サムはフロドが自分の国ではいかに僅《わず》かな栄誉しか得ていないかに気づいて、心を痛めました。かれの功《いさおし》と冒険について知る者もあるいは知ろうとする者もほとんどいませんでした。人々の賞讃と敬意は主としてメリアドク氏とペレグリン氏、また（もしサムが知っていたとすれば）サム自身に向けられていました。そして秋になるとまたも古い煩《わずら》いの影が現われました。

ある晩サムが書斎に行ってみると、主人がただならない様子をしていました。顔からは血の気が失《う》せ、目は遠くにあるものを見ているようでした。

「どうされましただか、フロドの旦那？」サムはたずねました。

「わたしは傷ついてる。」と、かれは答えました。「傷ついて、二度と癒《なお》ることはないのだよ。」

しかしやがてかれは起き上がり、発作は過ぎ去ったように見えました。そして次の日になるとすっかりいつものかれに戻っていました。発作の起きた日が十月の六日だったことをサムが思い出したのは後になってからでした。二年前のその日風見《かざみ》が丘の山陰の小谷は暗い夜でした。

時は経過し、一四二一年がやってきました。フロドは三月にふたたび病気になりましたが、たいへん努力してそれを隠しました。なぜならサムにはほかにいろいろ考えることがあったからです。サムとロージーの最初の子供は三月の二十五日に生まれました。サムが書き留めておいた日付です。

「あのう、フロドの旦那、」と、かれはいいました。「ちいっとばかし困った羽目になりましただ。ローズとおらとで、子供の名は、旦那のお許しをいただいてフロドにしようと決めてましたですが、男の子でなくて、女の子じゃねえですか。もっとも望んでも得られねえくらいきれいな娘っ子ですが、運よくおらよりもローズに似たとみえますだ。こういうわけでおらたち二人ともどうしていいかわからねえちゅうわけですだ。」

「そうだねえ、サム、」と、フロドがいいました。「昔からのしきたりどおりにやっちゃ、どうしてまずいんだね？　ローズみたいな花の名前を選ぶといい。ホビット庄の女の子の半分はこういった名前がついているんだよ。それにもっといい名前なんていったいあるだろうかね？」

「旦那のおっしゃるとおりだと思いますだ、フロドの旦那、」と、サムはいいました。「おら今度の旅で、美しい名前をいくつか聞きましたが、どれも、なんちゅうか、ふだん使うにはちいっとばかし豪勢すぎるように思いますだ。とっつぁんがいいよります、『短くしとくんじゃ。そうすりゃ、使う時に短く切りつめる必要はなくなるわい。』と。だが花の名前ちゅうことになれば、長さのことは心配することはねえです。こりゃ美しい花でなきゃなりませんわい。なぜちゅうと、ほら、あの子はたいそう美しい子だと思うんでごぜえますよ。そしてこれからますます美しくなることでしょうから。」

フロドはしばらく考えたあとでいいました。「そうだねえ、サム、エ、ラ、ノ、ー、ル、太陽星はどうだろう？　ロスロリアンの芝生に咲いていた小さな金色の花を覚えていないかね？」

「今度もおっしゃるとおりですだ、フロドの旦那！」サムは大喜びでいいました。「それこそおらの願ってたとおりの名前ですだ。」


小さいエラノールが生後六カ月近くになり、一四二一年の季節も移って秋になった頃、フロドはサムを書斎に呼びました。

「今度の木曜日はビルボの誕生日なんだよ、サム。」と、かれはいいました。「そしたらビルボはトゥック翁を追い越すことになるんだ。百三十一歳になるんだからね！」

「そういうわけですねえ！」と、サムがいいました。「驚くべきお方ですだ！」

「それでだね、サム、」と、フロドはいいました。「お前ローズと話をして、わたしと一緒に出かけられるよう、ローズから暇がもらえるかどうか訊《き》いてみてほしいんだよ。もちろんお前も今度は遠くまで行けないし、長いこと留守にもできないけどね。」幾分もの思いに沈んだ口調でかれはいいました。

「そうですねえ、充分お役に立つちゅうわけには。」

「もちろんそうはいかない。だが心配しなくていいよ。途中まで送ってくれたらいいんだから。

ローズにいっとくといい、長く留守にはしないってね、二週間以上はかからないって。そして、無事安全に帰って来るってね。」

「フロドの旦那、できれば、裂《さ》け谷《だに》までずっと旦那のお供をして、ビルボ旦那にもお目にかかりたいと思いますだ。」と、サムはいいました。「けどもおらが本当にいたいと思う場所はここだけですだ。おらこういうふうに二つに裂かれちまってますだ。」

「かわいそうに！　そういうもんだろうねえ。」と、フロドがいいました。「しかし癒《なお》るよ。お前はもともとしっかりしていて健康な心の持ち主なんだし、これからもそうだろうからね。」

そのあとの一両日、フロドは自分の書類や書いたものにサムと一緒に目を通し、鍵《かぎ》の束もサムに渡しました。飾りのない赤い革表紙の大きな本が一冊ありました。分厚いたくさんのページはもうほとんど埋められていました。はじめの方はビルボの細い曲がりくねった筆跡で埋められたページがたくさんありましたが、大部分はフロドのしっかりした流れるような書体で書かれていました。内容は章に分けられていましたが、第八十章は未完で、そのあとに何枚か白いページがありました。とびらには表題がいくつも書かれていて、それが次々と線で消してありました。こういうふうにです。

わが日記。思いよらざりしわが旅の記。往《ゆ》きて還《かえ》りし物語。またその後の出来事。

五人のホビットの冒険。大いなる指輪の物語、編者自身の観察記録とその友人たちの口供《こうきょう》とをもとにビルボ・バギンズ編集す。指輪戦争でわれらのなしたことども。

ここでビルボの筆跡は終わり、次はフロドの手で書かれていました。

指輪の王
の没落と
王の帰還

(小さい人たちの見たこと。ホビット庄のビルボとフロドの回想録に基づき、友人たちの口供ならびに賢者たちの知識によって、補足された。)
裂《さ》け谷《だに》においてビルボの訳した伝承の諸本からの抜粋《ばっすい》を含む。

「おやまあ、もうほとんど書き終えなすったじゃねえですか、フロドの旦那!」サムが感嘆の声をあげました。「こりゃまあ、頑張ってやられましたね。」

「すっかり書き終えたよ、サム。」と、フロドはいいました。「最後の何ページかはお前が書くんだよ。」

九月の二十一日に二人は一緒に出発しました。フロドはミナス・ティリスからずっとかれを乗せて来た、今は馳夫《はせお》と呼ばれている小馬の背に、そしてサムはかれのかわいがっているビルの背に揺られて。よく晴れた金色の朝でした。サムは行く先をたずねませんでした。そのうち見当がつくだろうと思ったのです。

二人は切株村にいたる道を取り、丘陵を越え、末つ森の方に向かいましたが、小馬の気の向くままにのんびりと歩かせて行きました。緑山丘陵で野営し、九月二十二日は、午後もかなりたった頃、二人は木立のはじまるあたりにゆるゆると馬を乗り入れて行きました。

「ありゃほかでもない旦那が隠れなすった木じゃねえですか、フロドの旦那！　黒の乗手がはじめて現われた時ですだ。」サムは左の方を指さしました。「今じゃ夢みてえな気がしますだ。」

夕暮れて、東の空に星々がほのかに現われる頃、かれらは例の朽ちかけた樫《かし》の木の許《もと》を通り過ぎて、それから道を折れ、はしばみの林の間にある丘を降りて行きました。サムは黙ったまま自分の思い出に耽《ふけ》っていました。やがてかれはフロドが低い声でそっと歌を口ずさんでいるのに気づきました。古い散歩の歌を歌っているのですが、歌詞はまったく同じではありませんでした。

角を曲がれば、待ってるだろうか、
新しい道が、秘密の門が。
たびたび旅路を通ったものの、
ついにその日がやってくるだろう――
月の西と日の東を通る
隠れたあの小径《みち》を辿《たど》る日が。

するとまるでこれに答えるように、下の方から歌声が、谷間の道を上って聞こえてきました。

ア！　エルベレス　ギルソニエル！
シリヴレン　ペンナ　ミリエル
オ　メネル　アグラール　エレナス、
ギルソニエル、ア！　エルベレス！
この遠い国の木々の下に住んで、
いまもわれら思い出すのは、
西の海に輝くあなたの星の光。

フロドとサムは立ち止まり、やわらかな夕闇の中に黙って腰を下ろしました。やがてかすかにきらめく光が見えてきて、旅人たちの一行が二人の方にやって来ました。

ギルドールと大勢の美しいエルフたちがいました。そしてサムを驚かせたのは、エルロンドとガラドリエルが馬に乗ってそこに加わっていたことでした。エルロンドは灰色のマントを羽織り、額に星を一つつけて、手に銀の竪琴《ハープ》を持ち、指には大きな青い石のついた金の指輪をはめていました。これは三つの指輪の中でもっとも力ある指輪、ヴィルヤでした。しかしガラドリエルは婦人用の白い乗馬に坐り、かすかな光を放つ白い長衣に身を包んでいましたので、まるで雲に包まれた月のようでした。なぜならかの女自身やわらかな光を放って輝くように見えたからです。かの女の指には、ミスリルで作られ、霜夜の星のようにちかちかと光の明滅する白い石が一つだけついているネンヤがありました。小さな灰色の小馬に乗り、どうやら居眠りをしているらしく頭を垂れて、後からゆっくりやって来るのは、ほかならぬビルボ自身でした。

エルロンドは厳粛な面持《おもも》ちで慇懃《いんぎん》に二人に挨拶《あいさつ》し、ガラドリエルは微笑《ほほえ》みかけました。「ところでサムワイズ殿、」と、かの女はいいました。「わらわはそなたがわらわの贈り物を上手に用いられたことを聞いていますし、見ることもできます。ホビット庄はこれから以前にも増して恵まれた愛される地になりましょう。」サムは頭を下げましたが、何といっていいか、いうべき言葉が見つかりませんでした。奥方がいかばかり美しいかを忘れてしまっていたのです。

やがてビルボは眠りから覚め、目を開けました。「やあ、フロド！」と、かれはいいました。

「ところでわたしは今日トゥック翁を追い越したよ！　そこでこれはけりがついたと。それで今はもういつでもまた旅に出かけられるつもりだよ。お前も来るかね？」

「ええ、行きます。」と、フロドはいいました。「指輪所持者たちは一緒に行くべきです。」

「どこへ行かれるのです、旦那？」と、サムは叫びました。どういうことが起ころうとしているのかやっとのみこめたのですが。

「港にだよ、サム。」と、フロドはいいました。

「おらは行かれません。」

「そうとも、サム。ともかく今はまだ行けない、港より先にはね。もっともお前も、ごく僅《わず》かの間とはいえ、指輪所持者であったわけだね。お前の時も来るだろう。あまり悲しがってはいけないよ、サム。お前はいつも二つに引き裂かれているわけにはいかない。お前はこれから長い年月、欠けることのない一つのものでなければならない。お前はこれからたくさんのことを楽しみ、立派な者になり、よいことをするんだから。」

「それでも、」と、サムはいいました。その目には涙が溢《あふ》れ出てきました。「おらはまた旦那もホビット庄の暮らしを楽しまれるもんと思ってましただ、これから先何年も何年も。あんなに尽くしなすったというのに。」

「わたしもそう思っていた、前にはね。だがわたしの受けた傷は深すぎたんだよ、サム。私はホビット庄を安泰に保とうとした。そしてホビット庄の安泰は保たれた。しかしわたしのためにではないよ。愛するものが危険に瀕《ひん》している場合、しばしばこうならざるを得ないものだよ、サム。つまりだれかがそのものを放棄し、失わなければならないのだ。ほかの者たちが持っておられるように。しかしお前はわたしの相続人だよ。わたしが持っていたもの、持ったかもしれないものはことごとくお前に残すからね。それからお前にはローズがいる。エラノールもいる。フロド坊やもできようし、ロージー嬢やも、メリー坊やも、金捲毛《ゴールディロック》嬢やも、ピピン坊やも、それから多分もっとたくさん、わたしの見られない者たちも生まれよう。お前の手とお前の智恵は方々で必要とされるだろう。もちろんお前は庄長になって、やりたいだけ勤めるだろう。それから歴史に残る稀代《きだい》の名庭師になるだろう。そしてお前は赤表紙本の中からいろいろなことを読み、過ぎ去った時代の記憶を絶やさずに伝えるだろう。そうすればみんなは大いなる危険を忘れることなく、それだけいっそうかれの愛する国を大事に思うだろう。そしてお前はそうすることによってだれよりも忙しく幸せにやって行くだろう、物語の中でのお前の役割が続く限りね。

「さあ、わたしと一緒においで！」

そこでエルロンドとガラドリエルは馬を進めて行きました。というのも、第三紀が終わり、指輪の時代は過ぎ去って、この時代の物語と歌にも終わりが来たからです。もはやこの中つ国に留《とど》まる気持ちを持たない高貴な上《かみ》のエルフたちがかれらと同行していました。そしてその中にまじって、清められて苦悩を伴わない悲しみに心を満たし、サムとフロドとビルボが馬を進めて行きました。エルフたちは非常に喜んでかれらに敬意を表しました。

夕方からずっと夜をこめて、一行はホビット庄の真ん中を通って行ったのですが、野の生きもののほかには、だれ一人かれらの通り過ぎるのを見た者はありませんでした。あるいは夜の暗闇の中を歩く旅人がここかしこで、かすかな光芒《ぼう》を放つものが速やかに木々の下を通るのを見、あるいは月が西に傾くにつれ、光と影が草の間を流れるように過ぎて行くのを見ただけでした。そしてかれら一行はホビット庄を通り過ぎてしまうと、白が丘連丘の南の麓《ふもと》を回り、向《むこう》が丘連丘に来ました。それから三つの塔に出て、遠くの海を眺めました。そしてとうとう一行はミスロンドすなわちルーン湾の長い入江にある灰色港にやって来ました。

一行が門のところまで来ると、船大工のキアダンがかれらを出迎えました。かれはたいそう背が高く、その顎鬚《あごひげ》は長く、銀髪で年老いていました。ただ、その目は星のように鋭い光を湛《たた》えていました。かれは一行に目を向け、頭を下げて、いいました。「もうすっかり用意は整いました。」と。

それからキアダンは一行を港に案内しました。そこには白い船が一隻《せき》停泊していました。そして波止場には、大きな灰色の馬の傍《かたわ》らに、全身を白い長衣に包んだ人物が一人、かれらを待って立っていました。かれがこちらを向いてみんなの方にやって来た時、フロドはガンダルフが今や公然とその手に第三の指輪、偉大なるナルヤをはめているのに気づきました。それについている石は火のように赤く燃えていました。そこで、行くことになっている者たちは喜びました。なぜならかれらはガンダルフもまた自分たちと同じ船に乗ることを知ったからです。

しかしサムは今心の底では悲しみにくれていました。それに、別れが耐えがたいものであれば、独りぼっちの長い帰路はそれよりいっそう辛《つら》いものになるだろうと思われました。しかし一行がそこに佇《たたず》み、エルフたちが乗船を始めて、出帆の準備が完了しようとしている時、メリーとピピンが、大急ぎで馬を走らせて来ました。ピピンは涙を流しながら笑いました。

「あなたは前にもぼくたちをまこうとして失敗しましたね、フロド、」と、かれはいいました。「今度はもう少しで成功するところだったんだけど、やっぱりまた失敗したんですよ。だけど今度あなたのことをすっぱぬいたのはサムじゃなくて、ほかならぬガンダルフ自身なんですからね！」

「そのとおり、」と、ガンダルフはいいました。「一人で帰るよりも、三人一緒に帰ったほうがまだましじゃろうと思ったのでな。では親愛な友人たちよ、いよいよここなる大海の岸辺において、中つ国でのわしらの仲間の縁《えにし》が終わることになった。恙《つつが》なく行かれよ！　わしはいわぬ、泣くなとはな。すべての涙が悪《あ》しきものではないからじゃ。」

そこでフロドはメリーとピピンに、そして最後にサムにキスして、乗船しました。帆が引き上げられました。風が吹き、船はゆっくりと長い灰色の入江を下りながら遠ざかって行きました。フロドの持っているガラドリエルの玻璃瓶《はりびょう》の光がちらちらと明滅し、やがて見えなくなりました。それから船は外洋に出て、西方に進んで行きました。そして遂《つい》にある雨の夜、フロドは大気にみなぎるかんばしい香りをかぎ、水を渡ってくる歌声を聞きました。するとその時、ボンバディルの家で見た夢の中でのように、灰色の雨の帳《とばり》がすっかり銀色のガラスに変わり、またそれも巻き上がって、かれは白い岸辺と、その先にはるかに続く緑の地を、たちまち昇る朝日の下に見たのでした。

しかしサムの方は、夕闇がしだいに深まる中を、じっと港に佇《たたず》んでいました。そして灰色の海に目を凝らすうちに、見えるのはただ海上一点の影だけになり、それもまもなく西に消えていきました。かれは夜の更けるまでなお立ちつくし、ただ響く中つ国の岸辺に寄せる波のざわめきと囁《ささや》きに耳を傾けていましたが、この波音がサムの胸奥に深く沈んでいきました。かれの傍《かたわ》らにはメリーとピピンが佇み、一同はものをいいませんでした。

ようやく三人は馬首を転じ、もう二度と後ろを振り返らず、ゆっくりと帰路につきました。三人はホビット庄に帰り着くまで、お互いに一言も交わしませんでしたが、長い灰色の道を行く間、めいめいが友人たちの存在に大きな慰めを得たのでした。

遂に三人は白が丘連丘を下って、東街道に出ました。ここからメリーとピピンはバック郷《ごう》へと乗り続けて行くのですが、二人は馬を進めながら、もうまた歌を歌い出していました。しかしサムは水の辺村に向かい、こうしてふたたび日が暮れる頃、お山の道を登って行きました。いよいよ家路につきますと、家の中には黄色い明かりがまたたき、煖炉の火が燃え、夕食の支度が整っ

Teras.

て、かれの帰宅が待たれていました。そしてローズがかれを中に迎え入れて、椅子に坐らせ、その膝《ひざ》に小さなエラノールをのせました。

かれはほーっと一つ深い息をつきました。「さあ、戻ってきただよ。」と、かれはいいました。

著者ことわりがき

　この物語は、語るうちにだんだん大きくなり、遂には指輪大戦争の歴史となって、それに先行するさらに古い歴史をもしばしば垣間《かいま》見させる結果となった。これに着手したのは、『ホビット（ホビットの冒険）』が書かれたすぐあと、そして一九三七年にそれが出版される前のことであった。しかしわたしは『ホビット』のこの続篇を書く仕事をそのまま続けなかった。まずその前に何年も前から形を取り始めていた古代の神話や伝説を完成し整理したいと思ったからである。わたしはただ自分の興味を満足させるためにこれをしたいと思ったのであり、他の人がこの仕事に関心を抱いてくれることはほとんど期待していなかった。とりわけこれをわたしに書かせようとしたのは、主として言語学的な関心であり、エルフの言語に「歴史」的背景を与えるために始めたものだからである。

「ほとんど期待していなかった」と書いたが、これもわたしが助言と意見を求めた人たちによって、「まったく期待できない」ものと訂正された時に、わたしは、ホビットとその冒険についてさらにいろいろ聞きたいという読者からの要請に励まされ、ふたたび続篇の仕事に戻ったのである。しかし物語は抗《あらが》いようもなくより古い世界へと引き寄せられてゆき、この話はいわば、古い世界の始まりと盛時を語る前に、その終わりと衰退を語るものとなった。この推移過程は『ホビット』執筆中にすでに念頭にあったものである。『ホビット』の中では、エルロンド、ゴンドリン、上《かみ》のエルフ、それにオークといったより古い時代のことに言及《げんきゅう》した個所がすでにいくつか存在する。またドゥリン、モリア、ガンダルフ、死人占《うらな》い師、指輪といった、その表層よりは高くもあれば、深くもあり、あるいは暗くもある事物からおのずと生じてきたものの姿を垣間見ることもできるのである。『ホビット』の中にちらと姿を見せたこれらのものの重要性を見いだし、これらのものと古い歴史とのつながりを見いだすことによって、第三紀が現われ、指輪戦争においてその時代が頂点に達することがおのずと見えてくるのである。

ホビットについてさらにいろいろ知りたいと望まれた方々には、結局はご希望にそうことができたものの、長い間待っていただかなければならなかった。というのは、『指輪物語』の執筆は、一九三六年から一九四九年にかけては、折々にしか筆を進めることができなかったからである。この時期は、わたしとしてもなおざりにしがたい多くの務めをかかえ、また研究者として、教師として他の多くの関心事に心を奪われていた時期でもあった。また一九三九年に大戦が勃発《ぼっぱつ》したことによってこの遅れにますます拍車がかかったことはいうまでもない。この年の末には物語はまだ第一巻の終わりまで達していなかったのである。続く五年間の時代の暗さにもかかわらず、わたしはもう今となってはこの物語をすっかり投げ出してしまうことはできないことがわかり、主として夜分、こつこつと書き続け、やっとモリアのバーリンの墓の傍らにたたずむところまできた。そこでわたしは長いこと筆を止めた。わたしがふたたび筆を進めたのはほとんど一年後のことで、ロスロリアンと大河に達したのは一九四一年も末近くであった。翌年、わたしは現在第三巻として出されている部分の最初の草稿と、第五巻の第一章と第三章の始まりの部分を書いた。そして、アノリアンにのろしが上がり、セオデンが馬鍬《まぐわ》谷に来たところで筆を止めた。その先が見えなかったし、考えている時間もなかったからである。

一九四四年には、わたしは、自分がその指揮を取る必要のある、少なくとも報告する任務を持つ戦争の場面を混乱と無秩序のまま放っておいて、モルドールに向かうフロドの旅の場面に強引に取り組むことにした。のちに第四巻となったこの数章は続稿形式で書かれ、当時英国空軍に所属して南アフリカに駐屯していた息子のクリストファーに次々に送られた。それでもこの話が現在の結末を迎えるにはさらに五年を要した。その間にわたしは家を変わり、講座を変わり、学寮を変わった。時代はいくらか明るさを加えてきたとはいえ、少しもらくにはならなかった。そしてどうやらやっと物語の「終わり」に達すると、今度は話全体にすっかり手を加えなければならなかった。実際にはその大部分をさかのぼって書き直したくらいである。それから全篇をタイプに打たなければならなかった。それも一回ではすまない。タイプを打つのはわたしである。両方の指を全部使う専門のタイピストに頼むことはとてもわたしの資力ではできなかった。

『指輪物語』は、十年前にようやく活字になって世に出て以来、多くの人に読まれてきた。そしてこの物語の動機や意味に関して多くの意見や推測がわたしのもとに寄せられてきたし、また書評を読む機会もあった。それでわたしは、その動機なり意味なりについてここで一言いわせていただきたいと思う。一番主な動機は、本当に長い話で腕試しをしたいという物語作家の欲求である。読者の注意をひきつけ、おもしろがらせ、喜ばせ、時にははらはらさせ、あるいは深く感動させるような長い話を書いてみたいと思ったのである。何が読者に訴え、読者を感動させるかについて案内人になったのは、わたし自身の感触しかなかった。多くの読者にとってこの案内人がたびたび方向を誤ったことは当然であった。この本を読んだ方の中には、あるいはともかくこれを論評された方の中には、この本を退屈だとか、ばかばかしいとか、軽蔑すべきものだと思われたむきもあったようだが、わたしはこれに対して不平をいう筋合いはない。わたし自身、その人たちの作品、あるいはその人たちが明らかに好んでいるとみられるような作品に対して同じ意見を抱いているからである。しかしわたしの作品を喜んでくれた多くの方々の意見によっても、あまり感心しないところがたくさんあるようである。長い物語では、おそらく、すべての点ですべての人を喜ばすこともできない代わり、同じ個所でだれにも不満足となることもまたあり得ないのではないだろうか。今まで受け取った手紙からみて、わたしは、ある読者たちからは失敗だと批判された行や章の全部が全部、別の読者からは特に賞讃されるということを経験したのである。すべての読者の中でもっとも批判的な読者ともいえるわたし自身は、すでに大なり小なり多くの欠点を見いだしている。しかし幸運にも、この本を批評する立場にもなければ、書き直す義務もないので、ただ一点を除いては黙してこれを看過することにする。その一点とは、他の人にもいわれてきたことだが、この本が短かすぎるということである。

この物語には隠された意味とか「メッセージ」とかが含まれているのではないかという意見に対しては、作者の意図としては何もないと申しあげよう。これは寓意的なものでもなく、今日的な問題を扱ったものでもない。物語が育つにつれ、それは（過去に）根をおろし、予期しなかった枝をあちこちにさし出すことになったのだが、その主要な主題《テーマ》となるものは、この物語と『ホビット』をつなぐものとして必然的に指輪を選んだことによって、最初から決まっていたのである。きわめて重要な章である「過去の影」はこの物語の一番古い部分の一つである。この部分は一九三九年に見られた暗い徴候が回避しがたい大戦を予告するよりずっと前に書かれた。そしてこの大戦がたとえ避けられたとしても、この物語自体は、これを出発点として、本質的に同じ方向に発展しただろう。この話の素材のかずかずはずっと前から心中にあって、一部はすでに書かれたこともあり、一九三九年に始まった戦争やその後のさまざまな事件によって、この物語に修正が加えられることは、ほとんど、あるいはまったく、なかった。

実際の戦争は、その経過においても、結末においても、お話の戦いとは似てはいない。もし実際の戦争がこの物語の発展に影響を及ぼしたり、方向づけをしたりしたとすれば、その場合はきっと指輪は押収《おうしゅう》され、サウロンと戦うために用いられたはずである。そしてサウロンは滅亡せずにとりことなり、バラド＝ドゥアは壊されずに占領されただろう。また指輪を手に入れそこなったサルマンは、時代の混乱と不信に乗じて、かれがそれまで研究してきた指輪学の中で系列上欠けていると思われる要素をモルドールにおいて発見し、遠からず、かれ自身偉大な指輪を作り出して、それをもって自ら中つ国《なかつくに》の支配者を僭称《せんしょう》しようとしたことだろう。こうして互いに争いながら、両陣営はともにホビットを憎みさげすむようになっただろう。その結果ホビットたちはたとえ奴隷としてでもそう長くは生き残れなかったはずである。

寓意や、今日的な問題にふれたものを好む人たちの見解や好みに合わせて、これをいろいろ違ったふうに改作することもできるだろう。しかしわたしは、寓意というものが、どんな形で示されようとどうしても好きになれない。わたしは長じて以来ずっとそうだったし、少しでも寓意の存在が感じられればすぐにそれに気がつくくらい用心深い。わたしは、事実であれ、作為であれ、読者の考えや経験に応じてさまざまな適応性を持つ歴史のほうがずっと好きである。わたしには、「適応性」と「寓意」とを混合しているむきが多いように思われるのだが、一方は読者の自由な読み方に任され、他方は著者の意図的な支配に委ねられるものである。

無論著者は、かれ自身の経験からまったく影響を受けないというわけにはいかない。しかし物語の萌芽《ほうが》が経験という土壌を利用するその仕方はこのうえなく複雑なもので、その過程を明らかにしようとする試みはせいぜいよくて、不充分であいまいな証拠からひき出したあて推量にすぎない。そしてまた、著者の世代と批評家の世代が重なっている場合、両者に共通な時代の思想のもちろん動向や出来事が必然的に最も強力な影響を与えるものとなっていると仮定することは、魅力的ではあろうけれど、誤っている。たしかに人は戦争による苦しみを充分に実感するためには、自ら戦争の影の下にはいらねばならない。しかし年月がたつにつれ、青年時代、一九一四年の戦争に遭遇した経験は、一九三九年およびそれに続く数年に経験されたことにくらべ、けっしてその怖ろしさにおいて劣ってはいないことを、しばしば忘れてしまうように思われる。一九一八年までには、わたしの親しい友人たちは一人を残してみんな死んでしまった。それともこれほど悲しくない事柄を取り上げてみれば、「ホビット庄の掃蕩」は、わたしが物語を書き終えようとしていた当時のイギリスの状況を反映していると想定する人たちもいるが、そうではない。これは話の構想の中では重要な部分であり、最初から見通しが立てられていた。ただ物語の中で展開されていくサルマンの性格によって結果的には修正が施されたが、それは、わたしがいうまでもなく、何らかの寓意的な意味を持つものではなく、あるいはいかなる形であろうと現代の政治にふれたものではない。それはもちろんいくらか経験に基づいているとはいえるだろう。しかしそれはあまり強固なものではない（経済的状況がまったく異なるからである）。それに経験といってもずっとさかのぼったものである。わたしが幼年時代を過ごした田舎は、すでにわたしが十になるまでにいかにも無惨に破壊されつつあった。当時は自動車が珍しく（わたしは一台も見たことがなかった）、都市郊外に鉄道建設がまだ盛んな時代であったのに。最近わたしは新聞紙上で、ずっと昔、子供のわたしにとって非常にゆゆしいものに見えた、かつては繁盛した水車場がその池のかたわらに老残の身をさらしているのを見た。わたしはこの製粉所の若い粉屋の顔つきがけっして好きになれなかった。しかし、かれの父親の老粉屋は黒いあごひげをしており、砂色《サンディ》頭《マン》とは呼ばれていなかった。

『指輪物語』の新版が出ることになり、訂正する機会を得ることができた。文中に未だに残っていた多くの誤りや矛盾を正し、注意深い読者の提起されたいくつかの疑問点に対し参考となることを提供する試みもなされた。わたしは読者から寄せられた批評や問い合わせのすべてにていねいに目を通した。もし看過されたと思われるようなものがあるとすれば、それはおそらくわたしが覚え書きをきちんと整理しておかなかったからである。しかし多くの問い合わせに対してはさらに補遺をつけ加えるか、あるいは事実上別の一巻を付録にこしらえて、もとの版には含めなかった多くの資料、特により委《くわ》しい言語学上の参考資料をのせることによってしか答えられない。

それまでの間、この版ではこの序文、序章の一部、原註若干、さらに人名地名の索引がつけられた。この索引を作るにあたって、項目をあげる点では完全を期したが、現在の目的としてどうしても紙数を減らす必要があるため、すべて完全に参照するというわけにはいかなかった。完全な索引は、N・スミス夫人がわたしのために整えてくださった材料を全部利用して、むしろ付録の巻に属させることとする。

（この序文は、一九六六年新版の折に冒頭にのせられたものであるが、全巻読了後の興味をよぶところが多いので、訳本最終巻巻末に移すこととした。——訳者）

新版あとがき

一九九二年は、J・R・R・トールキンの生誕百年にあたります。今秋、イギリスでは、それを記念して、『指輪物語』の新装版が、アラン・リーによる五十葉の挿画入りの一冊本で出版されました。

邦訳本も、この機会に版を改めたいという評論社の御意向により、二十年前、訳者の瀬田貞二さんのお手伝いをしたわたくしが、「新版」のための見直しをお引き受けいたしました。瀬田さんは十二年前に亡くなられて、もうおいでにならないからです。

瀬田さん御存命中に、一度小さな見直しは行なわれたことがありますが、全篇を通し手を入れるということはありませんでした。全六巻にわたるこの三部作の翻訳は数年に及び、訳了次第順次出版されたこともあり、またお手伝いをしたわたくしの準備不足もあって、固有名詞の統一、和訳名の適切さなどの点で、当然手を入れなければならない個所も少なくありませんでした。

固有名詞に特にこだわるのは、著者ことわり書きの中に述べられているように、中つ国の神話、伝説、歴史を著者に書かせる発端になったのが、言語的関心であり、それが作品の中で生かされているのが、若干の詩句、語句を除けば、地名、人名であるからです。

ハンフリー・カーペンターによるトールキンの伝記（『J・R・R・トールキン　或る伝記』菅原啓州訳　評論社刊）を読むと、トールキンがすでに少年の頃から、言語の発明という知的な遊びに喜びを見出していたことがわかります。それは一時の気晴らしに終わらず、生涯持続し、その私製言語は変化発展して、クゥエンヤ語、シンダール語という二種類のエルフ語の形をとることになります。このエルフ語については著者自身による解説があります。わたくしもこれを唯一の手引きとして、エルフ語の発音など、おぼつかない勉強を試みたわけですが、著者の意図通りには発音できていないかもしれません。特に長音の扱いは、かなり恣意的になったところ（ティヌゥーヴィエルをティヌゥヴィエルとしたごとく）もあると思います。（著者の肉声のテープによると、アラゴルンはアラゴーン、またエルフ語ではありませんが、アイゼンガルドはアイゼンガード、スメアゴルはスミーガルと発音されています。）

本書は、中つ国北西部で共通語として用いられていた西方語で書かれた赤表紙本から現代英語に翻訳されたという体裁になっています。その際、共通語で書かれた地名、人名もすべて現代英語に直されました。現代英語を用いることによって、エルフ語との対比を際立たせようとつとめたと著者は言っています。現代英語化されなかったものに、北方の人間の言葉に属するローハン語の地名、人名、ブリー郷に残る古い地名、そしてホビット庄ことばがあります。ローハン語には古英語があてられ、ブリーの地名には、イギリスに残るケルト風の地名（日本でアイヌ語の地名が残っているのと似ています）をあて、ローハン語と同根の庄ことばには、古英語のくずれた形（スミアル、マゾム）があてられました。なおホビット庄の地名は、ひなびたイギリス風の地名です。

この手順をそのまま日本語訳にあてはめるのは無理ですから、原則として、現代英語化されたものは、いくつかの例外を除き、大体これを和訳し、その他の言語は、エルフ語はもちろん、古英語も、ケルト語も、庄ことばも、読者にとって、これらの言語間の違いが際立たなくなることを恐れず、すべて片仮名で表記しました。

今回このような原則で固有名詞を統一しようとつとめた結果、旧版の地名、人名と異なるものもかなり出てきてしまいましたことを、古くからの読者にお断りしておきたいと思います。粥村をブリー村に変えてしまったこともその一例です。

同じ文字を使うヨーロッパ語への翻訳であれば、訳者の側からのこのような手続きは恐らく必要とされないでしょう。読み方も読者の側にまかされることでしょう。読み方ということであれば、英語圏の読者にとっても同じことで、大多数の読者は、エルフ語も古英語も現代英語風に発音するのではないかと思われます。

かつて存在したイギリスの田園を思わせる、平和で自足したホビット庄の日常的暮らしに始まることの物語を読みながら、旅の仲間と共にさまざまな不思議と恐ろしさに充ちた外の世界へと足を踏み出し、東に進み、さらに冒険を重ねて南に下っていくにつれ、わたくしたちは時間的にもより古い時代へさかのぼっていくような錯覚をおぼえます。フロドとサムは、身の毛のよだつ恐怖の国に去り、残る一行は、古英語に訳するのがふさわしいローハン語を話す剛毅廉直な騎士の国へ、そしてさらに南のゴンドール国の戦いに赴きます。ゴンドールには、ギリシャ、ローマに比すべき古典文化、エルフの風が色濃く残っています。至福の地の俤を伝えるロリアンの美しさといい、不毛と恐怖の地モルドールのおぞましさといい、中つ国には、善も悪も、美も醜も、魔法も不思議も、エルフも竜も、すべて大きなスケールで存在していたのでした。物語の終わりで、サムたちと共に灰色港に佇み、フロドたちを乗せたエルフの船が西に去っていくのを見送る時のかなしみは、もはや存在しない中つ国そのものを悼む気持ちにも通じるように思われるのです。

「新版」出版にあたり、共訳者として名前を出していただくことになり、大変面映い気持ちでおります。最初の出版の際、共訳者として是非名前を連ねるよう強くお勧め下さった瀬田さんのお声を思い出し、きくよ未亡人と、評論社の御意向に従うことになりました。

『指輪物語』に寄せる評論社の竹下晴信さんの御熱意に励まされ、絶えず貴重な御助言をいただきながら、見直しの作業を終えることができました。このような機会を与えて下さったことと併せ、厚く感謝申し上げます。また、長い作品の校正を何度も見ていただいた方々を始め編集の皆様に心から感謝いたします。

一九九一年十二月

田中明子

北方荒地
灰色山脈（エレド・ミスリン）
黒が峰連山
はなれ山（エレボール）
エスガロス
森の山脈
ドルイニオン
リューンの湖
リューン
ケレブラントの野
茶色の国
高地
ローハン
東エムネト
西エムネト
エミン・ムイル
ダゴルラド（戦場が原）
死者の沼地
モランノン（黒門）
灰の山脈（エレド・リスイ）
暗黒の塔 バラド・ドゥア
滅びの山
ゴルゴロス高原
モルドール
ヌアン
ハンド
ゴンドール
アノリアン
（エレド・ニムライス）
南イシリアン
南ゴンドール
（ハロンドール）
ハラド街道
ハルネン川
近ハラド
（近南）
海賊根拠地
ウンバール港
ハラドワイス
（南方国）
遠ハラド
（極南）

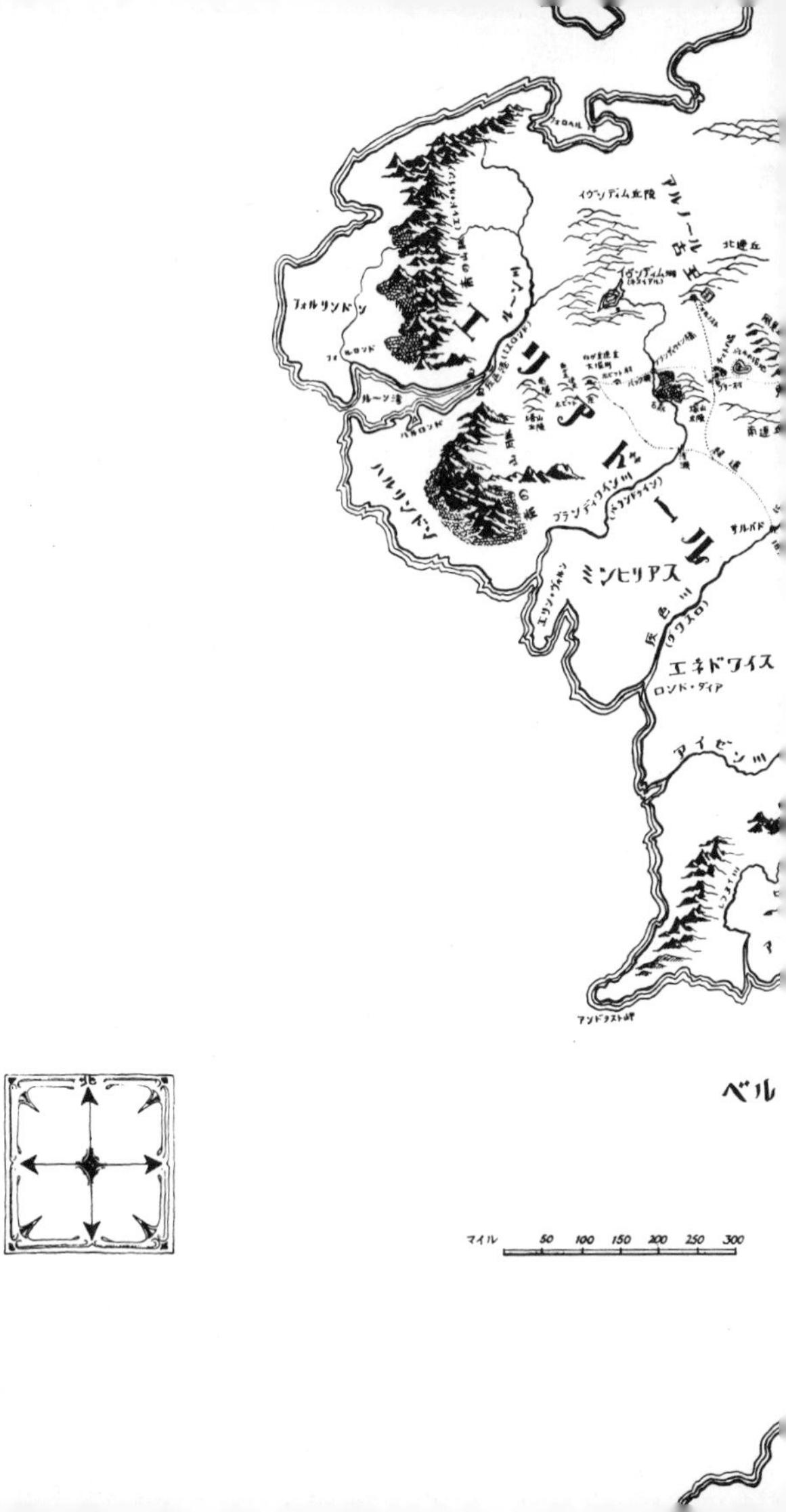
イヴンディム丘陵
アルノール古地
北連丘
イヴンディム湖
フォルリンドン
ルーン川
エ
リ
ア
ド
ー
ル
ルーン湾
ハルロンド
ハルリンドン
ブランディワイン川
ミンヒリアス
エリン・ヴォルン
灰色川
(グワスロ)
エネドワイス
ロンド・ダイア
アイゼン川
サルバド
南連丘
アンドラスト岬
ベル
北
マイル
50
100
150
200
250
300

■評論社文庫
新版 指輪物語9
王の帰還 下
一九九二年 七月三〇日 初版発行
二〇〇三年 二月一〇日 20刷発行
●――訳 者 瀬田貞二
田中明子
●――発行者 竹下晴信
●――発行所 株式会社評論社
〒162-0815 東京都新宿区筑土八幡町二-二一
電話営業〇三-三二六〇-九四〇九
FAX 〇三-三二六〇-九四〇八
電話編集〇三-三二六〇-九四〇六
振替〇〇一八〇-一-七二九四
●――印刷所 凸版印刷株式会社
●――製本所 凸版印刷株式会社
落丁・乱丁本は本社にておとりかえいたします。

ISBN4-566-02370-2 NDC933 350p. 148mm×105mm

評論社文庫